寻找唯一的真相

现代推理馆 | 打不开的门

T H E L O C K E D

打不开

D O O R

的门

最推理杂志
编

中国出版集团
现代出版社

目录

死魂车

天下溪

死魂车

我不仅要将你送进坟墓，还要唾弃你的遗骨；

我不仅要唾弃你的遗骨，还要把唾沫编排成一朵花。

01

接到报案电话后立即出警，此刻时间是凌晨两点四十八分，程翊一边开车一边打着睡眠不足的哈欠。警车开到报案者所说的地点，他看见一辆因为急刹而几乎打横的白色面包车，以及蹲在国道牙子上抱头号哭的肇事司机。

司机是个一脸未老先衰的中年男人，在哭骂的间隔向程翊断断续续地讲述了事发经过："……我咋知道前面路上躺着个人呢？半夜三更躺在马路中间，她这不故意碰瓷嘛，要不就是个神经病！警察同志，我老冤了我……"

程翊望向面包车，附近路面空无一人。即使周围被夜色笼罩，他也不可能对一具被车撞飞的躯体视而不见。“你撞的人呢？”他问那名仍在哭诉的司机。

“不就在那儿嘛……”司机回头一指，忽然愣住，哭声也停滞了，“人呢？之前我还下车看过，是个年轻女的……人呢？人呢？”

他冲到面包车前方三四米处，绕着一个圈团团转：“就这儿！哎警察同志你过来看，血迹还在地面上呢，可他妈人呢？！”

程翊走过去看对方指出的血迹，寥寥数滴，颜色发褐，不像血迹倒像油污，而四周的水泥地面并没有更多痕迹。“如果是被撞者流的血，不会只有这么几滴。”他斜眼看着那名几乎趴到路面上的司机，“喝酒了吧，还是嗑药了？跟我们回去验个尿。”

“我没酒驾！没吸毒！”司机扯着嗓子，悲愤交加地叫道，“我明明撞到个女的！我还下车摸过她的脉搏，冷得跟冰块一样！吓得我第二下都不敢碰，跑到路边报警，打电话那会儿她明明还躺在路面上……”

与程翊同车过来的另一名年轻交警叫夏一瀚，连拉带拽地把这司机弄到路边，酒精测试仪一伸：“呼气！”

司机还在哇啦哇啦地吵着，程翊皱起眉头：“你刚才说那女的冷得跟冰块一样？你摸她哪儿了？”

“我没乱摸，你得相信我，我不是那种人……”司机条件反射地辩白。

程翊无奈地喝道：“闭嘴！好好回答我的问题。”

“是是。我摸了手腕，就这样。”司机作势用三根指头在程翊手腕上搭了一下，“哎妈呀，跟冰箱里的冻肉似的，吓得我马上缩回来，连有没有脉搏都顾不上看了。你说她不会真被我撞死了吧？”

“就算是被撞后当场死亡，短时间内体温还在，如果你没撒谎，只有一个可能——”

“什么可能？”

“你撞到的，是个死人。”

司机呆若木鸡地张大了嘴。

02

程翊用棉签提取了一点路面上的暗色污迹，回到局里让人拿去化验。第二天结果出来，的确是人血，A 型，凝固时间在三到五天，但因血液被冰冻过，这个时间可能并不准确。

“真是死人？”程翊喃喃道，“为什么会在马路中间？之后尸体又为什么忽然不见？”

“爬起来走掉了呗。”夏一瀚把头凑过来，做出一副生化危机的丧尸脸。

程翊呼啦一巴掌扇在他头发上：“扯淡，滚犊子！”

夏一瀚笑嘻嘻地躲开：“验过了，那司机没喝酒，也没吸毒，你看这事怎么处理，没有受害者的交通事故？”

程翊想了想，回答：“先把那司机放了吧。”

“说来还真有点邪门，不过这年头莫名其妙的事多了去，我听市局那边的兄弟说，这阵子出了好几起走失案，有老有少的，其中一个最夸张，老大爷和老大妈前后脚过马路，大爷到了路对面，回头一看，大妈不见了。报案时大爷愣说看见大妈被车撞到，然后连人带车一起消失了。邪门吧？

“不是有监控录像吗？”

“探头坏了，啥都没拍到。你看这凑巧的。不过后来家属出来解释，说大妈早在去年就因为老年痴呆症走丢了，一直没找回来，大爷这是忧思过度，老糊涂了。”

程翊抿着嘴角，指尖习惯性地在桌面敲击着，眼睛微眯不知在想些什么。他隐隐有种说不清道不明的感觉，但这种直觉全无证据支撑，只可意会不可言传。

03

停尸房里不仅阴冷，且总萦绕着一股令人不寒而栗的气息，物质腐烂的自然规律与人力强行挽留的拉锯战在这里无休止地上演。

徐影缝合好最后一个显眼的伤口，歪着头打量这具年轻女尸，觉得好似个四分五裂的蜡娃娃，被蜈蚣般的粗线拙劣拼凑在一起。“抱歉，反正你也没感觉。”他咕哝了一声，把赤裸的尸身推进冒着白气的冷柜。

摘掉手套后，他仔细洗完手，掸去衣服上看不见的腐气，关灯走出太平间。

医院大厅里一阵嘈杂喧哗，徐影从走廊探头看了看，几个人簇拥着一名血淋淋的患者直奔急救室，随同帮忙的还有两名交警，估计又是一起严重的车祸。他漫不经心地别开脸，突然怔了一下，又急转视线去端详其中一名二十六七岁的男人。他瞪圆眼睛盯着对方，鼻翼不自觉地张开，嘴唇翕动，全然是一副震惊失色的神态。

忙碌中的男人并未留意角落里一道迫视的目光。

04

程翊隐隐有种被人窥视的感觉。

下班路上、自家小区里、晨跑途中……这种被窥视感像针尖似的扎着他后背，令他越发心生警惕，迫切想把藏在暗处的眼睛揪出来。

但他并未在行动上表现出任何警觉，一如既往地沿着固定路线晨跑，直到转过一处弯角，才闪身躲进树丛。透过叶缝见一道人影悄然跟进，他猛扑出去，两下就把对方双手反剪死死压住。

“你是谁？为什么跟踪我？说！”程翊厉喝。

对方是一名身体瘦高的青年，半边脸被摁在路面上，连带声音也变了形：“我叫徐影！我是个医生、医生！”

程翊迟疑了一下，又听他急切地说道：“我没有恶意的！我其实是有事找你，但又不知道该怎么说，才一直跟着你，想找个合适的契机……”

程翊看他细胳膊细腿的豆芽身材，不像是个能兴风作浪的人物，迟疑过后就松了劲。徐影捂着被石子硌疼的半边脸，呼哧呼哧喘了片刻，坐起身说：“妈呀力气真大，差点被你勒死。”

“少废话，什么事快说！”程翊一贯不是和颜悦色的主，这会儿更是不耐烦地点了根烟。

徐影仰望他，似乎有些难以启齿，最终还是下定决心开口：“这事得从我女朋友说起。”

程翊登时火了：“你女朋友关我屁事！”

徐影也没介意，自顾自地往下说：“我们谈了三年，感情很好，都准备结婚了。去年六月份的一天，我去她家过夜，快十点的时候，她忽然来了例假，家里没有卫生巾了，她就说要去马路斜对面的便利店去买。我本来是不放心的，毕竟是城郊，过晚上九点外面就没什么人了。可她脸皮薄不肯让我帮忙，接着就下了楼。我想了想不太放心，走到窗户边撩起窗帘往下看：路上没有来往车辆，她的脚步很快，可就当她走到路中间时……”

徐影噎了一口气，仿佛被不堪回首的记忆劈头盖脸打中，连同两腮的肌肉都扭曲了，“就在这时，马路上突然出现了一辆车！我发誓几秒前根本就没看到有车，它就像从黑灯瞎火中凭空出现，朝羽琴直直撞过去！我大叫一声，连滚带爬地冲下楼，跑到马路上，可是——什么都没有！没有车，羽琴也不见了！马路上空荡荡的，好像之前我看到的一切都是幻觉。但我知道不是幻觉！我的女朋友失踪了，从那一天起她就再也没有出现过！我报了警，警察认为我脑子不清醒；我去找她爸妈，她爸妈说收到过她的短信，说是在小地方待腻了，想去大城市见识见识。我看了短信的发送时间，是那天晚上十点零五分，而她是在九点五十分下的楼，也就是说，短信是在她突然消失之后发的！可她爸妈也不相信我，说我有病。他们联系不上羽琴，到处贴了寻人启事，警方最后也把事件定性为离家出走。没有人相信我说的，他们都把我当神经病！”

他一边滔滔不绝地说着，一边激动地挥舞着手臂。程翊斜睨这个莫名其妙的男人，连同烟圈一起吐出一句：“你他妈就是个神经病！”

他扭头要走，徐影却一把抱住他的腿脚，语速飞快：“你听我说完，拜托！之后两三个月，我耗尽力气也找不到羽琴，于是开始关注失踪人口方面的信息。我发现类似事情不止发生过一起！除了羽琴，还有其他的失踪者！我一直追查，询问了不少失踪者的亲属，其中一个老头甚至就在当场，也跟我一样亲眼看着老伴被车撞，然后人与车同时消失，但没人相信，都说他老糊涂了。”

程翊正打算狠踹他一脚以求脱身，听到“老头”两字顿时停住，想起前阵子夏一瀚跟他闲聊时说起的走失案。

是巧合吗？还是两者真有什么联系？程翊短暂地犹豫了一下，决定自扫门前雪、管他瓦上霜，便弯腰去掰箍在腿上的胳膊：“我是交警，不是刑警，再去报案吧，要不就去医院……哦，你之前说你是医生？去找精神科的同事瞧瞧。”

徐影使出吃奶的劲扒着他，就像坠楼者扒着晾衣架，憋得脸红脖子粗：“等等我还没说完！我还没说完！”

程翊火冒三丈：“关我屁事！给我有多远滚多远，否则揍死你！”

徐影在他拳头落下来前，声音嘶哑地大叫：“我看见你了！你在那辆车上！”

“你他妈——说什么？”程翊怔住。

“我说我看见你了！前两天我在医院看到你，就觉得特别眼熟，可我们明明不认识。然后我想起来，你也在那辆车上，你是司机！”

“……扯淡！你就在楼上瞥了一眼车子，就能看清司机的模样？”

“不，不是那天晚上看到的。自从找了半年，仍然找不到羽琴后，我开始绝望了，经常半夜在空旷的马路上游荡，希望也能遇到那辆幽灵一样的白色面包车，可怎么也遇不到了。我就琢磨着，之前发生的几桩失踪案，大多都是女的，会不会那车就只撞女的？但我又不能把无辜的女孩推到路上做实验，后来只好想了个变通的办法，弄具女尸伪装成活人放在路中间，说不定那车子会上当出现……”

程翊从胸腔里喷出一口浊气：“原来那事儿是你干的！差点把那倒霉催的司机吓死。”

徐影苦着脸说：“我不是故意吓唬他，就觉得车身挺像的嘛。”

“后来尸体又是怎么不见的？”

“尸体胸背上捆了圈透明尼龙绳，天黑看不清楚，我躲在路边草丛里握着绳子的另一端。司机明显慌了神，也没仔细查看，报警后蹲路边抱头痛哭，我就趁机拽动绳子，把尸体拖进草丛，然后运上车。哦，回去的路上还跟你们的车擦肩而过。”

程翊咒骂了一声。

“后来我就想，或许死人没用，还是得用活人。于是我穿上女装，半夜继续在马路上游荡，尤其是曾经出过失踪案的那几段马路。”

程翊觉得这小子为了找女友，基本上算是走火入魔了。

“终于在一个晚上，我看到了那辆车！”徐影的语调越发尖利起来，兴奋中夹杂着恐惧，“它没有开车前灯，就这么从黑暗中陡然出现，然后直直朝我冲过来！在那几秒钟内我透过前挡风玻璃，看见车厢里亮着灯，依稀还有一些人影，而司机的脸清清楚楚地出现在我眼前——活脱脱就是你的模样！”

尽管一直当神经病的呓语听，程翊仍不禁打了个寒噤。

“那你现在怎么还在我面前，没被幽灵车拉走？”他讽刺地问。

“那天晚上我就站在曾经发生过失踪案的路口，足足等了两个小时。受女尸的启发，我留了个后手，用绷紧的蹦极绳把自己系在路旁电线杆上，还好反应及时，在最后一刻被绳子的弹力扯走。等我站稳脚跟回头看时，那辆车已经不见了。”

徐影长长地吁了一口气，有种透支过度的疲惫，“该说的我都说完了。我来找你，只想弄明白那个司机是不是你，你跟那辆幽灵车究竟有没有关系。我必须找到羽琴，哪怕耗费一辈子的时间，哪怕面对再诡异凶险的境况，哪怕别人都当我是个神经病，我也要把她找回来！”

“不是。一毛关系都没有。我回答完了，祝你早日找到女友，痴情的神经病。”程翊硬邦邦地说完，拔腿就走。

走了几步他听见背后传来一句无奈的话语：“可你们真的很像……不过他的额头上好像有道伤疤，划断了眉毛一直延伸到鼻梁上，挺显眼的。”

程翊像被毒蛇咬中般僵住了。他的瞳孔急速收缩了一下，似乎被一个隐秘的黑影猝不及防地砸个正着。他梗着脖子慢慢转身，伸出指尖，从前额划到鼻梁处：“这儿？”

徐影点头。

程翊咬紧牙，脸色阴沉得发青，蓦地转身走了。

05

徐影再一次见到程翊，是在第三天傍晚。程翊换了便装摸到他工作的医院，斜倚在走廊墙上不吭声地等，害他从太平间里出来时吓了一跳。

看到徐影出来，程翊也没多废话，直接从口袋里掏出一张照片递给他。

照片上是两名穿着球衣、勾肩搭背的青年，身形肖似、五官肖似，连笑纹也肖似，其中一名额前有道伤疤，连带浓郁的眉毛一齐无伤大雅地破了相。徐影“啊”了一声，指尖戳着照片：“就是他！”

“那是我亲哥，叫程竑，大我一岁多，以前读书的时候，人人都以为我们是双胞胎。他比我聪明，也比我能来事儿，可惜聪明都用在歪路上，斗殴偷车剪电缆，在网吧时间比在家还多，高三没读完就辍学了。我最后一次见到他，是在我大学最后一年实习的时候，他跟家里大吵一架，背个包就出走了，打那以后就再没有联系上。后来我爸突发脑溢血，为寻他还登了报，可他依旧没有任何音讯。”程翊语调冷淡，似乎在谈论一个无关紧要的陌生人，可那生硬过了头的冷淡，又分明是种刻骨的怨怼与斩不断的牵挂。

“我以为他早死了。”他说。

徐影茫然地叹了口气，不知该劝对方节哀还是振作，因为他自己也搞不懂，那辆车到底是什么东西，车里面的到底还是不是人。

“要不……你跟我一起查，看你哥究竟死没死？”由于对方之前的恶劣态度，他不太抱希望地问。

程翊下意识地就要拒绝，独善自利的处世之道早已深入他的骨髓，但话到嘴边不知为何又咽下了。沉默片刻，他回答道：“当年他离开时我们打了一架，他把我推进江里，我差点没淹死。找到以后，不管是人是鬼，我都要狠狠揍他一顿。”

06

程翊工作繁忙，想要请假实属不易，便让徐影给他开张疾病证明。徐影说自己是病理解剖医生，还没给活人开过证明，就去精神科找同事弄了份抑郁症病历，开了为期一周的建休单。

两人先是循着徐影的旧路，把失踪案的相关人士逐一又拜访了一遍，托程翊的福，问到了不少先前未详的细节。但郁闷的是，没有确实可靠的目击者，也没有一点实际证据，能够揭开那辆神出鬼没的幽灵车的真面目。

两人马不停蹄地跑了四五天，白天查访、晚上轧马路，累得够呛。后半夜程翊开车回到自己小区，看徐影瘫在副驾驶座上半死不活的状态，也不好意思再赶他横穿半个城区回家，礼仪性地问了句：“要不就在我家凑合一宿？”

徐影毫不客气地一口答应了，弄得程翊又有点想反悔。

两人进了门，累得只想倒头睡去。徐影自觉地裹了毯子窝进客厅沙发，程翊看他这么识相，也不好说什么，走进卧室锁好门。躺上床时他迷迷糊糊地想，反正所有贵重物品都在卧室里，书房、厨房、卫生间……还没来得及想完就酣睡过去了。

翌日又是一无所获的一天。程翊接到领导的电话，亲切关怀他的健康状况。在徐影伪装的门诊背景音下，他扮出一副忧郁不堪、焦躁不宁的语气，告诉领导自己正在医院进行心理疏导，医生说还需要一段时间恢复。

当天夜里，他们到达城郊一处偏僻路段，离羽琴失踪的地方不远。“那辆车会在经过的路段反复出现，我有预感，今晚我们一定能看见它。”徐影被连日的奔波折磨得唇青脸白，越发显得神经兮兮。

程翊把车停在路基外的荒地上，拎了一箱喜力，两人坐在路中间边喝边聊。

时间分分秒秒过去，到了凌晨十二点半，徐影忽然起身，朝幽暗的马路尽头凝望。

程翊也如临大敌地站起来，果然听见轻微的引擎低鸣声由远而近。

一辆没有打灯的面包车从黑暗中隐约现了形，在逼近他们的同时，车厢中灯光乍起。

霎时间程翊的耳中风声呼啸不止，血液一股脑儿直冲头顶，连徐影紧紧攥住了他的手腕也觉察不到。占据了他全部视野的是一张熟悉至极的脸庞，阴森森地镶嵌在挡风玻璃后方的空间里，面无表情地盯着他……

白色面包车迎面驰来，他的大脑停止运转，一片空白。

07

程翊猛地睁开双眼，如同新打捞出的溺水者，艰难地大口喘息。

他感觉自己平躺着，脊背下方冰冷坚硬，眼前灰蒙蒙的一片，似乎连视觉都迟钝了，许久后他才认出那是灰色的车厢顶。

慢慢坐起身，他环顾四周，发现自己身处车厢狭窄的过道。这是一辆十二座面包车，除了司机，车上还有十一个座位，其中六个座位上坐了人，他迅速扫视了一遍：练功服大妈、长发浓妆女、耳机男、胡楂大叔，后座上还有两个年轻男女，一体双生似的紧抱在一起，叽叽咕咕，如泣如诉。他立刻认出其中男的就是徐影。

车上的乘客统一把头仰起一个角度看他，缺乏血色的脸庞上目光呆滞、神情麻木，像是几具被诡谲阴影充斥的躯壳。这令程翊感到毛骨悚然。他下意识地两步冲到走道尽头，抓住徐影的肩膀，想把他从另一个女人的缠绕里抽出来："徐影！徐影！这是什么地方？"

徐影做梦似的抬起脸："车上吧，应该。不管什么地方，我找到羽琴了……给你介绍我女朋友，毛羽琴。"

他怀里的女孩身材纤细，长相只能算中上，一双大眼睛含着泪光时显得楚楚动人，此刻也抱紧了男友，半是欣喜，半是痛苦绝望。"你干吗要上来啊，傻瓜，傻瓜……"她呢喃道。

程翊觉得徐影被久别重逢冲昏了头，短时间是不能清醒了，还不如这女孩看起来有用，便对她说："我是徐影的朋友程翊，你就是羽琴？能不能告诉我这究竟是什么地方？我怎么进来的？"

毛羽琴抚着男友的后颈，幽幽地说："这是一辆车，但又不止是一辆车。说实话我也不知道这是哪儿，只知道进来以后就再也出不去了。"

"扯淡！"程翊怒道，"怎么就出不去了？司机，停车！停车！"

他又转身冲向司机。司机缓缓转头，鸭舌帽下带疤的脸望向他，程翊顿时惊住：“哥……程竑……真的是你吗？”

司机面无表情地点头：“是我。好久不见，程翊，现在我们是一路人了。”

程翊僵在原地，半晌后说：“我要下车，你快停车，踩刹车啊！”

程竑从嘴角扯出了一个生疏的冷笑，脚底徒劳地踩了几下：“要是能停，早几年就停了，我也不用日复一日地开着这辆鬼车，不知道还要开到猴年马月去。”

程翊脸色发白，极力用镇定与理智将眼下这诡谲的局面导入正轨：“我就不信出不去！”他一步跨到车门边奋力拉扯，又用胳膊肘使劲敲击车窗玻璃，砰砰的闷响声回荡在车厢内，更显得车厢死寂一片。

直到筋疲力尽，他也没能撼动车身分毫。面包车依然沉默地行驶在黑暗的夜路上，荒野树丛在车窗外向后掠去，偶尔还能看见一些房子的轮廓。车内的一切却是静止的，仿佛自成一个凝固的小世界。

“省省力气吧。”练功服大妈说，嗓门尖刻。

“这种事我们都不知道做几百次了。”长发浓妆女略显不屑。

“没用。”胡楂大叔说。

耳机男闭上眼睛，纹丝不动，一声不吭，似乎已经将自己塑造成了雕像。

“怎么会这样……”程翊难以置信地垂下了手，一直以来被灌输的认知结构，在无法解释的吊桅中逐渐溃裂。他的目光从其他乘客身上一遍遍刮过，希望能找到一点点蛛丝马迹，证明这只是一场闹剧，但最后还是失望了。他在寻人启事中见过这些人的面孔，他们全都是被幽灵车撞到的失踪者。

“……你们就这么待着？吃什么喝什么？不用上厕所？”他一连串地逼问。

“我们不饿，也不渴，更没心情上厕所。”毛羽琴忧伤地叹了口气，“其实我一直怀疑，我们大概已经不是活人了。的确，我们有血有肉、会呼吸会说话，但谁知道这是不是自身的幻觉呢？如果外面世界的人能从车窗看进来，看到的会不会是一群横七竖八、早已腐烂的骨架？”

她的话令程翊背后泛起一片寒栗，他忍不住想象了一下那幅场景，感觉连血管都要被满溢的惊悚冻住。

反倒是徐影满不在乎地接了腔：“无所谓，只要能跟你在一起，哪怕永远困在这辆鬼车里，没完没了地开下去，我也觉得幸福。”

毛羽琴感动地亲吻他，两人又紧紧相拥。

如同陷入一个噩梦的泥沼，拔不出醒不了。周围的人又恢复了无声的静坐，而程翊觉得自己已经在泥沼中窒息了。

他如愿找到了失踪四年的兄长程竑，可眼下这诡异环境对精神的冲击力远远超过了微薄遗留的手足之情，以至于连那张相似却森然的脸也显得面目可憎，使得他丧失了跟对方交谈的欲望。

我他妈真是疯了，怎么会搅和进这种活见鬼的破事里？扶着个空位，他腿脚发软地坐下，在追悔莫及的咒骂中，强迫自己闭上眼睛，试图把这噩梦一觉睡过去。

08

在半梦半醒之间，程翊似乎已完全感觉不到时间的流逝，生物钟告诉他已经过了至少一天，车窗外却永远是天黑。直到车身一阵剧烈抖动，将他彻底惊醒。

他从座位上跳起来，发现过道地板上又出现了一条人影。

这回是个很年轻的短发女孩，不过十八九岁，带着学生般青涩的气质。女孩睁开眼睛后，默默地望着车顶流着泪，一副心如死灰的模样，根本不在乎身处何处。

车上乘客又统一地转了脸去看她。短发女孩也没有丝毫好奇，只一味地哭。最后大妈看不下去了，拉她坐在自己身边的空位上，压低了声音嘟嘟囔囔地安慰着。

乘客们的注意力很快耗尽，又无精打采地打起了盹儿。程翊望向车窗外，掠过的景色似曾相识，不知怎么回事，车子在始终不曾拐弯的情况下，又开回到来路去了。

他怔怔看着窗外，心中的绝望开始蔓延，就在这时，忽然闻到了一股浓浓的血腥味。

“……你们有没有闻到一股血腥味？”坐在前排的长发浓妆女人开口。

这下大部分人都醒了，纷纷左顾右盼地嗅起来。

大妈骤然爆发出“嗷”的一声尖叫。大家立刻起身望去，发现那个异常脆弱的短发女孩满口鲜血，连带下颌脖颈都是血迹，运动装衣袖下的手腕更是血流不止。“她、她自杀了！她用嘴去咬腕子！”大妈高声惊叫。

“快！攥住她的手腕，有没有领带？腰带？围巾？借用一下！”徐影顿时从长久的温柔乡里挣脱出来，帮忙把女孩抬到最后排座位躺下，用围巾扎紧了她的小臂。

血没有止住，依然汩汩地流淌，很快在车厢地板上汇聚成一汪血泊。徐影知道她这是咬断动脉了，但眼下没有药品、没有手术器具。所有人都束手无策，只得眼睁睁看着女孩陷入昏迷。

程翊不想看鲜血淋漓的场面，也看不见。乘客们都挤向后座围观，叽叽喳喳地出着毫无建设性的主意，也不知是出于关切还是激动。

但新鲜事件很快就要结束了，女孩进入休克濒死状态，大妈让她的后脑勺枕在自己大腿上，摸着她的头发，泛红的眼眶里噙着泪花。围观者们也不住叹息。

然而猝然之间，叹息中又迸发出几声震惊的尖叫来：“消、消失了！”“不见了？”“人呢？人呢？”

程翊浑身一颤，起身上前挤开围观者，赫然发现躺在后排座位上的短发女孩消失不见，连同大妈也无影无踪，只留下后座与地板上的一大摊血迹。

他望着周围一张张愕然的脸，问："她俩人呢？"

"消失了，就像幻影一样……"徐影一脸迷茫，"在我们眼皮子底下不见了。"

"这是怎么回事？"毛羽琴紧抓男友的胳膊，忐忑地问。

众人沉默了。

"她们会不会……回去了？"一直寡言少语的耳机男不太确定地说。

乘客们一下子哗然了。人人争着各抒己见，喊叫声、嘈吵声甚至是咒骂声响成一片。

"死了以后又死一次，搞不好是魂飞魄散了！"

"少他妈乌鸦嘴！既然我们是被撞死才到了这车里，那会不会在车里死了又到另一个世界……或者就能出去了？"

"不对啊，那女孩是死了，大妈可没死，怎么也出去了？"

许久后，争论终于慢慢平息。虽然一切都是妄加揣测，谁也没有更多的证据辅佐，但绝大多数人都赞同或默认了这一观点：他们两人有可能是回到正常世界中去了。

"那女孩因为死了所以消失，而当时大妈触碰到她，所以也连带着消失了。"

"我们也碰了，怎么没消失？"

"……也许是因为一个人只能带走一个，多了不行。大妈离她最近。"

毛羽琴咬着指节，边思考边说："或许被这辆车撞倒并不意味着死掉，而是进入了一个诡异的空间，整件事就是一个生死颠倒的过程，只有在这里死了，才能活着出去。那么反过来说，如果在这里活着回去……"

"回去会死？"长发浓妆女惊呼，"这么说，那小女生回去会活，大妈反倒会死？"

毛羽琴连忙摇头："我不知道，这只是我个人的推测，完全没有事实依据……”

“我觉得她说得有道理。”胡楂大叔皱着眉说。

浓妆女人怒道：“那你怎么不去死一死！”

胡楂大叔挑衅地瞪她：“反正我在这半死不活的鬼地方也待够了！我有胆捅自己一刀，你敢不敢被我带着一起走，看看是你死还是我活？”

女人瑟缩了一下，偃旗息鼓了。

徐影与毛羽琴又抱在一起，交头接耳地咕哝着。片刻后，徐影抬头说：“大家，我要宣布一个决定。羽琴说，她已经在一辆永远出不去的车里困了整整半年，不想一辈子，甚至永生永世都困在这里，这样跟孤魂野鬼有什么区别？所以我们决定一起自杀，要生一起生，要死一起死，我徐影上刀山下火海，都要跟我最爱的羽琴在一起！”

毛羽琴接着说：“虽然我们决定离开，但也放心不下大家，所以我们想了个办法。大家知道，外面世界的人看不到这辆车，除非在它撞人的几秒间，但我们可以看到外面的事物。我和徐影自杀后，如果活着回到人间，就在我们被撞路段的两侧放起烟花，这样你们看到烟花，就知道我的推测是否正确了。”

其他人错愕过后，纷纷露出赞同的神色。程翊犹豫了一下，问：“你们真要自杀？”

徐影与毛羽琴坚定地点头。

浓妆女与耳机男同时出声：“带我走！”“一人带一个，刚刚好！”显然两人十分想借消失的机会出去，却不敢赌命自杀，只好赌毛羽琴的推测半对半错。

胡楂大叔冷笑一声：“我目送你们走，然后我也走。他奶奶的这鬼车谁爱待谁待，老子是宁死也不待了！”

小两口商量好，打算坐在短发女孩消失的地方，用螺丝刀自杀。徐影身为医生，熟知人体要害部位，知道怎么让人死得既迅速又不痛苦。他在自己和女朋友后颈比画了个点，要求浓妆女和耳机男看准用力刺进去。

无奈充当刽子手的两人战战兢兢横不下心，最后还是大叔喝了一声：“那就换一换，你俩自杀，带他俩走！”

求生欲望顿时像肾上腺素一样鞭策了他们，浓妆女人面孔扭曲，扭头朝剩下的三个男人自欺欺人地尖叫：“我不是杀人犯！你们转过身去，不要看！不许看！我不是杀人犯！”

大叔朝程翊使了个眼色。两人都不想跟歇斯底里的女人较劲，便听话地转过身背对他们。而程竑作为司机，自始至终没有回过头，只是偶尔从车内后视镜里木然地窥望几眼。

“要用尽全力，一下子刺进去。”徐影用专业医师的口吻安慰着刽子手，“放心，很快结束后，我们就能出去了。”

接着是短暂而令人心塞的沉默。十几秒后，程翊听见两声重叠的闷响，那是两柄螺丝刀掉在车厢地板上的声音。他猛地回头一看，那四个人果然也消失了。

胡楂大叔与他面面相觑。

“看来那对小夫妻的推测是正确的，”大叔嘟囔道，“我们就等他们的信号好了。”

车厢里九个人剩下了三个，一下子变得空空荡荡，越发显得阴森如鬼域。剩下的人焦灼难耐地等待了许久，终于看见两侧车窗外绽放的烟火，那些光彩与声音仿佛隔着羊水与胎膜，模糊不清地代表着外面的光明世界，正向他们发出召唤。

09

“成功了！他们出去了！”大叔激动地一拳擂上椅背，程翊也满脸喜色，两人忍不住互相拥抱着拍打后背，几乎要欢呼雀跃。

“就是不知道动手的那两个，出去后是不是还活着。”冷静下来后，程翊说。

“不论是死是活，他们都没法告诉我们。早知道也跟他们约个信号了。”大叔遗憾地说，目光闪烁地瞥了一眼程翊，“这么着吧，我看你比我年轻，就不要冒这个险了，我死出去，带上你，怎么样？”

程翊的第一反应是反对。他从来不惮以最坏的恶意揣度这个世界，更何况是这种你死我不一定活的紧要关头。

“我愿意冒这个险，咱俩还是换换。”他紧盯着对方，脸色阴沉。

胡楂大叔悻悻然地龇了龇牙：“要不就一起死吧。反正我是一定要出去的。”

两人同时转头，将目光投向后座地板上染血的螺丝刀。

“你们不能都走，得留下一个。”自始至终一声不吭的程竑开口说道，声音生硬而冰冷。

“为什么？”大叔不快地皱起眉。

“因为这辆车需要一个司机。乘客可以忽然出现、忽然消失，司机却要永远守在驾驶座上——不要问我为什么知道，如果你过来坐在我这个位置，有些事情你自然就会知道。”程竑咧嘴露出一道诡笑，右手离开方向盘，伸向车头置物柜，从里面翻出一把断成半截的美工刀。“我刚才一直在想，如果司机也自杀了会怎样？我猜他也会消失，回到原来的世界，然后由留在车里的最后一个人接替司机的位置，继续在地狱与人间的往返路上无休无止地开下去，你们认为呢？”

生死当头，人要么呆滞崩溃，要么爆发出异常的智慧与动能。在他将美工刀割向脖子的电光石火之间，程翊与胡楂大叔疯狂地扑向了地板上的螺丝刀。

手指触到刀柄的瞬间，程翊毫不犹豫地握紧它，狠狠刺进了自己的气管。唯恐一下不能致命，他拔出刀身，再度刺下，再拔、再刺，全程竟奇异地没有感觉到疼痛，求生欲望就像效力强劲的吗啡，将所有疼痛与恐惧阻挡在神经之外。

仰面躺在地板上，他听见喉咙中传来咕嘟咕嘟的声响，仿佛吃宵夜时沸腾的火锅。鲜血倒灌进气管与肺叶使他剧烈咳嗽，咳出的全都是血沫。

程翊紧闭着双眼，等待痛楚像翻页一样唰地过去，睁开眼以后就能安然无恙地回到明媚世界。

但痛楚始终盘踞着，如同一条越缠越紧的蟒蛇。

他惶然地睁开双眼，看见上方一圈人脸。

视野有些模糊，但这些带笑的人脸凑得太近，所以清晰可辨：徐影、毛羽琴、练功服大妈、长发浓妆女、耳机男、胡楂大叔，还有那个满嘴血迹的短发少女。

“成功了！”徐影激动地笑。

“快点死吧！”毛羽琴狠毒地笑。

“终于等到了这一刻！”大妈尖锐地笑。

“这一刻让我觉得一切辛苦都值得。”长发女人妆面狰狞地笑。

“我本来没想让你死，但姐姐想，所以你就去死吧。”短发少女吐舌笑。

“老子要看着他咽下最后一口气！”胡楂大叔快意地笑。

“人渣，死吧。”耳机男没有笑。

怎么回事？程翊的大脑先被放在剧烈的痛楚中煎炸，又被丢进混乱的迷惑中浸泡，神智想要飘远，但万分的不解与不甘又紧紧抓了它。这他妈究竟是怎么回事？！他从鲜血间发出无声的诘问。

“如果你知道这场骗局背后的一切，会不会死不瞑目？那就听完再下地狱吧。”徐影语调低沉，带着刻骨的仇恨，“你还记不记得十个月前的一个深夜，你开车经过一家酒吧门口，看见一个喝醉酒的女孩？她给她男友打了电话，正等着他来接。”

一个女孩朦朦胧胧地出现在程翊的眼前，穿着鲜艳的红裙，妆容精致，长马尾俏皮可爱。她喝醉了酒，坐在台阶上，朝天空喃喃自语，笑得他心思荡漾。于是他把她拉进车子，开到一处偏僻的路段，在后座上享用了她，然后将昏睡不醒的她丢在马路边，扬长而去。

女孩脸上妆容淡去，最后成了素面朝天的毛羽琴的模样。他都不记得那女人长什么样了，程翊茫然地想。

“我就迟了十分钟！十分钟！她人就不见了，我找了整整一夜……第二天她失魂落魄地回来，整个人都脱了形。她割脉、烧炭，要不是我及时发现，她已经死了好几次！这一切的罪魁祸首就是你！是你！”

徐影痛苦地敲打自己的脑袋，毛羽琴握住了他的拳头，放在掌心摩挲：“我现在好了，等他死了，我就彻底好了。”

“还有我！我儿子的账还没算……”大妈咬牙切齿地说。

程翊已经没有力气听另一个人的仇苦。她儿子或许是他勒索与毒打过的那一个，或许是赔得倾家荡产的那一个，或许都不是，他收拾过不少人，没法一一记得。

“我们中的任何一个人都想活剐了你，但为了你这种人渣坐牢，不值得。所以我和他们联手，用了半年时间，为你精心策划了这一场骗局。”徐影说，“你不是问怎么进来的吗？车子冲过来前，我对你扎了一针迷药，把你拖上来的。这药让你生物钟紊乱，无法分辨准确的时间。你以为自己不吃不喝地过了多久？一天？两天？其实从头到尾只有三个小时。”

“这辆车是专门改装过的，十七座变成了十二座，在最后一排后座之后，你看不到的地方，还有一个隐藏空间，刚好可以挤得下我们六个人。”短发少女哂笑道，举起手腕摇了摇，“是不是很逼真？因为就是从医院拿的血浆啊。”

“报案是假的，目击者证词是假的，寻人启事当然也是假的。”胡楂大叔说。

“人就是这么奇怪的生物。虽然前后两次的消失，你根本就没有亲眼所见，但当时的环境氛围、别人的言行举止、你听到的嗅到的想象到的，自然而然地在大脑中组合成了某个事实，然后被你逐渐认定。从某种意义上说，这里——”耳机男用指头点了点太阳穴，“本身就是一个与生俱来的骗局。”

“然后如我们所愿，你自己动手，为我们报了仇。”徐影痛快地吁了一口气，“放心，不会有任何人或法律帮你报仇。因为你是自杀，凶器上只有你的指纹，角度力度都很漂亮，就算十个法医给你验尸，得出的都是自杀的结论。即使有人多事，再深入查下去，租车行老板会认出你的照片，路上监控探头拍到的驾驶员是你的半张脸，你的领导可以证明你患了严重的抑郁症，正在接受心理治疗。你的电脑硬盘里满满的负面情绪，QQ空间的草稿箱里还有一封遗书，设置了自动发送时间，哦，这会儿应该已经上传到网络了——不好意思，借宿的那天晚上擅自动用了你书房里的电脑。”

程翊已经发不出一声呻吟，他听见生命从躯体里逝去的声音，像烈日下一条几近干涸的细小水流。他用尽最后的力气转动眼珠，将模糊的视线投向车头的方向。

一张与他肖似的面孔出现在眼前，程竑蹲下身，伸出一根指头，抠在他的前额上：“你还想把我的身份、我的名字偷走多久？”

停车离开驾驶室的司机冷笑着说：“我不管你究竟是自欺欺人，还是真的日复一日地自我催眠、自我暗示，以至于在虚伪颠倒的记忆中真把自己当成了受害者。现在你得全部给我想起来——考上大学的人是我，高中辍学的人是你；忙着读书找工作的人是我，整天寻衅斗殴的人是你；爸妈信任钟爱的儿子是我，伤心失望的儿子是你。当年你离家出走时，我们打了一架，把我推进江里，害我差点溺死的人是你！我被江里的石头撞了脑袋，患了远事遗忘，要不是几个月前徐影把我当成是你，打得脑袋磕上石栏杆，也许我还没记起来，是你掰开了我抓着你裤腿的手，任由我被江水冲走！现在我能清晰地回忆起你当时的一举一动，你那双因为恶念而突然发亮的眼睛，捡起石片在我前额划出跟你一样的伤痕。在那个时刻，你就已经下定决定，想要取代我的未来，然后把我的性命和你失败的人生一齐埋葬，不是吗！”

“我是程翊，你才是程竑。”额上带疤的男人神情厌恶而讽刺，更加用力地抠着对方的前额，“就算你用整形消掉了自己的疤痕，就算你这几年混得风生水起，也不能改变骨子里是个恶棍的事实！”

仿佛回光返照，弥留者张了张僵硬的嘴唇，瞳孔开始逐渐扩散。

“别怪我不讲兄弟亲情，程竑，你自找的。从你把我推入江中的那一刻起，我们就已经恩断义绝。”程翊不为所动地说，“永别了。”

在生命消失的瞬间，留在程竑浑浊虹膜上的最后影像，是一辆漆黑的、灵柩一样的面包车——我会搭乘着这辆车一路驶向地狱。而你们，你们将来也会搭上这辆车，成为一群被仇恨吞噬的死魂灵。

第九计

第九计　隔岸观火

× 漆雕醒

00 引子

这是一个没有窗户的房间，房间里并不灰暗，墙壁上挂着十来盏油灯，将十几平方米的小空间照得灯火通明。

借着几乎与日光等效的光明，可以清楚地看到一张铁力木雕云纹罗汉床放在房子的北边，床上放着精工细织的锦缎被子，左右两边各设一排一人高的漆雕屏风，香樟木的书架桌椅靠屋子的南墙，书架子上放着《增广贤文》《诗经》《三国演义》等十几本书，剩下的空间则被一堆堆的画册和宣纸占据着。

可以看出主人对绘画的热情，四面墙上都是画作，有生机勃勃的绿竹，水墨调子的山石嶙峋，对着书桌的这面墙上画着一扇打开的窗户，窗外，赤黄色的太阳压了一半在地平线上，看不出是日出还是日落。

尽管灯火光明，房间华丽，但都透着一股阴森森的感觉。

一个十三四岁的男孩此刻正站在门前，他穿着套黑色的棉质中山服，抓住门把的手用力向外推，却只能推开约莫一指头的距离。门被一条拇指粗细的铁链给锁住了，从缝隙里，他可以勉强看见外面的环境——一条狭窄深长的通道，通道的两边砌着灰砖，此刻在这通道里通行的只有呜呜的风声。

风刮到少年的脸上，他便似被刀子割了般痉挛一下。

01

深宅大院里的命案总让常天头疼，动机无非就那几种，但这些非富即贵的嫌疑人们，却个个都做得警察的好对手。

死去的孩子名叫沈祥哥，刚满十八岁，父亲是南市泰和制药公司的老板沈泰和，母亲是二姨太薛雅梅，她已经哭晕过去好几次了。

沈祥哥生前因患感冒正吃中药，最后一次吃药的时间是 12：30，毒发身亡是在 13：00，沈祥哥的贴身丫鬟郑凤莲描述，他在死前有怪笑、抽搐、角弓反张的症状，中药是死者最后接触的入口之物，警员已经带着药液和药渣去了真如镇的法医研究所，证实了药渣中确实有马钱子，而那些没熬煎过的中药则与药方相符，里面没有马钱子。

正如常天推测，有人将毒直接下在了药罐子里。

负责熬药的是仆人郭正，他是薛雅梅的远房表叔，已被拘押了起来。经过问询，郭正表示自己在熬药途中去了趟茅房，时间大约有五分钟，也就是 12：15~12：20 之间——在这段期间，沈宅里的任何人都有机会下毒。

沈宅挤满了沈家人和薛家人，空气里除了悲愤之外还另有一股微妙的氛围。

薛雅梅虽不是沈泰和的正室，但地位却并不低，她的父亲薛中奎在上海拥有三家百货公司，财力胜过沈泰和，据说薛雅梅嫁给沈泰和的时候，正值他事业低谷期，从某种意义上说，这段婚姻拯救了沈泰和，让他东山再起。再加上薛雅梅虽然入门晚，却比正室太太李薇玉先生儿子，所以地位与正房太太没有区别。

室内一时静默无声，常天察言观色，发现薛家人的目光总有意无意落在李薇玉的儿子、沈家二少爷沈祥飞的身上。这少年不过十三四岁，皮肤黝黑，身体消瘦，穿一身黑色棉质中山装，模样与李薇玉有几分相似，都是细长丹凤眼，尖下巴。此时他薄唇紧抿，表情严肃，常天注意到他右侧额头上有一道一指长的刀疤。常天听底下的仆人讲过，二少爷沈祥飞在四岁的时候，曾遭人拐卖，一直流浪在外，直到半年前，才终于在一家做皮革的工坊里被找到，接回家来。

沈泰和有两个儿子，若是沈祥飞一直不回来，家业将来无疑该由沈祥哥来继承，现在沈祥哥死了，李薇玉和沈祥飞是最大的受益人，焉能不叫人疑心？

李薇玉手拿着一串菩提子佛珠，也不说话，闭着眼睛默默念数，柳叶片似的薄唇微微开合。李薇玉平时基本都待在佛堂，逢初一十五，便连佛堂的门也不出，今天刚好是阴历三月十五，仆人证明她一大早就进了佛堂，没有离开，连饭都是送进去吃的。

当然，这种事她也不需要亲自动手，派个心腹就行了，常天看着李薇玉身边蜡黄脸的中年仆妇，人称桂花嫂，是个哑巴，但耳朵不聋，双眼炯炯，身体看上去十分健壮，跟着李薇玉已经有二十年，真真是心腹的最佳人选。

李薇玉说，事发时桂花嫂与她一直同在佛堂，仆人们也可证明，但鉴于李薇玉有作案动机，常天认为这个证词的可信度不高，不排除两人合谋的可能。

沈宅的建筑风格中西混杂，颇有时下流行的过渡式改革的气质，进门处保留了传统的影壁，在旧式两进的院子里正中位置，建了一栋三层灰色尖顶小洋楼，主人们都住在洋楼里，左右的木质厢楼里住着仆人，男左女右。厨房、柴房和锅炉房在后院，除此之外还有一个仓库，左右厢楼左侧皆连着朱红色游廊，可通往后院，佛堂设在右厢楼的最左侧，佛堂的前窗和前门都对着一个乘凉用的六角凉亭，后窗对着沈宅的外围墙，墙高三米，墙与窗之间有一条只能侧着身子通过的狭窄通道，走上五六米，便又与通往后院的游廊相通。

事发时间是在中午，沈家吃午饭的时间是11：30，到12：00时，厨房里也就没什么活了，主人在午睡，三个厨娘和两个伙夫都回了房，后院只剩下熬药的郭正，以及在锅炉房里干活的丁老顺。如果桂花嫂从后窗溜出，躲在一边静待时机，趁着郭正去厕所的时候下药，再溜回佛堂，期间没被人发现，也不是不可能的事。

沈祥飞自称事发时在屋里念书，负责茶水的丫鬟柳菊在12：30的时候给他送过一次茶水，也是沈宅的大小主子们标准的茶水时间。在12：00到12：30之间，有三个仆妇都在客厅打扫清洁，她们能证明在这个时间段，没有任何人出入洋楼。

沈祥飞房间的窗户正对着后院，且站在窗口便可以直接看见厨房，所以沈祥飞很可能在看见郭正离开后，从二楼窗户跳入后院，将毒药放进药罐子，然后再爬回二楼。常天试过了，他可以做到，沈祥飞流浪在外多年，不同于其他娇生惯养的富家公子，这对他应该也并不是什么难事。

但搜查结果却不能证明他的推测，沈祥飞的鞋子干干净净，房间里所有鞋子的鞋底都没有厨房地面上的油垢——要进入厨房又不沾上这些油垢几乎是不可能的，鞋子没有清洗过的痕迹，此外，二楼窗户周围也没有鞋印。

“哦，对了，在小菊送茶水进来前十分钟，我正在写字，有块石子砸了进来，差点砸到我的手。”沈祥飞想起一件怪事，“但等我往院子里看时，却没看到人。”

“你没去后院查看吗？”常天问。

“没有。”沈祥飞瞄了众人一眼，“去了肯定也找不到人了。而且我母亲常常教导我，多一事不如少一事。”

“阿弥陀佛！”李薇玉终于开口了。

“听到狗叫了吗？”常天又问，沈家在后院养了三只看门狗，如果有外人进入，狗是一定会叫的。

沈祥飞摇着头，仆人们也都摇着头。

“还是内鬼啊！”说话的人是薛雅梅的哥哥薛金成，他冷笑地看着沈家的主仆们。

沈泰和没什么反应，自见了儿子的尸体后，他便一直精神恍惚。

搜查工作终于结束，各人房里都没查到可疑物品。除开沈宅的司机刘潭，他们从刘潭房间里搜出了一些片状的大黄，大黄是强势的清热药，吃了会腹泻，但却不会毒死人。

“三天前郭正让我帮他买二两大黄，说这药泡水可以治疗便秘，”刘潭解释道，“我也有这毛病，所以给自己买了二两。”

常天觉得很奇怪，在郭正的房间里却并没有发现大黄。

“爹，我看还是让弟弟尽快入土为安吧。”说话的人是沈泰和的大女儿沈胜男，她穿着紧身收腰的黑色薄花呢的西装，齐耳短发，浓眉大眼，既英姿飒爽也不失妩媚，今年二十三岁，至今未婚，在沈家制药公司做经理。虽是个女子，但精明能干，是沈泰和最得力的臂膀。事发之时她并不在沈宅，是接到消息后才和沈泰和一起从公司赶回家来的。

常天摩挲着下巴上新长出来的胡楂，沈胜男同样有嫌疑，对一个有着要在男人世界里打天下的女人来说，沈祥哥也算是一块绊脚石，更何况，她跟薛雅梅关系十分恶劣，几乎一见面就要吵架。

不过她和沈祥哥的关系却不错，沈祥哥待人宽厚，性子也温和，只是有些寡言少语，不太合群，根据调查得来的信息，他没什么朋友，却也没什么敌人，没有男女情爱纠葛，也没有结仇的历史。

02

“你买大黄做什么？”常天话一出口，郭正的脸色唰地发白。

“我便秘。”郭正小声回答。

常天嘴角叼着笑，看着坐在他面前的家伙，郭正三十岁左右，身材粗壮，手臂上的肌肉尤其发达，据说在投奔沈家以前是山里的猎户。

“有多久了？”

“有，有，有些日子了。”郭正说。

“到底有多久了？一个月，两个月？”

郭正想了想：“得有两个月了。”

“怎么现在才想到买大黄？”

“我现在才知道这法子啊！”

“谁告诉你这法子的？”

“前段时间老家来了个朋友跟我说的。”

“现在可好了？”常天又问。

郭正点头。

“这大黄效果不错啊！”常天微微一笑，“怎么个吃法？泡水吗？一次泡多少啊？”常天打开一个纸包，露出里面的大黄。

郭正小心翼翼地捻了两片：“差不多这么多。”

“你一天泡几次？”常天又问。

“泡一次。”

“多久能见效？”

“那个，那个，不一定。”郭正说，“大概一两个小时吧。”

“那你不是没吃完？”常天慢悠悠地问道，“应该还剩了不少吧？放在哪儿了？”

郭正说道："是，剩了一些，可能放在床头的小柜子里了。"

常天的手下王涛觉得十分诧异，不明白上司为什么非要在这个问题上纠缠不休。

等到郭正被带离了审讯室，常天伸了个懒腰："你听出什么问题了吗？"

王涛想了想："郭正的大黄没吃完，他说放在屋里，可是我们却没找到那些大黄，这一点很奇怪。"

常天摇头："那不是最重要的，你看见刚才他的表情了吗？我问过沈家的仆人，在刘潭说郭正买大黄之前，他们都不知道郭正便秘。沈家一共有仆人二十个，可只有一个厕所可用，主人的厕所，他们是不准用的。如果郭正早就有便秘的毛病，他们没理由不知道。他们可都知道刘潭便秘！等在厕所外的滋味不好受呀！郭正在牢里可没这毛病，大黄有通便的功能不假，但只吃三天，他这病就全好了？那治不好便秘的大夫都该去撞墙了！"

三个小时之后，常天又派人将郭正带到审讯室。

"我刚找人称了你屋子里剩下的大黄，你根本没吃那么多。"常天说道。

"这有啥关系？！我记错了不行吗？"郭正梗着脖子，"这犯法吗？"

常天把一大包中药切片放在郭正的面前："来，把大黄选出来。"

郭正皱着眉头看着眼前的药材，各色各样的切片有好几种，他犹豫地拿起一片，又犹豫地放下去。

"长官，我是个老粗，不认得药。"

03

常天将一块石头抛到半空，等它落下来的时候又用手接住它。

这块石头就是在沈祥飞的房间里找到的，约有半个拳头大小。

"这里到洋楼有二十米呢！"王涛指着图脑补着，"这人得有一把好力气，还得有好眼神！狗还认得他——郭，郭正？！”

常天提了另外一个问题：“一般人遇到这种事会怎么做？”

“自然是立刻下去找扔石头的人。”王涛皱了皱眉头。

在王涛的调查笔记里，沈祥飞可不是一个善于隐忍的少年，他回到沈家没几天就把里里外外闹了个鸡犬不宁。

“薛雅梅有次在沈泰和面前告黑状，冤枉沈祥飞把沈祥哥给推倒弄哭了，要沈泰和惩罚沈祥飞不许吃晚饭，这沈祥飞赌气，把自己锁在屋子里，绝食三天，水米不进，最后沈泰和找人把门撬开，让薛雅梅带着沈祥哥跟他赔了不是，他这才起来吃东西；还有一次，薛雅梅跟大太太吵嘴，说了句不好听的话，沈祥飞立刻就将一碗烫茶泼到了薛雅梅的身上，薛雅梅去找沈泰和哭诉，沈泰和便打了沈祥飞一巴掌，沈祥飞拿了一把水果刀就割腕自杀……后来，沈泰和再也不敢打骂他，沈家也没人敢惹这位小爷，不过，他对下人倒是客客气气的，并不摆架子，给赏钱也大方，他们家的下人都还喜欢他。”

常天掏出鼻咽来，深吸了一口。

王涛觉得不可思议：“难道，他是看出扔石头的家伙是想引他去后院，所以他才没去？”

常天想起沈祥飞与年龄极不相称的复杂眼神，潜伏着精明、自信、伤痛、悲哀以及毫无疑问的强大生命力，在他孱弱身体和清秀面容的背后似乎还深藏着什么东西，常天一时也说不清楚，只是凭直觉认为，那孩子在回到沈家之前，一定有过一些不同寻常的经历。

十年前沈祥飞失踪案也是一桩蹊跷事，当时身怀有孕的大太太李薇玉莫名流产，一度有谣言说是薛雅梅在保胎药中动了手脚，沈泰和将散布言论的佣人解雇赶了出去，从此再也没人敢提起这个话题。沈祥飞就是在这一片混乱中失踪的，谁也不知道他是怎么不见的，沈家用尽了一切力量：警察、黑道、悬赏……一无所获，当时经办这案子的警察黄七奇正好与常天相熟，他一直认为沈祥飞的失踪与薛雅梅有关。

“那女人可不是什么善男信女，她老爹的江山都是踩着熟人尸骨打下来的，黑着呢！沈祥飞失踪那一日，偏她正巧回了娘家，我的人查到那天薛家老太爷的轿车出了城，车上都是薛家的打手，这车直到半夜才回来。在沈祥飞出事的前一天，李薇玉专门到薛雅梅的房间里提醒她不要欺人太甚，有仆人听到她们吵架……”

假如沈祥飞的失踪真的与李薇玉有关，那沈祥飞是有理由憎恨这个女人的，而他也很有可能，把这些年在外所经历的痛苦，一并算到薛雅梅的头上，甚至迁怒到沈祥哥的身上。

04

走进袁雎的房间，常天很难相信沈泰和会有这样一个情人。

房间里的陈设处处显示出主人的简朴优雅，情趣教养，墙上挂着袁雎自己的水墨画作品，清一色都是马……立马、奔马、卧马……草原马、陌上马、厩中马……很少有女子选择这样的主题，更少有女子能将马画得如此神采飞扬。

“画得这么传神，你一定花了不少时间和马相处吧？”常天决定用一个轻松的问题开头，解除袁雎的戒备。

“没有，我很少出门，有时候会去赛马场和乡下看看，我只是记性好，”袁雎说，“省了不少事。”

常天注意到，袁雎笔下的马，都是没有马鞍的。

袁雎是沈泰和在金陵大学时的同学，两人在大学时的恋爱关系人尽皆知，只是沈泰和在上大学之前就奉父母之命在乡下娶了老婆，但这袁雎是个才女，家境也不错，自然不肯做小妾，沈泰和呢，又是个孝子，这老婆既是父母之命，怎么也不敢离。袁雎等了几年无果，就提分手，这时沈泰和生意出了问题，半路杀出个薛雅梅，又有钱，又热情，又漂亮，又不计较名分，他正失恋伤心，又需要人帮助，便一时动情，娶了薛雅梅，可终究和袁睢多年感情难以割舍，一来二去又复合，只是袁睢更不肯嫁给他做三姨太，沈泰和便索性在外面买了房子，时不时地与袁睢在这里相会。

“几个女人共处于一个屋檐之下，要想相安无事是不大可能的，我有很多事情要做，不想将时间浪费在和她们吵架之上。”袁睢虽然已经年近四十，但身材保养得相当不错，并不比年轻女子差，再加上娇媚的五官，高贵的气质谈吐，连常天也在心中暗自赞叹，并替她觉得可惜。据他所知，因为她和沈泰和的这种关系，她的家庭已经和她断绝了关系。不管她是不是沈泰和最爱的女人，不管她多有才华，终究没有子女，没有完整的家庭，也没有稳定的收入，一旦沈泰和发生什么事，她的生活便会立刻陷入凄凉。

她应该是个聪明的女子，为什么没有与沈泰和生养一个子女呢？

这种问题不必问，因为肯定不会得到答案。

在沈祥哥出事那一日，袁睢没有去沈家，有不在场证明，她又是否有杀害沈祥哥的动机呢？

“没想到会出这种事。”袁睢有些神伤。

“你觉得会是谁？”

“这个怎么可以瞎说呢？”袁睢摇头，“找出真凶，是你们应该去做的事啊！”

“你觉得李薇玉会做这样的事吗？”

“我不了解她。”袁睢说，“但我想，一个有孩子的母亲，一个吃斋念佛的人，应该还不至于。她胆子很小，我听说她有一个哥哥在十岁的时候被毒死了，这样家庭里长大的人，她会活得很小心。”

“沈胜男呢？”

袁睢听到这个名字竟笑了笑：“她是很好强，就因为好强，所以不会，女人好强无非是为了证明自己不比男人差，要是用这种手段，她这么多年的辛苦又是何必？”

“薛雅梅这个人，你怎么评价？”常天问。

袁雎的笑转成了冷笑，眼神里闪着与她的温柔格格不入的寒气：“猫头鹰得到一只腐烂的老鼠，以为谁都看得上这只臭老鼠，谁都会来抢，觉得谁都是威胁，从它面前路过都要大声嚷嚷，恨不得把方圆百里的敌人都铲除干净，有本事给自己找很多敌人，但没本事斩草除根——薛雅梅就是这种人，送她七个字：多行不义必自毙。”

常天知道这个故事的典故原来出自庄子的《南华经》，袁雎毫不掩饰她对薛雅梅的厌恶和不屑，倒是出乎他的意料，常天问出最后一个问题。

“那么，沈泰和呢？”

袁雎沉默了很久，最后只说了一句话：“他只是一个男人。”

05

夜半，沈宅，薛雅敏的房间。

没有开灯，月色像一只幽灵，浮在窗口，隐约可以看见地面上的狼藉：推倒的家具、杯碗的碎片、撕破的衣裳……

薛雅敏在饥饿中醒来——差不多有一整天没吃东西了，她把送饭的丫鬟和劝慰她的丈夫都推了出去，她记得自己还狠狠地打了沈泰和一记耳光。

她的视线里却出现了一个人影，瘦瘦小小，是个男人，但不是她的丈夫！

“你是谁？！你怎么敢在这里？”

人影往前走了一步，她能看得更清楚些，对方穿着黑色的中山服，脸是蒙着的，只露出一双细长的眼睛，那双眼睛里闪着阴冷的光。

“哈！”薛雅梅冷笑，“是你！”

“还我儿子！”她从枕头下抓出一把水果刀扑向对方，自从沈祥哥死后，她便一直把这把刀随身带着。

对方抓住她的刀，但是刀仍然刺进肉里了，在腹部，她感觉到一股热流涌到她的手上，带着腥味……但同时她的头顶也狠狠地被什么硬物给敲了一下，薛雅梅晕过去了……

06

早上一回到警局，常天便接到通知——沈家又出事了，这一次的受害者是沈祥飞。

依旧是马钱子中毒，幸而救治及时，沈祥飞已无生命危险，但仍然昏迷着。

在警察赶到沈宅之前，沈泰和已经带着人在薛雅梅的房间里搜出了没用完的马钱子，而薛雅梅也被证实曾经接触过沈祥飞最后服用的食物——参汤。大约在下午三点，薛雅梅的女仆林霞到厨房为女主人安排点心，见炉子上有一碗参汤，尽管厨娘王嫂告知林霞那是专为大少爷准备的，林霞固执地将参汤取走，送进薛雅梅的房间，不久之后便又退了回来，有人听到薛雅梅呵斥林霞丢她的脸，之后这碗参汤便由桂花嫂送进沈祥飞房中，不到半小时，沈祥飞便毒发。

“薛雅梅疯了！”王涛说道。

前一天夜里，薛雅梅忽然从房间里跑出来，坚持说沈祥飞到她房间里去害她，尽管大家都证明沈祥飞一直都待在灵堂里，她还是非要脱掉沈祥飞的衣服，说自己刺伤了沈祥飞，闹得鸡飞狗跳，混乱之中，李薇玉被推倒了，头撞到桌角上，流了不少血，沈家连夜请来大夫包扎诊治，之后她一直昏睡到第二天傍晚，醒后听到沈祥飞中毒的事又受刺激晕倒过去。

常天皱着眉头，薛雅梅说她被人打晕了，后脑勺倒是有一块血肿，但大家都认为那多半是她自己摔倒的。

“那天沈家去了两个大夫，李薇玉和薛雅梅这两个女人心眼多，都怕别人借大夫的手陷害自己，所以都有自己固定的大夫，外面的大夫一概不相信。”王涛说着便要笑，“薛雅梅的那个大夫姓张，他说薛雅梅大概是伤心过度，所以产生了幻觉，结果被薛雅梅打了一记耳光给赶出去了。”

此刻，薛雅梅在拘押室里像个疯子一样咆哮，声称这是李薇玉的栽赃陷害——然而沈祥飞中毒的程度可不浅，按医生的说法，如果不是中毒者求生意志强烈，很有可能便救不过来。

“苦肉计不带这么玩儿的。李薇玉已经四十三岁，用自己儿子的性命为代价扳倒劲敌，却让自己老无所依，这于情于理都不通。再说了，有做亲娘的毒死自己儿子来嫁祸小妾的吗？”王涛坚持他的判断，“薛雅梅肯定是疯了。”

“我没有疯，我也没有杀人！”薛雅梅歇斯底里地大叫，“是他们陷害我！他们就是想让你们认为我疯了！”

并非没有蹊跷：虽然薛雅梅的房间里没有血迹，她身上的旗袍也没有血迹，但她屋子里常用的银柄水果刀却确实遍寻不得，另外薛雅梅坚称她当日穿的旗袍是另一件旗袍，颜色虽一样，花纹却不同，一件绣的是凤尾花，一件绣的是牡丹花，绣着牡丹花的旗袍不翼而飞了。当天晚上大部分的人都在灵堂，薛雅梅将自己反锁在了卧室，常天很奇怪沈家竟没派人在薛雅梅的房门外看守——对于一个刚失去儿子的母亲，他们似乎并不担心她会做出伤害自己的行为。

沈泰和说自己是太伤心没顾得上，当然更可能因为挨了一记耳光而恼羞成怒，仆人们说是没人吩咐，常天想大约薛雅梅平日里太不得人心，所以大家都心照不宣地忽略了她。

薛雅梅唯一的亲信、她的贴身丫鬟林霞，被大夫人李薇玉派去整理小少爷沈祥哥的遗物。

屋子的门锁没有坏，就算真有侵入者也只可能是从窗户进入，薛雅梅卧室的窗子是内嵌式的，窗下的台上摆满了花盆，花盆里种着带刺的玫瑰、月季和蔷薇——没有可供人站立的机会，除此之外，没有发现脚印、绳痕。

薛雅梅的房间紧挨着右边的楼梯，左边隔壁房间是沈泰和的卧室，当晚沈泰和不在卧室里，但门是上了锁的，楼下是一个杂物房，常天进去查探过，这个房间比较小，没有窗户，里面堆的都是旧衣服和旧家具。

薛雅梅卧室的窗户对着后院，后院有两条看家狗，当晚并没有人听到狗叫，这有两种可能：

第一，侵入者是狗认识的，故而不吠；

第二，根本没有侵入者。

“现在我知道他为什么蒙着脸了，”薛雅梅说，“他们找了一个身高差不多的孩子来，就是为了让人家以为我疯了，没错，这就是他们的目的！”

“你觉得他们是谁？”常天问。

“还能有谁？！李薇玉、沈胜男、沈泰和！”薛雅梅咬牙切齿地说。

常天很意外地听到沈泰和也在这个名单里：“沈泰和是你丈夫！”

“他早就恨我了！我死了他才高兴呢！”薛雅梅几乎是在狞笑了，“以前有个儿子，大家不好撕破脸，现在儿子没了，他就没什么顾忌了！”

李薇玉流产和沈祥飞失踪之后，所有人都怀疑薛雅梅，那时候沈泰和还护着薛雅梅，硬说是房子风水不好，便拆了房子重建洋楼，一面带着薛雅梅住到别处，一面又把建房的工程交给了李薇玉的娘家舅舅——摆明了是故意让李家人从建房里捞些好处，以做安抚。

“你觉得李薇玉、沈泰和会下毒毒自己的儿子？”

薛雅梅说道：“沈泰和不会，可李薇玉不一定，当年她就用过这一招陷害我。”

“你就不想杀他？”

薛雅梅忽然聪明起来：“想和做是两码事！”

“那你认为是谁干的？”

薛雅梅冷笑：“报应！是报应！”

常天瞄了她一眼：“你本来想让郭正在药罐里放一点儿大黄，让你儿子拉肚子，好把这事嫁祸给沈祥飞，你可知道，你们商议的这事被别人知道了，才有人乘虚而入，将郭正房间里的大黄换成了马钱子，郭正不能鉴别这两种药，照样把马钱子加进了药罐子，毒死了你儿子。”

薛雅梅面如白纸：“郭正那个王八蛋，出卖了我！”

当初没有在郭正的房间里发现大黄，常天怀疑是有人偷偷拿走了，但是为什么要拿走一个仆人房里并不值钱的大黄呢？再加上证实郭正又没有便秘的疾病，所以这大黄的用途也是值得人深思的。

只是自己的猜测这样容易就得到验证，常天也有些意外，想起袁雎对薛雅梅的评价，不由得心中暗笑：“你仔细想一想，你们商议这事儿的时候，可还有别人知道？”

“是她！我要杀了那个婊子！她串通别人杀了我的儿子，我的儿啊！”尽管是一个惹人嫌恶的泼妇，但这痛彻心扉的嘶喊却也不得不让人动容，常天想起方才她所说的报应二字，不由觉得十分讽刺。

07

林霞的嫌疑确实是最大的。

知道大黄计划的人只有三个，她、郭正和林霞。

林霞虽然是薛雅梅的贴身丫鬟，但薛雅梅喜怒无常，常常拿她当出气筒，非打即骂，林霞没有兄弟姐妹可以依靠，只有一个病怏怏的老父，全靠她养活，没有别的出路只能跟着薛雅梅，所谓积怨最可怕，她最有机会下毒，也最有机会把马钱子藏在薛雅梅的屋里。

三个月以前林霞的父亲被人追债，林霞找薛雅梅借一千元，却被拒绝了，林父因此差一点被人打死，虽然林霞及时将还款交出，但林父终究还是受到了惊吓刺激，一个月以后便过世了，这位父亲本来想通过赌博为自己和女儿搏一个更好的出路，没想到却赔上了自己的性命。

会不会因为这件事让林霞对女主人怀恨在心呢?

一千元，一个下等女仆要不吃不喝做上五年才挣得出这个数，她上哪儿弄到这样一笔巨款?

是林霞将消息泄露给了凶手，还是压根就是她换掉了药呢?

“老娘捡的！”林霞摆出和薛雅梅十分相似的泼妇架势，“怎么着? 只许别人杀人放火金腰带，老娘就不能有点好运气? ”

“在哪儿捡的? ”常天却不生气，笑嘻嘻地问。

林霞的答案很荒谬：“我早上起来发现钱在鞋子里，可我不知道是谁放的，我没办法不要，我真的需要用这笔钱去救命！”

最开始她一直觉得不安，可是等了很多天都没有人提到这笔钱，她就想，这大概真的是老天送给她的礼物。

假如她说的是真的，这就是一个精心布置的陷阱：林霞有了一个极好的杀人动机，但是她却永远说不出主谋——因为她根本不知道主谋是谁。

林霞和郭正都坚持说自己没泄露过关于大黄的计划，他们说自己不敢，因为害怕薛家的势力。

这一点常天相信。

当然也不排除被人偷听到——常天想，但是怎么偷听呢? 这件事是在薛雅梅的卧室里密谋的，那个房间他查过，很难藏得住人，窗外也无法偷听。

但有一点可以肯定，偷听者和把钱放在林霞鞋子里的，只能是住在沈家的人。

08

沈泰和怀疑杀人的主谋是他生意上的对手。

“林霞被人收买，下毒杀人，只要严刑逼供，她一定会招！”

事情很微妙，几种猜测都不合逻辑：假如林霞被李薇玉收买去杀沈祥哥，那么她就不应该再杀沈祥飞，假如林霞受了女主人唆使去毒杀沈祥飞，那么之前她就不大可能去杀沈祥哥。除非她先被人收买杀了沈祥哥，之后又被人收买杀了沈祥飞——两个不同阵营的人同时收买了她，或者被第三方收买，或者，林霞就是个心理阴暗的杀人狂。

常天提出疑问：“若是你的对手，直接杀你岂非更加有益？”

“把我家弄得鸡犬不宁，我也就没有心思再管生意上的事，这就是他们的目的。”

沈家的生意却并没什么不妥，最近沈胜男顺利签了几个合同，并没人在这个时候落井下石。

沈胜男是常天重点监视对象。

毕竟沈家两个继承人出事，她就是最大的受益者。

监视她的也并不止是警察，沈祥飞出事后的第二周，便有人寄来匿名信，告知警方沈胜男与大学同学董赫交往，而沈泰和却有心要将女儿嫁给生意上的伙伴，同为制药商的林家坤，父女因此反目，沈泰和威胁沈胜男，若她不肯与董赫分手，便剥夺其继承权。沈胜男表面上答应了父亲，但私底下仍与董赫有来往。

写匿名信的人认为沈胜男有杀人动机——若是弟弟们都出了事，她也就不用担心继承权的问题。如果薛雅梅被成功嫁祸，那将来更没人与她争夺财产了。

常天可以肯定这信是薛家人写来的，他的猜测也得到了验证。

不过沈胜男确实有设计阴谋的智商和金钱，她住在沈家，行事也很便利。

但两次事发她都不在家，如此便需要同谋。

事实上不管是谁，都需要同谋，只有一个同谋还不够。

第一，此人可以随意进出郭正的佣人房而不被人注意，首先这必须是沈家的用人，而且是个男子，左厢楼住着的有司机刘潭、锅炉房工人丁老顺，杂役曹同、闵海、王富，护院姜斌、孙凯，门房朱大爷；由于沈家对男女仆的规矩甚严，不允许男仆进入右厢，也严禁女仆进入左厢，所以女仆没有办法进入郭正的房间而不被人发现。

第二，可以接触到那一碗参汤的人，就那天的情形来说，熬参汤的是王嫂，在那段时间厨房里也只有她一人，所以只能是王嫂、丫鬟林霞和桂花嫂三人中的一个。

第三，可以进入薛雅梅的房间而不被怀疑。薛雅梅自儿子死后便很少出门，所以外人不可能趁着她不在屋子里把马钱子带进去，不管是男仆、厨娘、桂花嫂还是沈胜男都做不到，事实上除了林霞之外，进过薛雅梅房间的就只有沈泰和及她的哥哥薛金成了——薛金成自然没有理由串通外人陷害自己的妹妹，更何况，沈祥飞出事那一日，他并没有去过沈家。沈泰和虽然在家，但是他又没有理由杀自己的儿子。

如果不是林霞，那么其他人就必须有其他的方法把马钱子藏进薛雅梅的房间。

09

受害人沈祥飞一直没有苏醒，医生的说法是尽管没有生命危险，但各人体质不同，苏醒的时间也就不同。

常天去了医院两次，都没看见李薇玉，据说她天天都待在佛堂为儿子诵经祈福。第二次，他却十分意外地遇到了袁睢，她坐在沈祥飞的床边擦着沈祥飞的一双皮鞋，双眼红肿，竟然哭过。

“若我有儿子，也该这么大了。”袁睢解释道，“想着如果当初我住进沈家，今日躺在这的或许会是我儿子，便觉得忍不住伤心。”

她放下鞋子，抚摸了一下沈祥飞的头，“稚子无辜。但愿他能醒过来，走出去。”

常天默然，他忽然想，或许这就是袁雎一直未有生育的原因：她并不想自己的孩子生活在这样恶劣的环境之中。

也许不醒来也是好事，常天看着沈祥飞，薛雅梅不会善罢甘休，只要她一日认为沈祥飞是她的仇人，那么这孩子一日都会处在危险之中。

薛家人一直在给警方施加压力，外面已经有舆论偏向凶手即是林霞了，上司骆杨的意思也是尽快让林霞认罪，好了结这案子，省得大家麻烦。

“你可认识林霞？”常天问袁雎。

袁雎犹豫了一下，然后说：“薛雅梅在知道我和沈泰和的事情之后，曾找人袭击我，是林霞给我通风报信，我才躲过一劫，我并没有给过林霞钱，她是好心人。她不会杀人。”

常天有些意外：“但这也说明她可能早就恨上了她的女主人。”

“我与她非亲非故，她做这事要担很大风险，如果被薛雅梅发现了，可能连命都保不住，”袁雎说道，“如果不够善良，是做不到的。”

常天愣了愣：“你是不是借过一千元钱给她？”

袁雎摇着头：“没有。她家里的事我是后来才听说的，如果早知道，不需要她开口，我也会借给她。我想，她不来找我，是因为怕被薛雅梅发现，她这么害怕薛雅梅，又怎么敢栽赃给她？”

10

常天顶不住上司骆杨的压力，只得以保外就医的名义将薛雅梅放了出去。

薛雅梅离开的第二天，住在医院里的沈祥飞莫名其妙地失踪了。

护士是在半夜两点时发现沈祥飞不见的，主治医生大约在一点的时候查过房，当时沈祥飞还好好地躺在床上。沈祥飞的病房外就是护士值班室，如果有人进出，护士都能看得到，除此之外，沈泰和还为沈祥飞安排了两名保镖，昼夜守在病房门口，以免再出意外。如果要移走沈祥飞，只能通过窗户。两个保镖都十分肯定，在他们离开病房前，锁上了窗户，窗户是对开的，中间被一根铁框隔开，两扇窗的插梢都在屋内侧，窗户既然没有破，那么只能是从内侧打开的。

“你们在病房外可有看见可疑的人？可有见过的医生护士？”

保镖们都摇着头：“没有，沈先生特地嘱咐过，我们就是盯着生面孔呢！”

“那白天都有什么人来探视过？”

“上午沈老板来过，沈小姐陪着一起来的，哦，还有袁女士，她是下午来的。她走后就再没人来了。”

常天发现窗户正中的铁框上有麻绳摩擦过的痕迹，这麻绳被取走了，要做到这一点不难，只要绳子够长，或者绳头有钩子，就可以直接套在铁框上而不必打结，到时候只要一抽，绳子就可以顺利被抽走，常天奇怪的是他们爬上四楼的方法，在窗外的墙壁上没有发现任何鞋印，但是楼下的草坪湿地却有凌乱的脚印，可以看出是两个人，一人的脚印很奇怪，没有鞋底子的纹路，另一个人则能判断出穿着一双布鞋，两双鞋的尺寸都很小，成年男子的脚鲜有这么小的，莫非到病房进行绑架的竟然是两个十几岁的孩子？

另外，保镖们没有听到一点动静，这是怎么做到的？

常天住院楼南侧的墙根发现有两块被扔掉的方布块，布块一面全是稀泥，却依稀可以看出一个脚印，常天断定这两块布曾经包裹在鞋子的外面，将布拿到那泥地与鞋印比较：果然，布条上的鞋印大小与那没有纹路的鞋印一模一样。

为什么要包住鞋子呢？是为了不让鞋子发出声音？两点钟，很轻微的声音也能听得清楚。

但是土地这么湿，即便是包住了鞋子，布上也会沾满泥水，为什么外墙上却没有留下泥水痕迹呢？除非他是脱了鞋爬上去的，既然要脱鞋，那么包鞋的目的又是什么？在泥地上是用不着包鞋的，而且为什么一个包了，另一个没有包?

这两组脚印的深浅程度是一致的——如果其中一人背着沈祥飞，那么脚印应该更深一些才是。

至少应该有一组脚印更深些的，毕竟只可能有一个人背着沈祥飞落地。

医院前后门的门卫都声称没看见可疑人物离开，绑架者只能通过围墙进出，果然，在南侧围墙的墙根，常天再次发现了可疑的脚印——仍然是两个人，大小深浅均与之前的脚印一致。

11

常天到沈家的时候，沈泰和的两个太太正吵得不可开交。

李薇玉指责薛雅梅是沈祥飞失踪的幕后主使："她一出来，我儿子就不见了，除了她，还会有谁这般狠毒？"

薛雅梅坚决否认："我有那么蠢吗？这分明是你故技重施，都说虎毒不食子，你比老虎还毒啦！"

李薇玉气得浑身乱颤："贱人！人在做，天在看，你儿子死了，你还不觉得自己在遭报应吗？"

她的话戳中了薛雅梅的痛处，薛雅梅抄起一把椅子就朝着李薇玉砸过去，众仆人慌忙把她拉住。

常天却不动，摆出坐山观虎斗的架势，同时也观察周围人的表情：

沈泰和坐在沙发上，表情木然，完全不管，桂花嫂和沈胜男争着用身体挡在李薇玉的面前，从薛雅梅手中夺下椅子来的是司机刘潭，紧接着他便挨了薛金成的一记耳光。

"你个下人！要你来多管闲事！"

他冲到沈泰和的面前，揪住衣领："你个废物，倒是放个屁啊！"

沈胜男冲到父亲面前挡着，又踢又咬地掰开薛金成的手："这里是沈家，你放尊重一点，还轮不到你个外人指手画脚！"

"别闹了。"常天慢悠悠地说，"沈祥飞是自己跑的。"

沉默像是个炸弹，一下子便把所有人的声音都炸哑了，屋子里的目光纷纷疑惑地射向常天，沈胜男第一个尖叫起来：

"长官，这种话你可不能乱讲！"

李薇玉的身体晃了晃，桂花嫂慌忙扶住她。

"长官，那我儿子现在何处？"

薛雅梅的脸上的表情尤其复杂："他跑个什么？畏罪潜逃吧？！"

薛金成卷起袖子，恨不得掐住常天的脖子："你干吗不早说，热闹看得舒服是吧？"

沈泰和挥了挥手，总算恢复了神智："那他，可还活着？"

常天摇摇头："不知道。我们还没找到他！"

沈胜男冷笑："原来你是在放屁！"

"窗户只能从里面打开，这事就只有病房里的人才做得到，沈祥飞的鞋子也不见了，绑架一个昏迷的人，还顾得上给他穿鞋？那双皮鞋是要系鞋带的，穿起来可是要花时间的。保镖每隔半个小时就要进去看一次，他们这么不抓紧时间就不怕撞上？保镖们之所以没有听见屋子里的动静，那是因为沈祥飞在鞋子的外面包了一层棉布，他借助绳子爬到楼下，那里早有人接应他，他和那人一起翻墙离开了医院。"

"还是你的一面之词。"沈胜男说，"证据呢？"

常天拿出一张纸，上面是用铅笔画的鞋印："这是我在医院围墙那里找到的鞋印，38码，和沈祥飞脚的大小一致，这上面的花纹，是我一笔笔描出来的，可以肯定是皮鞋的鞋纹，沈祥飞病房里放着的那双皮鞋我见过，之前你们说是在利康鞋庄买的，我就在利康找到了一双样式一样的，证实鞋底的花纹也是一样的。"

沈胜男还要再辩，却已经没有了底气："可他有什么理由要走？还有，他哪里来的绳子？”

“理由？”常天笑了笑，“也许是吓着了，害怕再有人害他。至于绳子吗，既然有人接应他，肯定也就能给他送绳子。”

李薇玉缓了缓神：“是吓着了……这个傻孩子……也不知道他现在在哪儿？”

“我来是想问一个问题，”常天扔出第二颗炸弹，“沈祥飞曾经失踪了十年，样貌变化应该不小，你们怎么知道现在的沈祥飞就是当年丢失的沈祥飞？你们确定他就是吗？”

沈泰和斩钉截铁：“祥飞的左肩膀上有一块深青色的胎记，形状很特别，不可能有第二个人有！”

“这个胎记的样子有多少人知道？”常天又问。

沈泰和皱了皱眉：“家里人都是知道的。”

常天递出纸笔给沈泰和与李薇玉：“能画出来吗？”

两人将画好的胎记给常天看，大体像是个两指大的花生，但歪歪扭扭，并不规则，两人的画在细节上有一些小的出入，李薇玉笔下的胎记比沈泰和画的多了三个弯曲。

“你们怎么找到他的？”常天问，“碰巧找到的？”

沈泰和摇头——有人写了匿名信给沈泰和，但始终没来拿赏钱。

常天望着李薇玉：“你确定他真是你儿子吗？”

李薇玉与常天对视着，并不正面回答他：“常长官，胎记这种东西，可有什么法子做得假吗？”

12

“只要功夫深，什么都做得假。”

纹身师傅在自己的手臂上画了个圆圈，用针沾了黑色色料，在皮肤上刺了一点。

“扎到这个深度，颜色就能浸进去，等过一阵子，这黑色就变成青色了，一点一点地刺，要什么形状都没问题。”

常天点点头，松了口气，现在，他基本可以确定发生过什么事了。

再一次拜访袁雎，她已经没有了第一次见面时的淡定。

常天也没有废话：“沈祥飞在哪里？”

袁雎给自己点了一支烟，抽了两口之后，才缓缓道：“其实第一次见你，我就知道，迟早有一天你会发现的。只是没想到，这么快。”

“那天在病房，你的眼泪暴露了你。”常天叹气，“最开始我只是奇怪，你怎么会如此同情沈祥飞？后来当我发现是沈祥飞自己逃走的时候，我就反应过来，这一切都是你安排的，你就是那个接应他的人，是你借着探视的机会把绳子带进病房的，而且女人提着一个包不会有人怀疑，那天你根本没有离开医院，一直等到半夜两点，接应沈祥飞。”

“你是从鞋印上看出来的吧？”袁雎苦笑，“回来之后我就知道糟了，我应该把鞋印都处理掉的。”

“是啊，那鞋印太小了，成年男人不会有那样小的脚，对女人却是合适的。必须有人把绳子带到医院，还有，我相信装作昏迷不醒这一招，应该是别人教他的。”常天说道，“我怀疑过沈胜男，不过她的反应太过激，如果真是她，应该会收敛一些，也不会问我一些蠢问题，所以我就确定你。之后，当得知沈祥飞被找到，是因为有人写匿名信告知沈泰和的，却在之后没去取赏钱，我就明白过来，这个沈祥飞是个冒牌货。你见过小时候的沈祥飞，也记得那个胎记是什么样子，只要找一个模样相似的孩子，在他左肩刺一个胎记就好，沈家寻子十年不得，十有八九都会认回。你成功了，可是没想到情况如此凶险，沈祥飞竟被人下毒，他也许坚持不了多久就会暴露，所以你必须要让沈祥飞离开。”

袁雎点点头：“我从没想过要置他于如此险境，我也没想到沈家那帮人竟如此心狠手辣，早知道，我是不会送他去的。”

“你是想让他冒充沈家的长子，好让将来自己有一个依靠？”常天问。

“这孩子跟我有缘。在街上遇到他的时候，他都快饿死了，头上好大一个伤口，小猫一样可怜巴巴地看着我……”

袁雎回忆着往事，十分感慨，“我就想，也许沈家的孩子早就死了，我找了个地方，把他偷偷安置下来，我照顾他，他对我也亲，虽然没有母子的血缘，但有母子的情分，等他懂事了我就跟他说了我的计划，他愿意为我做这件事，他要报恩，吃过苦的孩子也知道什么是机会，后来，我就把他送去了皮革工坊，又写了匿名信给沈泰和……”

袁雎停了停，又说，“这事儿也不止是为了养老那么简单，我知道他一进沈家，沈家就会乱，薛雅梅不是善男信女，需要有人帮我和薛雅梅斗，李薇玉有了儿子，就会为儿子斗，可我没想到事情会闹到这一步，沈祥哥死了，他也差点丢了命，这不是我想要的，薛雅梅不会放过他，我不能让他冒着生命危险留在沈家。”

“沈祥哥是他杀的？是他下毒杀了沈祥哥？”

“不是！”袁雎斩钉截铁地摇着头，“他不会杀人，也杀不来人，我再讨厌薛雅梅，也不可能唆使一个孩子去杀人。”

“请别送他回去。”袁雎向常天跪了下来，“他回去就只有死路一条，薛家人沈家人都不会善罢甘休，可我们真的没有杀人，如果你一定要找人去交代，就带我去吧，我会把我做的事都说出来，让他们对付我好了！只求你，让他走，他还小，他本来不该卷进这浑水里的。”

13

沈祥飞肩膀上的胎记与李薇玉所画的胎记完全一致，常天不由得深服袁雎的记忆力。

“有没有人怀疑过你不是沈祥飞？”

沈祥飞摇着头：“我觉得他们都相信了，他们对我都很好。除了薛雅梅。”

“谁对你最好？”常天问。

“大夫人。”

“怎么个好法？”

“她买很多好衣服给我，给我吃很贵的补药，请先生给我上课，跟我说话都很温柔，从不骂我，也不打我，教我做人的道理。”

“你觉得她对你好些，还是袁女士对你好些？”

“自然是娘更好。”

沈祥飞口里的娘指的是袁雎。

“我生病了她一夜一夜地守着我掉眼泪，冬天了她用手给我捂脚，她还教我画画儿，她一有空就来看我，陪我说话解闷，教我好多东西……大夫人，她，”沈祥飞琢磨着如何形容，“她只是对我好。她不喜欢太亲近人，对谁都是，她很多时候都在佛堂里，像个，像个尼姑。”

常天听明白了：“那沈泰和呢？”

“他，其实也好，挺顺着我的，我闹了事，虽然会罚我，但也是为我好，而且最后说好话哄我的都是他。”

“薛雅梅有怀疑过你吗？她一般都说你什么坏话？”

沈祥飞摇着头：“她说我没教养，是野孩子，难成大器，会把弟弟带坏，是个不孝子，将来会败家，不能把家业交给我。而且说我不尊重她，将来杀了她都有可能，就是想办法让我爹，不，让沈先生不喜欢我。”

“你爹呢，怎么回应？”

“他不怎么听她的，有一次被她惹毛了，他就跟薛雅梅说，别挑拨离间，这是我儿子，他要有个长短我第一个找你算账，你要看不惯就带着你儿子滚，要钱就分你一半，以后老死不相往来。”

“薛雅梅怕吗？”

沈祥飞再一次露出少年老成的表情：“她怕得很！我早看出来了，薛家人在沈家横，她可不敢回薛家去横。”

这倒是实情，常天忍不住心里发笑，薛家比沈家要复杂不知道多少倍，薛雅梅如果回了薛家，只怕会被那边的人啃得骨头都不剩，所以她才拼命要保住自己在沈家的位置。

据小的们来报，沈家人如今都对薛雅梅采取“冰镇”态度，李薇玉不出佛堂，沈泰和住在书房，完全不搭理她，佣人们也都对她敬而远之，伺候吃喝——薛雅梅哭闹了几次，摔碗砸锅的，都没有什么效果，现在也总在自己房间里待着。

14

常天没有将找到“沈祥飞”的事汇报给上司，也没有向沈家泄露一个字。

王涛是唯一的知情人，觉得此事甚为不妥：“案子要是迟迟结不了，我们怎么交代？”

“很快就会结了。”常天说，“再等等吧。”

几天之后，沈家再次来人报案——薛雅梅自杀了。

她将自己反锁在房间里，第二天早上用人撞门进去后，才发现人已经死了，手腕被割开，血流了一地。

常天查看着现场，屋子里整整齐齐，没有打斗的痕迹，薛雅梅穿着真丝睡衣，躺在床上，尸身上也没有伤痕，在床头柜上摆着一瓶红酒和一个高脚玻璃杯，红酒喝了小半瓶，化妆台上放着一瓶雅霜，与尸体脸上和手上的香味相符，证明薛雅梅在临死前用过这护肤品。

在衣柜里发现一个包装好的礼品盒，盒子里是一只劳力士男士手表，仆人证实这是她前一天去百货公司买的——再过三天，便是薛雅梅哥哥薛金成的生日。

常天打开窗户，窗户也是锁着的。

很明显，这不是自杀的现场。

常天用手拍打着四面的墙壁，墙壁都发出实音。

“把床拖开。”常天嘱咐手下。

沉重的红木雕花大床被移开了，地毯被揭开，床下的地板露了出来，灰尘打着卷儿往上飘，地板上赫然呈现出一个长宽一米左右的正方形裂纹。

“啊！”王涛小声惊呼，“是地道入口。”

“不是地道，是密道。”常天看上去并不惊讶，“这是在二楼。”

密道的入口石板被撬了起来，很薄，只有不到一公分厚，石板的正下方是一架固定在墙上的木梯，正是这木梯的顶端在支撑着石板。

常天与属下们顺着木梯爬下去——下方是一个狭窄的密闭空间，更像是一个走廊，右边墙上有一道上了锁的门，打开之后是一条一人多高的密道，砸开左边的墙，便是薛雅梅卧室正下方的杂物房。

沿着密道走了大约五十米，到底，一道木梯转角向右下，另一道木梯转向左上，顶端又是一块薄石板。

常天先带着人往右下走，走过一个小走廊后，尽头又显出一道木门，砸开木门上的锁之后，一间狭小而华丽的房间出现在了众人面前。

房间里的罗汉床上躺着一个脸色苍白的男孩子，十三四岁，紧闭着眼，左腹部被纱布层层缠裹着，隐隐露出血迹。

在床边的桌子上还放着一个小碗，碗里是残留的中药渣。

另一组警员跑过来汇报：“那边那道门通向佛堂。”

常天掏出鼻烟壶，正如他所猜测的，一切都水落石出了。

“别碰他！”

常天回过头，看见李薇玉带着桂花嫂从左边的木梯跑下来，她奔到男孩的面前，伸开双臂护住后者，眼神凶狠地瞪着其他人。

“你们想干什么？！”

“他才是真正的沈祥飞吧？”常天说道，“你之所以不拆穿那个假的沈祥飞，就是为了拿他当棋子吧？你偷听到了薛雅梅的计划，便买通男仆偷偷换掉郭正房里的药，这件事你筹划不是一天两天了，你早就选好了替死鬼，也就是林霞，当你知道她没有借到钱之后，便让桂花嫂偷偷把一千元塞进了她的鞋里，你知道，将来事发，是一定会查这笔钱的来源的，如此林霞就像被人收买，或是为了泄恨在沈祥哥的药里动手脚，没有人会相信林霞的钱是天上掉下来的，所以她将百口莫辩。

“薛雅梅大闹灵堂之后，你又让桂花嫂给假的沈祥飞下毒，为的就是嫁祸给薛雅梅，如果薛雅梅坐牢或是被送进疯人院，那么你就除掉了自己最大的威胁和对手。可惜，你低估了薛家的力量，而我又拆穿了假沈祥飞的身份，所以你必须杀了她，否则你和你儿子将永无出头之日。可她不能死于谋杀，否则薛家人不会放过你，于是你利用暗道进入她的房间，在她的酒里下了安眠药，等她睡着后又伪造出自杀的假象，我没说错吧？”

李薇玉咬着牙，似乎有些神志不清，还是之前那句话：“你们别碰他！”

“他是偷跑出来的？无意间进了薛雅梅的房间。”常天指着沈祥飞，“薛雅梅刺伤的就是他，而你和桂花嫂打晕了薛雅梅，清理了血迹，给薛雅梅换了衣服，拿走了刀和染了血的旗袍，之后你故意弄伤自己，目的是找来和你相熟的大夫，如果我没猜错的话，他早就知道你儿子的事。这些年，你儿子生病，都是找他，因为你不敢送他去医院。”

李薇玉哭了起来，但她的手臂仍然是张开的：“别过来！”

15

沈泰和坐在病床边，目不转睛地看着从来没见过的亲生儿子，沈泰和面色复杂地看着他左肩上的胎记——这个儿子十年来一直就在近在咫尺的地方，可是他却从来不知道。

“天下竟有这样的母亲！”王涛极为震撼，“竟把亲生儿子关在地下整整十年，就因为害怕别人害他！”

常天脸色沉重：“小时候经历的事有时候会影响人一辈子。我以前抓过一个犯人，他本来是银行的经理，但小时候家里很穷，父母都给人帮佣，有次女主人诬陷他偷东西，毒打了他一顿，他一直记着，长大成人之后，他杀了六个女人，你知道他为什么杀她们吗？”

王涛想了想：“因为她们跟那个女主人长得很像？”

常天摇头：“只因为她们和那女主人一样喜欢用桂花香味的香水。李薇玉小的时候，亲眼看见自己的哥哥被她父亲的小妾毒死，我想她对这种事应该是怕到骨子里了。而且当年她又一直怀疑自己流产跟薛雅梅有关，人在这种情况下太容易钻牛角尖了，她一定是想着，薛家势力太大，薛雅梅恶毒，老公也不帮她，所以她只能靠自己。她把儿子藏在密室里，等到把薛雅梅除掉之后，她才把儿子放出来。这也可以解释一件事，为什么沈家费了那么多功夫，却怎么都找不到这个孩子！”

“你早知道她藏了这个孩子吗？”王涛问，“你怎么知道那儿有一个密道？”

“当我知道李薇玉跟那个假的沈祥飞不那么亲近的时候，我才想到这一点，然后很多事也就说得通了——我很确定在薛雅梅的卧室里有一个暗道，但不可能是近年来修的，修筑洋楼的是李薇玉的舅舅，所以能够在房子里动手脚的只剩下李薇玉。其实李薇玉的佛堂只是个障眼法，她一直在监视薛雅梅，找机会要除掉她。”

常天本来赌李薇玉会为亲生儿子的伤势而送医，他本想在那个时候抓住她，却没想到她铤而走险，索性下手杀了薛雅梅。

“真是疯了。”王涛沉默一会儿之后又重复，“这孩子只怕也被她关疯了，将来还能过正常人的日子吗？”

沈泰和有了儿子，失去了两个女人，不，是三个。现在，袁雎带着那孩子应该上火车了吧？常天想，也好。

谁知道薛家人会做出什么来？只是不知道这个被囚禁了十年的孩子的命运将会如何？他或许能逃过这场重伤，但最终能逃过他命运的劫数吗？

常天不知道。

无妄之灾

银时

无妄之灾

这是个无人生还的故事，缘起于一桩埋在地下十二载的陈年旧事。

01 同学会

郑媛捧着瓶矿泉水，站在最不易被察觉的角上，她身处一个同学会现场，正竭力压抑自己逐渐膨胀的焦躁情绪——包间里的人越聚越多，郑媛等的人还一个未到。

郑媛匿名在校友 BBS 上召集了这次中学同学会，可她很明白，如果自己想见的人不来，这个兴师动众的同学就会变得毫无意义了。

刚在心里骂了句脏话，郑媛眼睛里突然有了神采，她的目光停在了包间入口处，罗小忆就站在那里。郑媛放下矿泉水，大步流星地朝刚进包间的女人走了过去。

看到郑媛，罗小忆的嘴角微微抽动了一下，她还记得这张脸。

郑媛笑容可掬，先开口道："同学，咱们多久没见啦？"

罗小忆僵硬地笑一下，算是回应。算算已经十二年没见过郑媛了，但这个人的脸还是让她紧张。罗小忆回想起自己从四中转校离开前几天的一个情景，隔壁班的郑媛突然走到她跟前，一脸神秘地说："任老师的事，我都看到了哦。"罗小忆并不知道郑媛所指为何，但这句没头没尾的话确实困扰了她好些日子。罗小忆还记得，当时郑媛的脸上也挂着跟现在如出一辙的笑容。

郑媛继续套近乎："听说你在城北的私立中学当了老师？"

"嗯，刚进去。"

"教什么？化学？那时候你化学成绩一直很好的。"郑媛话里有话。

听到"化学"，罗小忆像被人用针扎了一下脑门，额头渗出些冷汗，小声答："不，教英语。"随即又像想到了什么，正色道，"发电邮让我来这儿的人是你？！"

郑媛正欲回答，却看到面对包间门的罗小忆突然露出一脸惊愕，不对，不光罗小忆，整个包间的气氛都诡异起来，大家陆陆续续安静下来，又陆陆续续开始交头接耳。

郑媛回过头，门口站着的是甘霖——这是她期待见到的另一个人，当年发生在四中那个闹得满城风雨的"化学老师殉情丑闻"中的幸存者。而罗小忆现在的表情，也让郑媛更加笃定，关于那件殉情案，除了她看到听到的那点秘密，一直试图置身事外的罗小忆身上还藏着更大的隐情，且毫无疑问，当初在那个丑闻中担当女主角的甘霖是知道这些隐情的。

甘霖已经看到了离门口很近的罗小忆，她若有所思地望着罗小忆，愣了几秒钟，像在确认什么，然后径直朝罗小忆走了过来。

郑媛看出罗小忆本想转身逃开，但她已来不及了，甘霖已经来到了面前。郑媛此刻也乐意当个透明人，冷眼旁观罗小忆和甘霖的这次久别重逢。

“原来你成年后是这个样子啊！”这是甘霖的开场白。

罗小忆下意识地清了下嗓子，从鼻腔挤出个“嗯”字，她没有正眼看甘霖。

虽然罗小忆表现得不甚友善，甘霖还是一脸平和，笑道：“小忆姐，你比以前话少多了。”

罗小忆唯有苦笑，她注意到一旁正扮演看客的郑媛，便转过头看着郑媛，像在责问：“你确定要继续围观？”

郑媛也不白目，她礼貌性地跟刚到的甘霖问候一句便识趣地退下了。

包间里的人不时把目光投向甘霖，八卦魂都已经燃烧起来。郑媛则默默关注着甘霖和罗小忆的一举一动，想要从她们每个微妙互动里掘出一点玄机、一点她对十二年前那个殉情案所作猜测的佐证。甘霖看上去很平静，罗小忆看上去不那么平静，这些都是郑媛想从她们身上看到的反应。

而郑媛最想看到的反应出现在几分钟后。当任仁杰走进包间时，罗小忆和甘霖脸上露出了不同程度的惊慌。屋子里的其他人也都很快发现，那个死去的化学老师把自己的基因毫不吝惜地复制到了门口站着的年轻人脸上。这张脸也彻底唤起了大家对那个有违伦理的殉情事件的记忆。

至此，郑媛想要见的人到齐了。

02 往事

十二年前。

在四中不足五十年的建校史上，这次的师生殉情闹剧一定可以排进最轰动事件前三位，虽然说起它来实在不怎么光彩。

关于这件事，有的版本离奇狗血到堪比好莱坞剧本，有的传到后来几乎成了鬼故事。在案件的若干个版本中，下面这个大概是最靠谱，也最接近事实真相的一个了。

在殉情案中死掉的老师叫任杰，教化学，已婚男人，还有个比案件中的女生甘霖只小一岁的儿子，也就是上面提到的任仁杰。

甘霖那年才十三岁，进入四中也不过三个多月，却跟可以当她爹的化学老师走到了殉情这一步，他甚至还不是她的任课老师，任谁看来这都是一件极其匪夷所思的事情。好在甘霖命大，殉情未遂，最终被救了下来。

事件发生在寒假期间，那时只有些参加假期补习班或兴趣小组的学生进出校园。案发那天，有个参加美术小组的男生看到过甘霖，据他说，晚上七点多的时候，甘霖进了一号教学楼后的单身教师宿舍楼。楼里的304室便是任杰跟学校申请用来做自己工作室和实验室的小单间，殉情案正是发生在这个满是试管和酒精灯的小房间里。

案发当天，应该是晚上九点半左右，一个年轻男老师经过任杰的工作室时，听到工作室内传来拍打木箱的声音，还伴有微弱的呼救声，便停下来敲门询问。屋内的回应声很模糊，他趴在门上仔细听，听到拍打木箱的声音也越来越小，直觉屋内出了事，没多想便用力踹开了工作室的木板门。一股苦杏的味儿迅速蹿进了他的鼻腔，屋里乌漆麻黑的一片，地板上似乎躺着两个人。那老师用手捂住口鼻，按开了墙上的电灯开关，他眼前出现的是一个让人瞠目结舌的画面。

任杰和甘霖赤身裸体地躺在地板上，他们旁边的小圆桌上还有吃剩的饭菜，一瓶开了的红酒，还有两个杯壁上留着酒渍的红酒杯，地上的甘霖一只手握着任杰的手，另一只手软绵绵地搭在旁边的木质工具箱侧面，刚刚拍打木箱求救的人无疑是甘霖了。目瞪口呆的男老师回过神来，立即跑过去打开了所有的门窗，再打电话报了警，叫了救护车。

救护车赶到时，任杰已经死了，甘霖也快死了。好在甘霖求生意识强烈，最后硬是被救护人员从死神那里拉了回来。

甘霖住院期间，四中内外流言四起，甘霖成了全校师生的话题中心。经由各路小道消息，大家得知，甘霖的爸爸经营着一个中药铺，妈妈是个护士，她还有个刚上小学的弟弟。不久前，甘霖的父母离了婚，她妈妈就带着弟弟离开了她和她爸，据说那对母子已经在别的城市有了新的家庭。而甘霖的妈也真的狠心，甘霖出事后没有回来看过她一眼。

还有一件为众人津津乐道的事情是，除了甘霖她爸，第一个前去探病的人竟是任杰的老婆。按正常人的逻辑，任太太是正室，甘霖是小三儿，这任太太倒去探小三儿的病，还送去不少没有下毒的营养品！对于任太太的反应，有人说她蠢，有人说她虚伪装好人，也有人赞她大度，夸她是以德报怨的贤妻良母。但没有一个人从任太太本人嘴里听来任何关于殉情案的只言片语。

甘霖入院后第二天，警方便派人到病房去录了口供。据说，甘霖当时的情绪相当低落，对警察的提问多以点头或摇头回应。她点头默认了自己与化学老师任杰的师生恋，也点头默认了二人相约殉情。

后来，本地电视台给了我们一个更为声情并茂的版本：

“处于中年危机的化学老师任杰跟家庭不睦的花样少女甘霖互生情愫，但家庭和世俗陈规成了这段忘年恋的巨大阻碍，他们的恋情注定得不到认可和祝福。几经挣扎后，二人做了最决绝的决定，他们以死这种毫无退路的方式来为这段恋情下了一个最终注解，也和这个容不下他们爱情的世界做了了断。

任杰和甘霖当天约在了任杰的工作室，正如一名美术生看到的那样，甘霖是晚上七点多钟到了任杰的工作室，他们吃了最后一顿晚餐，喝了红酒。晚上八点半前后，他们关严了所有门窗，再由任杰把实验用的氰化钠和硝酸溶合在一起，两种化学品迅速分解出山埃气体，整间工作室也成了一个毒气室。然后，任杰和甘霖脱光衣服，手拉手躺在地上迎接死神，试图以这样一副惊世骇俗的样子做最后的抗争。可是，二人的计划出了点意外，甘霖中途醒了过来，当她看到旁边一动不动的任杰时慌了神，求生的意志在那一刻占了上风，她用尽最后一点力气呼救，拍打工具箱，幸好当时有人经过，才惊险地保住了一条小命……”

等甘霖回到学校时，大家对殉情案的热情已经逐渐退去，可甘霖也成了大家眼中一个彻头彻尾的异类，被学生们孤立起来。最让甘霖难过的倒不是众人的冷眼，而是住院期间，她在四中唯一的朋友、大她两级的罗小忆已经转学离开了四中。

03 郑媛

从同学会回来后，郑媛坐在书桌前已经快一个小时了，她在脑子里仔细回顾罗小忆、甘霖以及任仁杰刚才的表现。

郑媛正绞尽脑汁研究别人的面部表情时，书桌上的手机响了，她拿起来一看，是那个跟她合作快两年的网站编辑。

“喂，事情顺利吗？”编辑在电话那头问道。

“嗯，人都来了。”

“你看他们身上有东西可挖么？”

郑媛迟疑了一下，回答：“十有八九跟我当初猜测的一样。”

“好，那你跟相关的人再联系一下吧，把能拖进来的人都拖进来，让这些人帮我们先把那个旧案在网上炒热，炒成颠覆原来定论的八卦事件，这样一来，你那小说被出版的可能性就相当大了。”

……

跟编辑通完话后，郑媛被拉回了现实。

她当网络写手已经有几年了，写过几个长篇小说，点击率勉强够她赚到维系生计的银两，而她投到出版社的稿子从没收到过回音。郑媛暗自不平，而这次她似乎看到了些许熬出头的曙光。

郑媛正在写一个关于“四中殉情案”的悬疑小说，小说的结尾将和当初定案的结论大相径庭，而这样的故事设定也并非凭空杜撰。

其实，殉情案发生前，郑媛碰巧听到过一小段跟案件有关的对话。当年案件盖棺定论后不久，郑媛便跟父母提起过自己听到的对话片段，并表示了对殉情案的疑惑。可郑媛的父母怕女儿招惹是非，再三告诫她不要乱讲，此后，对殉情案，郑媛便一直三缄其口了。直到去年，她苦苦寻求新小说题材时，才又想到了那个已经过去十二年的案件。

当郑媛把小说大纲和自己的想法拿出来跟网络编辑讨论过之后，编辑出于职业敏感，给郑媛指了一条明路。编辑认为，郑媛正在写的小说有很多可供炒作的点，一旦炒热了，便可以找到出版商投资出版小说，一旦畅销，便有各种后续商机，于是鼓动郑媛开始着手旧案的炒作。

炒作第一步便是聚齐三个最有八卦价值的人。

郑媛在四中的校友 BBS 上发了一个“八零后校友同学会”的召集帖，很快便得到了热烈响应。随后，她又辗转弄到了罗小忆、甘霖和任仁杰的 E-mail 地址，再给三人分别发了一封电邮。

发给三人的邮件都很简短，但事实证明，郑媛抓住了能吸引三人赴会的重点。

在给罗小忆的邮件中，郑媛写道：任老师的殉情案你还没忘吧？来同学会！我能解了你的心结。

给甘霖的邮件中，郑媛写：我知道任老师的事没那么简单，也知道这里有你想见的人。

而给任仁杰的邮件更为简短：来见见当年害死你父亲的女人吧！

可郑媛凭什么把罗小忆跟当年的殉情案联系到一起呢？这又得说回那个郑媛无意中听到，又深藏心底多年的片段。

那是案发前一天的事情。郑媛上完补习班的课后没有直接回家，她在电教楼后的空地上找了把木椅子坐下，看阿西莫夫的科幻小说。看了不一会，罗小忆就出现在郑媛前面的鹅卵石小径上，她们俩就隔了约莫半个篮球场的距离，但罗小忆当时一副满怀心事的样子，并没有注意到不远处的大活人郑媛。郑媛倒是第一时间注意到了罗小忆。

罗小忆走到了鹅卵石小径尽头，那里是个电话厅。郑媛看到罗小忆插上电话卡，拨了个号码，开始讲电话，脸上的表情却越来越凝重。这时候，甘霖也出现在鹅卵石小径上，巧的是，她也完全没有注意到郑媛。甘霖和罗小忆一样——满怀心事，直奔电话亭。

郑媛身体里的窥私癖因子瞬间被调动起来，她悄悄从椅子上站起来，躲到离电话亭更近的一棵大树后面。

甘霖等在电话亭外，罗小忆讲了近十分钟电话才从亭内出来。郑媛听到甘霖问：“是跟任老师打电话吗？”

“好啦，我的事你就别管了！我比你年纪大，我知道这事儿怎么办！”罗小忆的语气中有点抱怨。

“你要怎么办？”

“顺其自然，他会解决好的。”罗小忆说得理直气壮。

“你以为任老师是个靠得住的人吗？”甘霖有几分不屑。

“他就是！”罗小忆把声音提高了好几个八度。

听到这里，郑媛大概知道她们在谈论什么了，这可真是个超级大新闻呐！她们口中的任老师是教化学的任杰吗？她默默想着，原来那个看上去斯斯文文、与世无争的明星老师还会勾搭初中女生呀！而甘霖接下来的话更是让她大跌眼镜。

“姓任的对我也不规矩！”

罗小忆气急败坏道：“你胡说！”

甘霖像个成年人那样叹了口气，说：“如果是真的呢？”

罗小忆带着哭腔吼道：“如果是真的我就杀了他！”她推开面前的甘霖，埋头跑开了。

第二天，甘霖和那个叫任杰的中年男人便赤条条地被人从“毒气室”里拖了出来，任杰就此断了气。

案件发生后不到一周，罗小忆便申请转学，离开了四中。得知罗小忆要转学后，郑媛还故意去试探过罗小忆，骗她说自己看到了任杰死那天的事，而罗小忆听到这话时，表现得显而易见的紧张。这让郑媛不得不反复想到罗小忆的那句话：“如果是真的我就杀了他！”

同学会后已经三天了，郑媛想单独见一面的人还没有联系她，这让她愁眉不展。

正纠结着，郑媛的手机铃声大作，她低头一看是个陌生号码便兴奋地按了接听键。听到对方声音后，郑媛立刻笑逐颜开，殷勤地应和着电话那头的人，连连说着，是，好，一言为定。

讲完电话，郑媛迅速在便签本上记下：晚上九点，西区沃尔玛大厦五楼，R 记咖啡屋。

郑媛晚八点半便到了约定的咖啡屋，现在已经过去快两个小时，她等的人还未到。再过半小时咖啡屋便打烊了，可郑媛不死心，她愿意再等下去。

一直到咖啡屋的服务生下了委婉的逐客令，郑媛才心有不甘地离开了咖啡屋。当她来到电梯口时，发现电梯已经停运，一个穿得桃红柳绿的中年女人告诉郑媛，楼下沃尔玛已经关门了，只能从安全通道离开大厦。

郑媛骂骂咧咧地进了安全通道，安全通道的灯很暗，配上安全出口那绿色的指示灯真有点阴森森的感觉，郑媛不由得打了个寒战，加快了下楼的脚步。到了一、二楼楼梯间时，声控灯没有亮，郑媛用力跺了跺脚，灯依旧没亮，四周伸手不见五指，离大厦出口还有一段距离，郑媛的心都被这黑暗揪紧了，她只得凭感觉朝前挪动脚步。在黑暗中行进了两三米，郑媛在心里打趣着："这鬼地方，还真是个杀人灭口的好地方呢……"

黑暗中传来木棍哐当落地的声音，郑媛倒在了离大厦出口还有十米不到的地方，后脑勺不断涌出黏稠的血液。

04 任太太

郑媛的死讯很快通过任仁杰传到了任太太的耳中。她不认识郑媛，但她知道这个女人试图让她儿子再做一次十二岁时的噩梦，就凭这一点，她也希望郑媛去死。

任太太像平常一样在四中后门的菜场买了菜，回到十几年没换过摆设的家中，准备为自己和儿子做一顿平淡无奇的晚饭。但她今天的情绪很糟，很多她以为已经忘了的往事不请自来，跑到她脑子里去上蹿下跳着。好在任仁杰打电话说不回来吃晚饭了，任太太才松了一口气，现在的她哪有办法静下心来洗菜做饭？她回到自己的房间，坐在一张老旧的尼龙布沙发上，整理记忆。

任太太变成寡妇时，任仁杰才十二岁。这些年来她听到过多少指指点点，遭遇过多少阴阳怪气，还有独自抚养叛逆期的儿子有多艰辛，任太太默默在心里记了一笔账，只不过，她还不知道该把这账算到谁的头上。于是，她开始从过去的时光里寻找答案。

任太太跟任杰是同届的大学同学，从师范学院毕业后又一起被分配到四中当老师，二人日久生情，顺理成章地结了婚，生了子。任杰的教学表现一直很突出，连续两年被选为教师标兵，结婚后不久就升职做了教务主任，工资也随之涨了不少。可是能者多劳，任杰的课程表上又多了好几个班级，操劳度由此大增。为了把丈夫的生活照料得更周全，任太太决定辞去教职，做了全职家庭主妇。那一年，任仁杰刚满两岁。

任太太全心全意相夫教子了整整十年，她没有社交，没有朋友，甚至从不八卦，几乎跟家以外的世界快要脱节了，对她来说，人生最大意义便是确保丈夫和儿子吃饱穿暖。任太太真心觉得满足，丈夫对她不错，儿子也按计划茁壮成长，这于她已然是巨大成就。只要这样的生活一直进行下去，任太太便会一直心满意足地把黄脸婆生活进行到底。遗憾的是，她这点卑微的愿望也没能实现。

第一次发现任杰有外遇，是在他死前半年左右。任杰那段时间每天都回家很晚，任太太问起了，他便说自己在工作室备课。某天，任杰又没回家吃晚饭，任太太便决定把饭送到丈夫的工作室去。可当她提着饭菜到工作室时，任杰并不在那儿，她也没多想，决定在门口等等丈夫。

任太太等了快一个小时任杰也没回来，她只得提着饭菜铩羽而归。就在她要跨出单身楼时，看到了正走过来的丈夫，她正准备叫他，一个扎着高高马尾的小女生就从任杰身后跳出来，双手搂住了他的手臂。任太太条件反射地退了回去，躲在一楼的楼梯下面。任杰并没有发现任太太，他慌张地甩开小女生的手，四下张望，生怕被人看到刚刚跟女学生勾肩搭背的一幕。

小女生跟着任杰去了工作室，任太太并没有跟过去抓奸。如果抓实任杰外遇，这个打击对任太太来说实在太沉重，她现在还没那魄力去跟他们对峙。任太太心底透凉，默默回了家，她觉得委屈，随即又开始掩耳盗铃，让自己不去问不去想，似乎这样就跟什么都没发生过一样。

正在任太太苦苦逃避丈夫出轨的事实时，甘霖出现了，她告诉任太太，她的丈夫诱骗了自己的女学生，那女生叫罗小忆。

任太太知道怎么也躲不过去了，她不得不正视史无前例的婚姻危机。接着，任太太开始跟踪任杰，她发现任杰和罗小忆除了在单身楼304室幽会外，还经常去四中旁边的小招待所开房。任太太不得不承认，她曾深信不疑的婚姻已经很难回到原来的轨道上来了。

可任太太还没有绝望，她愿意做最后一搏，并暗自决定，如果丈夫对她这个糟糠之妻尚存几分情谊，她便既往不咎。就在任杰殉情身亡的四小时前，任太太做了饭菜，提了红酒，来到丈夫的工作室准备跟他摊牌。

不幸的是，任太太奉上了最大的宽容，任杰却并不领情，他索性撕破脸皮，毅然决然地选择了那个可以当自己女儿的小女生。

想到这里，任太太的回忆再也无法进行下去，那段最不堪的记忆让她头痛欲裂。

记忆直接跳到了自己赶到殉情现场的那一幕，任太太既震惊又愤怒，那个被发现跟任杰赤身裸体共赴黄泉的女生竟不是她一直认定的罗小忆，而是曾请求她阻止任杰外遇的甘霖。

甘霖入院后，任太太强压着怒气去探病，她倒不是要在世人面前表演大度，她只想找个机会从甘霖那里搞清楚一些事情。可甘霖并不配合，对任太太的问题，她总是一脸天真地答她："我才十三岁，知道的没那么多。"

任太太只能将一切疑问抛在脑后，她还要养儿子，还要生活呢。终于，丈夫留给她的屈辱和伤害被时间一点一点冲淡了，直到一个叫郑媛的女人突然闯进了她和儿子的生活，那件让她痛不欲生的往事又被提起，一个接一个奇怪的人也各怀鬼胎，接踵而至。

其实，就在任仁杰打电话回来前几分钟，任太太还接到过一通奇怪的电话，而现在，她在考虑要不要去赴电话里提到的约。挣扎良久，她还是决定前往。

任太太终于又站到了这栋老楼前面，她丈夫十二年前就死在这楼里的304室。十几年过去了，这栋楼的外墙已经被翻新过好几次，内部却年久失修，墙面斑驳。单身教师们都已经搬进了新的公寓楼，这栋楼现在处于废弃状态，早晚难逃被拆的命运。

任杰死后，关于304室的各种传言便一直挑战着本打算住进去的人的神经，而传言百战百胜，这间宿舍闲置至今。任太太走到304门前，门开着，大概因为整栋楼已经断电，屋内点着蜡烛。很显然，邀约任太太的人已经先到了。

任太太推开门时，看到那个人正对门口，坐在任杰留下的小圆桌前，在烛光自下而上的映照下，那张过瘦的脸让人感到毛骨悚然：这张脸任太太从未见过，却又似曾相识。

那人对任太太笑笑，低头倒了一杯红酒，递到任太太面前。此情此景，让任太太开始瑟瑟发抖，止不住地抖，这一幕跟她与任杰的最后一次面对面何其相似！她记得当时的自己也是这样，给任杰倒了一杯红酒，递到他面前。

任太太精神有些恍惚，她颤巍巍接过酒杯一饮而尽，一言不发地坐在了圆桌前的方凳上。对面的人看着任太太依旧没说话，又给她倒了一杯酒……

这晚，任太太死在了不祥的304室，死因是：乌头碱中毒。

05 任仁杰

任仁杰骑着辆自行车，不知不觉已经游荡了近两个小时。他从那栋废弃的单身楼出来后就开始心烦意乱，像只无头苍蝇似的在昏暗的路灯下往前骑行。以他现在的状态，回家也不合适，他母亲最近特别敏感，儿子身上一丁点儿风吹草动也都让她坐立难安。

现在正值一年中最冷的几天，深夜空荡荡的街道上风也呼呼刮得慑人，拜这寒风所赐，任仁杰的双手双耳此时红得发紫，可他全然察觉不到因此而来的痛楚。任仁杰脑中正回放着刚刚发生的一幕幕，每一帧画面都清晰得让他心惊。

任仁杰站在父亲殉情的房间里，面前有一张小圆桌，桌上立着一支快要燃尽的蜡烛，两瓶未开的红酒。接着，有人从房间连着的小卫生间里走了出来，手上提着两个还在滴水的红酒杯。

一瓶红酒被打开了，对方递给任仁杰一小包东西，笑着说："这是乌头碱，几毫克就能要人命的。"

"什么意思？"

"当年我差点把这玩意儿放到你爸的酒杯里。"

对方笑得阴毒，任仁杰怒目圆睁，几乎要上前挥拳。

"蜡烛快烧完了，我去校门旁边的小卖部再买几支上来，咱们喝几杯酒，把过去的恩怨都清算了吧。"然后，那张阴毒的脸消失在任仁杰眼前。

任仁杰低头看着手上的毒药，这些年因父亲的死而受的委屈、奚落全部化为愤怒一股脑涌上心头，他迟疑了几秒，把纸包里的粉末全部倒进了已经打开的红酒瓶里。

买蜡烛的人回来之前任仁杰已经离开了，他一直骑着自行车漫无目的地在这城里穿行，已经不知道自己骑到了什么地方。

任仁杰突然停下来，掉转车头，朝来的方向狂奔而去。他想知道那个曾试图毒害自己父亲的人是否已经喝下了那瓶毒酒。此时，他心里很矛盾，虽巴不得那人已经死了，而杀一个人的心理负担他又自问承受不起。

任仁杰使出全力踩着自行车回到了那栋废楼前，他抬头望，看到 304 室还亮着烛光，便直接甩开自行车，冲进了楼道。

当任仁杰奋力推开 304 室的门时，里面的情境让他瞬间僵在原地动弹不得，腿突然像是失去了支撑力，整个人直接跌坐在地上。任仁杰开始像个女人那样号啕大哭。

圆桌上的一瓶酒已经空了大半，另一瓶原封不动地立在那里，一个还有酒渍的红酒杯倒在桌沿处，另一个酒杯已经掉到了地上，摔得粉碎。任太太一动不动地仰面躺在圆桌脚下，两眼睁着，瞳孔一大一小，透出死寂，她双手紧紧拽着自己胸口处的衣服，表情狰狞，在烛光的映照下整张脸显得异常扭曲。毫无疑问，任太太死得很痛苦。

任仁杰已经哭得全身瘫软，嘴张得大大的，却发不出一点声音，他已经完全崩溃了。在任太太溺爱下长大的任仁杰，那个常被人嘲笑太过阴柔的任仁杰，终于咬了咬下唇，就义般朝母亲的尸体爬了过去。

任仁杰伸手试了一下任太太的鼻息，已经没了。他缩回手，低垂着头，万念俱灰。对任仁杰而言，最残忍的事实是，他往那瓶酒里投了毒，他就是间接杀死自己母亲的凶手。

任仁杰艰难地抬起头，望着桌上那瓶剩下小半瓶的红酒，愣了近半分钟，突然起身，抓过酒瓶，仰头喝光了瓶里的酒。

他顿时感到异常平静，在母亲旁边躺了下来，拉着她的手。这对母子现在的样子，像极了当年殉情时的任杰和甘霖。

任仁杰觉得胸口很闷，他知道自己就快死了，以下则是他死前几分钟脑中闪过的若干记忆片段：

任杰拉过还只有十二岁的任仁杰问道：“儿子，如果爸爸离开你，你会恨爸爸吗？”任仁杰当时还搞不清父亲所谓的“离开”是什么意思，他摇头说：“不恨，你会给我带《全职猎人》吗？”任杰慈爱地笑笑，拍了拍儿子的头，算是承诺……

任太太给任仁杰夹了一块大大的排骨，问道：“小杰，谁是世界上对你最好的人？”任仁杰埋头啃着骨头，说了声，“你啊。”任太太便若有所思地喃喃自语着：“对啊，不管怎样，我还有儿子……”

任仁杰对着父亲的遗像，他已经十二岁了，早就清楚遗像代表着什么，可母亲却坚持说父亲只是“离开”了。任仁杰这才明白，原来父亲所谓的“离开”就是死亡……

任仁杰已经进了四中的高中部，父亲殉情的阴霾跟了他三年却仍未散去，班上一个胖子指着前方瘦小的女生说：“你看，那就是你爸骗到手的女生吧？你爸够亏的，命都不要了！要不你去追她再甩掉，为父报仇啊！”胖子说完还用力拍了一下任仁杰的背，笑着跑开了……

任仁杰打开了邮箱，发现自己收到了一封莫名其妙的邮件，发信人让他去一个同学会见见害死父亲的女人，他去了。聚会结束前，一个叫郑媛的女人给了他一个手机号码，还告诉他，他父亲的死另有蹊跷……

郑媛坐在任仁杰对面，给了他一摞打印的文稿，他浏览了几行，像是小说。郑媛告诉他：“这是个根据你父亲的殉情案改编的故事，大部分情节都是我根据亲眼所见写下来的……”

一个网络编辑打电话给任仁杰，告诉他郑媛已经死了，她的死可能跟她要发表的新小说有关……

任仁杰站到了这间小宿舍，手上拿着一包乌头碱，然后，他把乌头碱全部倒进了一瓶红酒……

任仁杰全身开始抽搐，呼吸变得急促起来，他更紧地握住母亲的手，渐渐地，他感到意识正在脱离自己，他已经抓不住它们了。

06 罗小忆

任家母子的死很快便在网上炸开了锅，人们自然会将之与十二年前的殉情案联系在一起，衍生出无数个想象力十足的猎奇故事。但很快，一个叫“郑媛亡魂”的ID出现在网络，把一切怀疑的矛头集中指向了一个人——罗小忆。

“郑媛亡魂”第一个引起众人关注的帖子标题是:《任家命案幕后的女人，我知道你那年寒假干了什么！》

帖子这样写道:

我得从一个叫郑媛的网络写手说起。

郑媛已经死了，前几天警方说这是个普通的抢劫杀人案，但作为郑媛死前两个月联系最频繁的人，我只想说，抢劫犯尼玛躺着也中枪啊！我百分之九十九确定一定以及肯定，郑媛的死跟十二年前的那件殉情案有关。

为什么这么说呢？因为郑媛快写完的小说就是关于那桩殉情案的，而小说里讲述的故事跟多年前大家知道的版本有点不同，且势必会牵连到某些一直试图置身事外的人。

郑媛要讲的故事里有个并没有出现在当年那个殉情现场的关键角色，这个人是个看上去无害的女中学生，而实际上却跟死掉的男老师有过一腿，并秘密教唆了殉情案中的小女生。这些并不是郑媛杜撰的桥段，而是当年实实在在发生过的事情。郑媛在殉情案发生前一天，无意中听到过那个关键角色和殉情案女主角甘霖的一段对话，她对甘霖说她要杀了任杰。那个关键角色就是罗小忆，她目前是榆林私立中学的英语老师。

当年，罗小忆在殉情案发生后就立马转学了，当时四中没人知道她转学的原因。最让人不解的是，甘霖是她的好朋友，出事后，罗小忆没去医院看过她一次。这个人身上实在有太多的疑点了，大家可以自行判断。

又来说郑媛和任家母子的死。其实，郑媛死前分别约见过这两母子，因为她即将发表的小说跟任家人有关，郑媛的本意是取得这对母子的同意，并在小说内容上征求他们的意见。可是，(要声明一下，这是我的猜测) 可能正是这两次约见给他们引来了杀身之祸。你说呢？躲在暗处的罗小忆小姐！

郑媛死的当天为什么会一个人去R记咖啡屋？咖啡屋的服务生后来证实她当时是在等人，但等的人一直没到，随后就在咖啡屋楼下的安全通道中被人袭击了。会不会是约郑媛的人一早就等在那里伺机杀人呢？（又要声明一下，这又是猜测）谁这么心急火燎地要杀人灭口呢？既然郑媛正在写一本可能揭人老底的小说，那么那个可能被人揭老底的人就有了杀人动机。你说对不对呢？躲在暗处的罗小忆小姐！

很快任家母子就离奇“自杀”了，“自杀”的地点竟然是十二年前任杰和甘霖“殉情”的那间宿舍，死状也跟当年的任杰和甘霖十分雷同。这实在是太戏剧化了，戏剧化得让人觉得有人导演了这一切。我们不妨来做这么一个大胆的假设，会不会是同一个人导演了任家母子和郑媛的死呢？且是跟殉情案有某种隐秘关联的某个人！你同意这个假设吗？躲在暗处的罗小忆小姐！

一定有人会问，你是谁？怎么知道这么多内幕？那我就勉为其难地告诉大家，我是郑媛发表小说的文学网站的编辑，我们已经密切合作了近两年。

最后要说的是，以上皆是本人根据已掌握事实所做的合理推测，意在抛砖引玉，引出更多破案高手和知情人士，早日把真凶绳之以法。当然，你也可以基于本帖随便联想，尽情发动人肉搜索，但一切后果，本人概不负责。

“郑媛亡魂”接着又发了一系列有关“殉情案”和“郑媛遗作”的帖子，

明眼人一看便知这是在炒作小说。但罗小忆也成了网民们心中的最大嫌疑人，关于罗小忆的传言一时间在线上线下甚嚣尘上。“知情者”们纷纷跳出来八卦爆料，最后，真的为罗小忆引来了警察。

罗小忆在警局回答完一连串关于郑媛和任家人的问题后，便大摇大摆回了家。那些对罗小忆的指控，没有一条有任何人拿得出确凿证据，因此这个被网民们万众一心指认的“凶手”也就继续“逍遥法外”了。

其实，当罗小忆在那个同学会上看到郑媛的时候，便已经知道那件她想永远忘掉的陈年往事又要缠上她了。

罗小忆此时正捧着个笔记本电脑，浏览一个推理论坛的帖子，发帖人洋洋洒洒写了近万字，头头是道地分析任家三口人的死。其实这帖子相当于“郑媛亡魂”第一个帖子的升级版，主旨不外乎暗示罗小忆就是凶手。罗小忆看完帖子顺便翻看了一下跟帖，面对满屏对自己的指控和声讨，她竟然笑了，大家都太有想象力。

罗小忆很想告诉网民们，她没他们想得那么神通广大，更没办法在十五岁时控制甘霖，还能跨越十二年杀了任杰全家。

有个当年四中的学生在论坛中跳出来爆料，说罗小忆和甘霖当初是相当要好的朋友，甚至有附和的“同学”爆出她们当年有断袖之癖的猛料。罗小忆对此真是百口莫辩。对甘霖，她的情感一直很复杂。

记得那时候甘霖刚进四中，而罗小忆已经初三了。某天放学，罗小忆因为是当天值日生，所以走得较晚，她在体育馆后遇到了落单的甘霖。甘霖坐在台阶上，双手环抱双腿，头埋在双膝之间。罗小忆以为甘霖不舒服，便上前询问。甘霖缓缓抬起头，盯着罗小忆看了几秒，突然恳求道，“姐姐，你别走，陪陪我。”面对这恳求，罗小忆动容了，这两个相差两岁的小女生从此就成了朋友。甘霖比较孤僻，罗小忆是她唯一的朋友，但罗小忆的人缘不错，身边朋友不少，而她只跟甘霖分享真正的秘密，包括自己跟任杰的恋情。

罗小忆跟甘霖认识的时间不长，但她很快感觉到，甘霖对她的友谊几乎是强迫性的，有独占欲的，她甚至会千方百计阻止自己和别的朋友交往。罗小忆对此本有些生气，可甘霖对她的关心和依赖又让她一次又一次纵容了这个小女生，在甘霖的作用下，她跟朋友们真的渐渐疏远了。但在任杰的问题上，她绝不会姑息甘霖，她爱那男人！

可罗小忆怎么也没想到，甘霖会搭上任杰。面对这样的局面，十五岁的罗小忆伤心欲绝，几乎用了整个少女时期来治愈情伤。而如今被网民们用来尽情发挥想象力的她当年突然转学原因，想必除了她和她的父母，没有人会知道，那是因为她当时怀了任杰的孩子。

有人在敲门，罗小忆放下电脑去开了门，甘霖就站在面前，这让罗小忆有点吃惊，现在的自己不应该是大家避之唯恐不及的“嫌疑犯”吗？

甘霖说：“小忆姐，要不我陪你离开这城市吧？任家出事后，你都快成众矢之的了。”

罗小忆愣了一下，她真没想到甘霖和自己那短短几月的情谊，在经历了这么久这么多事后还能延续到今天。说实话，她有点感动，笑笑说：“别傻了，现在离开这里不是变相认罪吗？我不会走的，他们有本事弄到证据，我就认罪服法。”

“一起离开这里吧，待在这里我们都不得安宁。”

罗小忆再一次斩钉截铁地否决了甘霖的提议。于是，甘霖坐下来喝了杯咖啡，便悻悻地离开了罗小忆家。

这天晚上八点多，罗小忆接到了一通神秘电话，对方说要当面转交一些任杰的遗物给她，转交的地点约在跨江大桥上。

罗小忆赶到大桥时已经快晚上十点了，对方还没到，她趴在护栏上看着雨后滚滚而过的江水，一股悲凉油然而生，她觉得自己的人生很失败。

正当罗小忆专心伤春悲秋时，有人悄悄走到了她的身后，她丝毫没有察觉，身后的人突然抬起她的一条腿，用力将她推出了护栏。

07 甘霖

罗小忆的尸体在下游被人打捞了上来，她的死讯很快便见诸报端，各大网络论坛也开始热烈讨论“罗小忆畏罪自杀”的大新闻。

甘霖盯着电视屏幕，看着面部被打了马赛克的罗小忆的尸体，觉得胸口很闷。没人会明白她对罗小忆的感情。她视她为挚友，但远胜于挚友，或许更像亲人。也有人说她对罗小忆有断背情结，甘霖觉得这说法很扯淡，她觉得人们对她的误解十分浅薄。

一定会有人问，甘霖对罗小忆何以有如此深厚的情谊呢？她们相处的时间明明那么短。简单点说，大概是刚好有那么一个让甘霖瞬间对罗小忆产生深厚情谊的契机吧！

遇到罗小忆的前一天，甘霖的妈妈带着小儿子离开了他们一起生活了十三年的家，这对甘霖而言是个巨大的打击。甘霖从小性格孤僻，跟谁都很难亲近，甚至说得上有些乖张，在世人，包括她爸的眼里，甘霖是个完全不讨人喜欢的小孩。但不管甘霖怎样乖张，还是接收到了毫无保留的母爱。甘霖很珍惜这份母爱，并且崇拜、依赖自己的妈妈，然而在她六岁时，弟弟出生了，她开始有了危机感，她担心弟弟瓜分妈妈的爱，并因此一直对弟弟抱有敌意和戒备心。带着这份敌意和戒备，她心神不宁地与弟弟在那个家共存了七年。当妈妈执意带着弟弟离开时，甘霖的失望和痛苦可想而知，她死死抱住妈妈的腿，哀求她留下来，哀求她也带走自己，可她的手被拨开了，妈妈拉着弟弟一去不返。

在甘霖觉得最无望的时候，罗小忆出现了，她问她是不是不舒服，甘霖抬起头的一瞬间，莫名地感到罗小忆整个人被母性的光辉笼罩着，她脱口而出一句：“不要走，陪陪我！”罗小忆便真的没有丢下她，甘霖的感激之情无以言表，对甘霖而言，罗小忆就像在她渴死前一秒施舍给她一口清泉的人，她是成了代替她母亲的存在。

甘霖赶走了罗小忆身边的朋友，可她没办法从罗小忆身边赶走任杰。甘霖除了害怕任杰会把罗小忆从自己身边彻底抢走之外，更害怕他们的恋情一旦曝光，罗小忆会被赶出四中。于是，她开始千方百计阻挠罗小忆跟任杰的交往。她警告过罗小忆，也找过任杰的老婆，可惜都没能成功拆散那对见不得光的情侣，她只好赌一把，用了最后一招，让自己变成跟任杰有染的人。

任杰死了，甘霖侥幸活了下来，可她还是失算了，罗小忆也不声不响地走了，再见到她时已经隔了十二年。

时间并没有驱散甘霖对罗小忆的情谊，当罗小忆被舆论推到风口浪尖时，甘霖真的想把她解救出来。她自告奋勇要陪罗小忆离开这个是非之地，却遭到了拒绝。这让甘霖很难过，强烈的挫败感让她坐立难安，某个片刻，她甚至有些怨恨罗小忆。

罗小忆死了，甘霖觉得自己仅存的寄托也坍塌了，哀莫过于心死，甘霖总算体会到这六个字的深意。

乐观主义者们总说，上帝为你关上一扇门时，总会再打开一扇窗。这句话竟在悲观主义者甘霖身上应验了。当罗小忆这扇门关闭时，那个曾弃甘霖而去的母亲又回来了。

甘霖接到母亲的召唤后，便迫不及待地赶了过去。

甘霖面前摆着满桌佳肴，其中包括自己最爱的口味木耳和蹄花焖藕，毫无疑问，这是母亲特意为甘霖准备的一顿大餐。甘霖感动得热泪盈眶，她觉得母亲还没有抛弃自己，她在心里对自己说：“就算这些菜里放了砒霜，我也要坐下来大快朵颐。”

最后，甘霖在这顿晚饭后含笑离开了人世。当然，她母亲用的不是砒霜，而是甘霖再熟悉不过的乌头碱。

08 最后的晚餐

这是甘太太，不，现在应该叫王太太，为女儿甘霖做的最后一顿晚餐了，这也是要把女儿送上西天的一顿晚餐。作为母亲，王太太内心经历的痛苦和折磨犹如万箭穿心，可事情发展到如今这步田地，她再没有别的办法了。

王太太原本只觉得甘霖是个性格古怪的孩子，她真正开始感觉到女儿的可怕，要回溯到甘霖十岁那一年。某个周六下午，甘霖把四岁的弟弟带到了离家很远的水渠旁，她把他一个人扔在那里，自己偷偷回了家。王太太四处寻子，全家人都急得团团转，甘霖却装作什么都不知道。六个小时后，弟弟才被幼儿园的老师送回了家。他是被人从水渠里捞起来的，他吓坏了，只会对着救他的人哭，幸好他兜里装着一条小手帕，上面印了幼儿园的名字，最后才通过他在幼儿园的老师联系上了王太太。而王太太之所以知道是甘霖做了这一切，是因为第二天她撞见了甘霖正为此事威胁四岁的弟弟。从此，王太太便时时防着女儿。

可王太太防不胜防，年幼的儿子身上总是出现一些莫名其妙的小伤，问他，他也支支吾吾说不清楚，王太太知道这都是甘霖的功劳。当与丈夫间的矛盾白热化后，她便毫不犹豫地带着儿子离开了那个家。甘霖抱着她腿的时候她不是没有一点动容的，但为了儿子能顺利成长，她选择对甘霖做一个狠心的母亲。

王太太觉得很内疚，或许正因为她的离开，甘霖才会变成了一个怪物。甘霖做了很多疯狂的事，为了引起母亲的关注，她把每件事的经过都写到信里寄给了王太太。可一直到今天，那么多惨剧发生后，王太太才出现在甘霖的面前。

甘霖杀的第一个人是郑媛。

郑媛主动找上门来，告诉甘霖自己听到的那点秘密，她想翻出那桩不堪的旧案来炒作自己的小说，这让甘霖的神经瞬间紧绷起来，因为那个案件里藏着太多她不愿向世人揭开的隐秘。而郑媛最不该的，是把矛头对准了罗小忆，甘霖无法容忍罗小忆因此受到牵连，哪怕只是潜在的可能性也不行。于是，甘霖决定封住郑媛的口和笔。

甘霖把郑媛约到了 R 记咖啡屋，她知道就算自己不出现，为炒作小说急红了眼的郑媛也会一直等她到咖啡屋打烊。她也清楚，过了晚上 11 点，郑媛便只能通过大厦的安全通道出去，而前一天她刚好从那条安全通道走过一次，所以知道一、二楼楼梯间的声控灯是坏掉的。那天晚上，郑媛在大厦关闭客运电梯前就藏到了灯坏掉的楼层，当郑媛下来时，她的眼睛早就适应了四周的黑暗，视力已经足以辨别来人是否郑媛，当她确认郑媛周围没有别的行人时，便在黑暗中给了郑媛致命的一击，再顺手拿走了郑媛的钱包。

甘霖除掉郑媛后没几天，就接到了那个网络编辑的电话，或许，正是这多事的网编间接害死了任家母子。为了拉拢甘霖，那编辑信口开河地对她说，任家母子已经加入到自己的炒作阵营，还请求甘霖还郑媛一个公道，跟她一起揭露罗小忆，并支持郑媛的遗作。

郑媛并不把网编这个“局外人”放在眼里，可任家母子却像两个定时炸弹，他们随时可能炸伤自己和罗小忆。甘霖的手已经沾了血，于是她一不做二不休地为任家母子设计了那样一出戏剧化的“自杀”。

其实设计任家母子的死并不复杂，甘霖只需要掌握两个要素。第一，乌头碱。这个对甘霖来说实在很简单，她在父亲经营的中药铺生活了二十几年，知道怎么从乌川、草乌、附子这些中药中弄出乌头碱。第二个要素，也是极其重要的一点，她必须知道这对母子的心理弱点。任仁杰的弱点这些年来一直暴露在光天化日之下，他是个软弱的人，父亲的死在他心里留下的阴影已经蓄积了十二年，只要重重戳他关于父亲的记忆，他就会跳进甘霖的圈套。至于任太太的弱点，郑媛更是笃定无疑，她手上握着一个可以让任太太做任何事的秘密。

时隔十二年，任太太再见到甘霖时，竟然没有认出她来，甘霖多少有些意外。她觉得，就算自己的样貌起了变化，任太太也不该认不出她这个与自己有着那么深纠葛的人。

任杰死的那天傍晚，甘霖看着任太太满面愁容地提着饭菜红酒进了单身楼，一个小时后又刚好看到任太太慌慌张张，两手空空地从单身楼冲了出来。甘霖立刻跑去 304 室，任太太一定是太过慌乱，连 304 的门也没有关好。甘霖轻轻推开门，一股苦杏味冲进她的鼻腔，任杰就躺在地上。

就在刚刚，任太太用乙醚弄晕了任杰，再让他暴露在自己用早就准备好的氰化钠和硝酸制造出的山埃气体中，她已经丢了十几年的专业知识终于再度发挥了作用。

看着这一切，甘霖脑子里快速成形了一整套计划，她要凭借这套计划彻底分开任杰和罗小忆。她试了一下任杰的鼻息，他还活着。甘霖便从任杰裤兜里掏出了钥匙，自己退到屋外关上了门。刚过晚上九点，甘霖又回到了 304 室，任杰已经死了，但他的手死死抓着自己的衬衫领口，衬衫前襟的纽扣被扯得散落一地，很显然他中途醒来过，并经历过一番痛苦的挣扎。为了让人看不出任杰挣扎的痕迹，甘霖捡起满地纽扣，把任杰扒得一丝不挂，脱掉自己的衣服，再把任杰和自己身上的衣物全部扔进了洗手间的垃圾筐。她站在门口，捂住鼻子，开了一条门缝等着有人经过。当她看到有个年轻老师上了三楼，便轻轻关上门，快速躺到任杰身旁，一只手拉着任杰，一只手拼命拍打一旁的工具箱……

当任太太得知丈夫和甘霖殉情的消息时，她自然是一头雾水，她不是杀死丈夫的凶手吗？丈夫怎么会变成那副死状？直到生命的最后一刻，任太太才终于从甘霖的口中知道了全部真相，可这真相也无法让她瞑目了。

甘霖本以为自己已经摁熄了一切可能扰乱她和罗小忆生活的火苗，不想郑媛的小说和那个网编开始在网络上兴风作浪，让罗小忆陷入了千夫所指的窘境。甘霖很懊恼，她请求罗小忆跟自己一起离开，罗小忆却拒绝了她。甘霖觉得自己再一次被抛弃了，这种感觉她曾经历过两次，她为自己感到不平，且越想越不平，越不平便越愤怒。而后，她用路旁的公用电话给罗小忆打了通电话，可悲的是，她只是故意压低了声音，罗小忆竟没有听出电话这端的人是谁。

在跨江大桥上，甘霖静静地望着罗小忆的背影，为她，也为自己感到悲凉。甘霖望了很久，终于走了过去，奋力把那个对她而言跟母亲同等重要的女人推了下去。罗小忆坠落那一刻，甘霖便有了强烈的将死的预感。

王太太望着女儿冰凉的尸体，泣不成声。她永远不会知道，甘霖从吃这顿晚餐的第一口，便已经猜到菜里有毒，但她还是满怀感激地吃下了这最后的晚餐，含笑而终。

油罐车

洋芋鱼鱼

罗子平越狱了，狂奔后的喉咙带着腥味，心脏剧烈的供血使脑门发麻。他喘着粗气，身处伸手不见五指的黑暗。

绝对的黑暗，造成一种与世隔绝的安全感。

越狱的不止他一个，他能听见周围更多的咳嗽和喘息，犹如自己的回音。

嚓一声，不远处出现了一星摇曳的火光，是打火机。栖伏于暗处的逃犯，陆续向光源聚拢。

攥着火的，是满脸惊恐的耗子，他把打火机预先藏在了袜子里。罗子平还看见了白毛和姜衍，他们身穿灰色囚服，手铐与脚镣叮当作响。

每个人的目光中，都闪动着一股极端的情绪。

他们在一辆油罐车内部，跟计划好的一样，油罐车里的油早已排空，挡油板卸掉弄成一个大空间单仓，好像货机机舱，他们脚下是弧形的钢衬，残余的气味，刺激着呼吸道和眼球。

白毛一巴掌抽耗子的后脑勺："这地方点火，他妈不要命啦！"

耗子的打火机险些脱手，姜衍哂笑一声。

罗子平听到货车启动的声音，不出所料的话，油罐车现正行驶在一条深邃的山沟里，驶向下一个隘口，只要十五分钟内闯过这个笼口，警察就甭想再逮住他们了。

目前，一切顺利。

白毛夺过打火机，倒也没熄了，火光范围很小，可毕竟，人还是需要火光看点东西的。

耗子的手仍哆嗦得厉害，不仅手，整个面部的肌肉，都在发颤。罗子平注意到，耗子的手上有很多血。

怎么回事？他问。

耗子低下头，失神地望着一双手，半晌才道：“刚刚我好像……杀了人了。”

所有视线转回耗子身上。

罗子平心头一咯噔：“杀人？杀什么人？”

耗子抬脸：“杀司机，劫车啊，不是你说的？！”

罗子平根本不知所以。

“咱跑、跑进林子的时候，”耗子说，“你不是指着这车，喊‘就这辆’，我一看驾驶室里还有人，搬起块石头……”

火光中，猛然间，耗子发觉，所有人的脸色，在他的陈述下，变得怪异起来。

他惶惑地扫视：“就、就咱五个逃出来？刘大仁呢？讲好负责开车的是刘大仁，他会搞定尸体的。”

沉默，气氛越来越不对。

“怎么了！刘大仁不是在前面开车吗？”

“刘大仁上周出狱了。”姜衍说。

“是我叫他把车停在林子里的。”罗子平说。

耗子的表情，从慌张，演变成惊愕，一个最糟糕的解释，逐渐成形：“你是说我砸的那个、驾驶室里的是刘大仁……不可能！”他语无伦次了，拖着哭腔说当时太急，他压根不晓得刘大仁出狱，他俩不在一个监区，这事怎么没人告诉他。

“你确定你杀了？”

耗子伸出满是污血的手臂，那还有假。白毛气得一脚将他踹翻。姜衍同罗子平对视一眼，是的，只是一个小失误。

然而，耗子砸死了刘大仁，那么现在，又是谁在前面开车？

“刘大仁！”白毛吼道，“给老子停车！”

车没有停。

驾驶室里的究竟是谁？

姜衍冷笑：“不是刘大仁，还能是鬼么？”

没来由的，罗子平打了个寒战。

刘大仁出狱前两天，罗子平找他，当时刘大仁正往柜子里拿东西，罗子平凑近道：“大仁，这回你一定得帮我。”

“你说。”

罗子平朝旁瞄了两眼：“越狱。”

刘大仁抬头，用审视的目光打量他，皱眉：“就你一个人？”

罗子平踌躇了一下：“还有白毛姜衍他们。放心，保证万无一失。”

刘大仁继续收拾东西：“为什么选我？”

罗子平知道他是聪明人：“两星期后不是迁押嘛。”迁押，就是把犯人遣往别的劳改农场，这机会千载难逢，“正巧你提前出去，这差事非你莫属，帮我们搞辆车。”

对方不说话，罗子平记起什么似的，赶紧从口袋里掏出张折得发白的照片，一个女人抱着小孩。

“我老婆闺女。”

刘大仁看了一眼：“我都不知道你结婚了。”

“我女儿，病了，白血病，哭着闹着要爸爸，我得回去见她一面，教员扣了信，不出去，恐怕这辈子没机会了。”

正当罗子平以为没戏之时，刘大仁突然道：“钱呢？”

“啊？”

“你回去总得带些钱吧。”

“哦，放心，钱跟证件姜衍都安排妥了，你那份也少不了。”

“好吧。”刘大仁说。

后来罗子平把照片还给白毛——照片其实是白毛给的，照片上的是白毛的老婆孩子，孩子也没病。瞅着照片白毛骂，呸，这臭婆娘，趁我蹲大牢，跟野男人鬼混。白毛恶狠狠地笑：“等出去了，瞧我怎么拧断她的脖子！”

罗子平想，或许他不该骗刘大仁，他们一起骗了他。

白毛爬上脚手梯，试图撑开油罐上方出入口的盖子，用肩去顶，竟纹丝不动，他们就是从那儿进来的，不知怎么搞的，唯一的出口堵死了。

白毛气急败坏：“谁把盖子锁上的！谁他妈是最后一个下来的！”

耗子吓得直缩。

“是我。”姜衍冷冷道。

白毛从梯子上跳下：“你他妈把盖子锁了知不知道！”

“我、他妈、没锁。”姜衍从齿缝里，吐出每一个字，那阴冷的眼神，像一条蛇。

如果不是意外，那只能是有人故意的。

这可不是好兆头，罗子平感觉不妙，这车正开往哪里，开车的到底什么企图？他下意识觉得不会是刘大仁，中间必定出了状况。

白毛朝罐壁一通猛踢，整个罐体震得像隐隐雷鸣。“刘大仁你敢耍老子！停车！弄不死你！”

“白费劲，”姜衍讥笑，“车还在开，谁听得见。”

如同验证姜衍的话，车颠簸了一下。

耗子始终畏缩地挨在罗子平身旁。有人恐惧时呆滞，有些人则用虚张声势来掩饰。罗子平清楚白毛为何如此暴躁，这困境想必姜衍也意识到了。

没水，没食物，没联络工具，假如外面的人不及时打开盖子，甚至，根本没放他们出来的意思，后果不言而喻。乐观揣测是一刻钟后，按计划停车放他们逃散，但是，诡异的事态令这种可能性存疑。

罗子平看到，微小的火光如宇宙里的一粒星辰，更大的空间隐秘于漆黑中，他感觉自己就像在一口巨大的棺材内，他被活埋了。

这时，耗子忽地拽了拽罗子平，低声唤："小罗。"

他扭头。

耗子的眼神游移闪烁，透着股极度的不安："小罗，我刚才说五个人，我们有五个人。"

罗子平说是呀。

耗子说："不！我是说，我以为这里，这个油罐里，有五个人，我下来的时候看到还有一个人在角落里，一开始，我还以为那是刘大仁……"

"什么？"罗子平警惕地盯住他，越狱的事绝对保密，不可能凭空多出一个人，"人在哪？"

耗子说："他一直……就站在你身后。"

罗子平骇然回头，那里一片漆黑。

"别瞎说！"

"我没，我真看到了。"

罗子平心神不宁起来，有一丝寒意，顺着脊背爬上来，他立刻告诫自己，世界上没那种玩意，现在不是想这个的时候。

他瞪了一眼耗子："你看错了，你看到的估计是人影。"

耗子两眼发直，一下抓住了这根救命稻草："对、对，影子，肯定是影子。"他难堪地笑了笑。

罗子平不愿再背对那个幽暗的角落，他转身直面它。蓦地他脱口而出：

“刘大仁真的死了？”

“我没看清，”耗子哭丧着接话，“那小子戴了个帽子，我才没看清。”

帽子。

罗子平怔愣了一下。他想起，那天他从耗子那买了半包烟，算作给刘大仁的饯别。

他们爬上农场牛棚的棚顶，躺平了，天空晴朗，前方就是一片广阔无垠的戈壁。罗子平把烟盒撕开搁在胸口上，两个人就把烟灰弹在盒里。

罗子平开始讲越狱的安排，他告诉刘大仁，附近有座北方油库，可以搞辆运油车，不至于招人怀疑。刘大仁含糊地答应着。

“看完孩子后你打算怎样，等着被捕？”刘大仁忽然问。

“不。”罗子平顿了一顿，“我要北上，弄辆吉普，一路穿过无人区，开过国境线，再也不回来啦。”

“还不都是找死？”刘大仁苦笑。

“那也得死在荒漠，死在自由里。”罗子平夸张地扬手，冲着晴空，“啊——融化在蓝天里！”

他低头看刘大仁，伸手揉了把刘大仁毛茸茸的脑袋，“到时候你把车停在边坡那片榆树林里。”他说，“还有，戴顶帽子，遮一遮这个劳改犯发型。”

随着呼吸平静下来，罗子平突然感到外面一阵寂静，好像车停了下来。毫无征兆的几秒沉寂，随即，白毛爆发出欣喜若狂的怪叫：“停了，车停了！哈哈！一定是在加油，加油站！我们有救了！”

罗子平听不到外头任何动静，谁也不敢轻举妄动。而就在此时，白毛扑向了罐壁，他一拳一拳拚命擂击，他起初在喊“救命”，然后喊“放我出去”，他歇斯底里的样子连罗子平也吃了一惊。

陡然间，白毛被吊了起来，站在他背后的姜衍，用手铐链勒住了白毛的脖子。白毛像个溺水者一样手舞足蹈，但挣扎不开。

这是一场寂静的杀戮，就好像有人按下了消音键，直到白毛的身躯如麻袋般落地，嘭！

罗子平才回过神来。

耗子跪倒，姜衍踱过来，瞅着他们的表情，故作讶异：“怎么，你们不觉得他太吵了？这家伙只有五年，就为逮他婆娘才逃狱，他这样子，早晚害大家被捕。”

罗子平脑海里突然闪过一个可怕的想法。没水，没食物，但在那之前，氧气会最先耗尽，因为谁也搞不清还要被关多久。

如今，有一个人已经再也不需要呼吸了，姜衍是否是出于这个目的？他不明说，是怕其他人产生警惕。弱肉强食，而今姜衍通过最极端的方式确立了自己的威信。

“你们两个，”姜衍说，“去把他拖远点。”

耗子腿软了，罗子平架起尸体，白毛的头颅像颗沉重的果实。

这让罗子平想起一件事——刘大仁，刘大仁在没转到他的监区前，常受伤，最严重的一次用上了呼吸囊。

或许，那些严重的伤，并不全是白毛造成的，姜衍这些人也全都有份。

尸体被扔在角落，两人返回另一头，罗子平感到双手沾了尸臭。

耗子绝望地哭了，姜衍坐在那摆弄打火机，罗子平拉着耗子坐下，氛围压抑而凝滞。

燃烧，也是要消耗氧气的。

姜衍看着那一小团火，手一动，啪，熄灭。

耗子尖叫。骤然漆黑，让罗子平也浑身一僵。姜衍想干什么？

“你呼吸得太快了。”姜衍意味深长地冒出一句。

空气比先前浑浊了，可能是错觉，罗子平尽量压缩着呼吸的频率，鼻腔愈发刺痛。

忽然，耗子惶恐地站了起来，姜衍的眼睛跟着他。

“老、老姜，”耗子哆嗦嘴皮，“我想解个手……”

姜衍一笑，两排森然白牙：“行呀，你到那头去尿，免得骚。”

谁都明白，那头，白毛的尸首就静静躺在那片黑雾中，从这儿看过去，就好像向下望向一口深不可测的黑洞。

耗子夹着腿，乞求想借个火。

“这打火机……”姜衍举起，“好像原本就是你的？”

耗子正欲去拿，姜衍猛一把捉住他的手。“你怕黑？”他缓缓起身，去握耗子的肩，“没关系，走，我陪你去。”

那只大手，向前轻推。

“等等！”罗子平起立，“顺便我也去。”

姜衍盯着罗子平，罗子平也盯着姜衍。在他们两人身后，姜衍，像是个准备行刑的刽子手。快到时，罗子平回首，说他俩摸黑就成，一边兀自推搡起耗子。

姜衍站在原地，火光甚至无法将他的脚映亮，他抬头，看不到头顶，黑幕笼罩着一切。真他妈是个鬼地方。

很快，淅淅沥沥的水声传来，他眯起眼，只有一道水声，看来，这个罗子平似乎没什么尿意。

姜衍像一头猎豹，轻轻迈开了腿，前进。

昏暗处缺乏视距，他很快捕捉到了响动，转向走去，火苗静谧地，仿佛被一只无形的手向上拉长，他将打火机伸在前方。突然，他发现了不对劲：“尸体呢？”

“什么尸体？”

“白毛的尸体啊，本来搁在那个角落里的，怎么不见了。”姜衍道，“你动过？”

罗子平身后响起耗子的惊呼：“尸体跑哪去了？！先前明明放在这

儿的！”

姜衍没意识到，自己心脏跳得越来越急促，每跨一步，黑暗就从身后倾泻，像在追着他，他的后背一直发凉，是汗。

他一步一步，一步一步往前走。然后，他见到了白毛失踪的尸体。

白毛横陈在地，趴着，只有脸朝上。火苗，在那脱眶的瞳仁中跃动，就好像他还活着，在看着他。

姜衍感到口干舌燥，这时罗子平他们赶了过来，罗子平盯着尸体望了片刻，解释说，大概是车在行驶中颠过来的。

姜衍僵笑着冷哼一声，他不会看错的，白毛是个死人不会耍花样，这里肯定还有另外一个人，在这个油罐里，躲在暗处装神弄鬼！假如不是这样，那就一定是罗子平和耗子其中一个，或者，他们两个都在装神弄鬼！

这是唯一的解释，原因管他的，他要把这个杂种的肠子拉出来，绞死他！

姜衍当即勒令其他二人寸步不离，他开始疯狂地搜查整个地方。

罗子平当然不明就里，只隐约觉得，姜衍不像是在找什么工具或出路，更像是在诡异地追逐着什么。

而对罐仓的探索，始终是盲人摸象，罗子平意识到，其实这整个仓体，从没完整呈现过全貌，人唯一能看见的，永远仅是眼前一小块，这一块和那一块，也没有任何区别。

简直像永远都在同一处来回。

罗子平猛然地喊住了他们。他指着地上说：“我记得，白毛的尸体，刚刚是趴在这里的？”

姜衍一环顾，四下根本空无一物。

耗子慌恐的双目，直发蒙：“不见了……又不见了，”他近乎无意识地嗫嚅，“不是车颠的，是诈尸，诈尸……”

一拳，姜衍揍得耗子鲜血如注，耗子捂着鼻弯腰呻吟，领口染红一大片。

尸首再度消失了。

罗子平瞬间明白姜衍在找什么了，他也立刻联想起耗子那句话——“他一直，就站在你身后。”

一个一直站在你身后的人，你永远也找不到他。

罗子平不寒而栗。他只能想到一个人——刘大仁。

火焰闪抖。

姜衍的怒气溢于言表，面容在火光中狰狞扭曲，从刚才罗子平便感到他的反常，事情走到这步境地，这鬼地方让所有人都变得反常。

姜衍爬上脚手梯，使劲去撞那扇盖子，砰！砰！砰！缺氧会招致幻觉，他需要空气。

回声响亮。这上边肯定还有什么观察孔，或气口之类的，他不得不抬起两只手去摸索。

手铐锁链清脆地碰撞着。

罗子平忽然睁大了眼睛。

就在这一秒，传来了姜衍撕心裂肺的惨叫。

姜衍倒吊着，脚卡在梯子里，脚踝已经拧曲得不成样子，踝骨从侧面把皮撑了起来。

姜衍直翻白眼，直到罗子平把他从上面搬下来，脱掉鞋。耗子看到姜衍的脚，哇一口吐了。

姜衍直抽凉气，动弹不得，如果休克，这里谁也救不了他。

“滚！”他阻止了罗子平的靠近。

罗子平和耗子迅速交换了一下眼神，这只意味着一件事，食物链的顶端轰然坍塌了。

耗子领口的血渍干了，他的鼻梁歪了，打火机又回到了他的手上。情势总变幻无常，而他似乎还未完全从惊吓中恢复。

罗子平感到筋疲力尽，大脑混沌嘈杂，他忍不住和衣卧倒，贴着冰凉的地，他该怎么办？他好像听见了轮胎碾过无数的石砾，车不断地起伏，这是要去哪，他迷迷糊糊地想，我要北上，弄辆吉普，穿过戈壁，开过国境线……

姜衍的脚在变黑，组织在坏死，他牙关颤抖，每个毛孔都在渗汗，汗像脓一样。

他不可能错，这不可能，他们不能就这样将他丢在黑暗里。他勉强支起胳膊，却翻不过身。

黑暗中有什么在蠢蠢欲动，他感觉到了，转过视线。他看见，白毛正从黑暗里爬出来。

不，死人怎么会爬呢。

他屏住呼吸，白毛的脖子扭了一百八十度，脸冲着他。一张死人的脸，在黑色的背景前浮肿苍白，头颅伴随车身弹跳，嘭嘭嘭嘭，一颠一颠地，向他移来。

不要过来！姜衍张大嘴，喉管干燥灼烧，发不出音。尸体还在逼近，他眼看着，却动不了。

罗子平猛睁开眼："姜衍？！"他摇醒耗子。

姜衍正在地上翻滚，罗子平跑过去想按住他，他一把抱住罗子平的头，双眼大张："我没看错！他就在这儿！"

接着，他一把抓住耗子："衣服脱下来，把衣服点燃！太黑了，他躲起来了！"

"这会把氧气耗尽！"耗子叫。

"快给我点！"

罗子平知道，姜衍在黑暗中精神错乱，崩溃了。

他扑了上去，耗子跟着扑上去，他们用姜衍的囚衣裹住了姜衍的头，越缠越紧，越缠越紧，姜衍疯狂地挣扎，打掉了耗子手里的打火机。

打火机翻滚，翻滚，当啷一声，火灭了。

罗子平的手没有松，他这辈子都没使过这么大劲，姜衍早已不动。漆黑中，他听见耗子还在惊恐地喘气。

片刻，他听见了耗子抖簌的声音：“咱们终于安全了。”

罗子平慌忙摸到打火机，光一亮，他和耗子对峙着。

时间的绞盘在两人间慢慢绞紧。

“是你。”罗子平说，“除了你，没人看到过刘大仁被打死，姜衍又是最后一个上的车，开车的是刘大仁对不对！是你们串通好的，想借这个机会杀死其他人独吞那笔钱，没想到上了车之后，姜衍想把你也一起干掉，你就装神弄鬼……”

耗子摇头、后退。

“放我出去！”罗子平朝他扑了过去。

砰！

吱嘎一声，盖子豁然打开了。

刺目的光，与噪音汹涌而入，人声、警笛声、步话机、狗吠，他被他们拖出来时，这一切包围了他，他只顾贪婪地呼吸空气。

“逃犯抓到了！”

枪械的声音。

“好像脱水了。”

急促的脚步声。

“等等！你们快下来看！”

罗子平被压在地上，接触大地的感觉真好。他侧过脸，一只巨型的轮胎，陷在杂草里，再往前，草丛里有只帽子，就落在驾驶室旁，草地上却没看到血迹。

“里边的人是不是全是你杀的！”有谁在质问。

可他听不清，他被拽离地面，于是恍惚地昂起头。

透过繁枝的树冠，天空多么湛蓝，就像那天一样，像真要融化在其中了。而在这些所有声音之外，整片榆树林，都在沙沙作响。

罗子平笑起来，原来，他们根本没有离开，一步都没有。

刘大仁早已丢下他们先逃了，车一直就停在原地，根本不曾启动过。

他没有机会死在自由里，再也没有了。

与我无关的案子

与我无关的案子

老家阁楼

01 李楼

这里的人，没有一个相信我，我想，这可能是我说的都是真话的原因。

甚至，他们都动用了测谎仪，连机器都相信了我，可他们还是不信，说测谎仪的准确率只有98%，而我可能是那剩下的令人绝望的2%。

我记得书上对真话的定义是，说话的人自己相信的话，就是真话。

我不赞同，比如“上帝与你同在”，对于虔诚的教徒这是不折不扣的真话，而对于我，这就是扯淡。我从来没有见过上帝出现在我视野中。

“我真的不知道那些钱在哪里。”我再一次重复这句真话，之后，他们就崩溃了，把我拉进一间小黑屋，换了两个我没见过、现在也看不清他们长相的人进来对我实施殴打。

皮肉之痛不算什么，我只是感觉到绝望，这世界上已不再存在人与人之间的信任了。

休息几天之后，身上的伤口愈合，他们又提审我。

还是这位胖胖的洪警官，我听到他远远望了我一眼后，和同事说，为这案子，他起码瘦了十斤，据我的目测，他说的不是真话。

“李楼，”洪警官声音沙哑了，没了前几天那股威严劲，“今天我也不问你什么了，咱就聊聊天吧。”

我点点头，反正小命在你手里，我有权利不同意和你聊天吗？

洪警官摘下警帽，捋捋头发，努力扮演一个慈善的长者角色。其实大家可以琢磨琢磨，我是一名至今尚未招供的顽固犯罪嫌疑人，他是专案组长，角色与地位的落差，就好比黄鼠狼对鸡说，今天我不饿，咱唠嗑吧，鸡会怎么想？

“李楼，我来帮你理理你的人生，你今年28岁，大学毕业，在深圳待了5年，没房没户口，你有女朋友吗？”

我想了会，倒是有几个，但不知应该承认哪个，于是摇摇头。

“你看，交不上女朋友吧，你都失业一年了，租的是隔板房，哪有女孩子会喜欢你呢？现在的女孩嘛，可以找个丑的、老的，但绝对不能是穷的，是么？”

我还是摇头，因为我想起西西对我说过，不嫌弃我。

“所以，你目前的状态是抓紧时间赚钱，在深圳这样的城市，没钱狗都不咬你，于是，你就认识了几个坏朋友，他们告诉你赚大钱的方法，是不是？”

我摇头，我哪有认识教我赚大钱的朋友啊，想借大钱的倒有一堆。

“你了解你这两个朋友吗？”洪警官从文件袋里掏出一沓档案，散到桌上，“你自己看吧，”然后他又自己说了起来，“昨天刚刚从作案现场附近一家商场门口的监控找到了这两人的脸部图像。此两人是同母异父兄弟，哥叫王山，弟叫王海，这些年来犯案累累，共抢劫8次，伤人6名，抢劫金额达400万元，一直在全国范围内流窜，非常狡猾，几次差点被逮住，都让他们溜走了。”

我一听好奇心起，这么传奇的哥俩，一墙之隔，没有谋面，真是可惜，赶紧认真端详起照片来。

啪，洪警官突然一拍桌子，吓我不轻，见他怒目如电，“李楼，你知不知道本案现在已经不是抢劫案了，事主昨天伤重不治，此案正式升级为抢劫杀人案，凶手是要被枪毙的，你还在执迷不悟吗？”

我呆了，死人了？

“从监控中，我们已经摸清了案发经过，你一直守在墙外，负责接应，是案中责任较轻的协从犯，但是你一直采取抗拒不合作的态度，没有坦白立功的表现，即使你什么都不说，从我们公安机关掌握的证据，足以判你重刑，你到底想清楚没有？”

我扑通一下从椅子上滑下来，不由自主就跪到了洪警官跟前。

“哼，知道害怕了吧，你现在只需要说两条，一是你接应的钱藏到哪里去了？二是王山兄弟平常的藏匿地点是什么地方，如果我们能找回被抢现金，以及抓到凶手王山兄弟，我们会向法官陈述你的立功表现，起码少判五年。”

我急得都哭了，鼻涕也不争气地喷出来：“洪警官，你们为什么就不相信我呢？我真的不知道钱在哪？我也从来没见过这两兄弟，我根本不认识他们啊。”

洪警官仿佛受了极大污辱，脸色扭曲得像卤水店挂的猪头：“你……你你……不就200万吗？值得为这点钱换一辈子牢狱么？”

我拼命地点头：“我不想坐牢啊，我真的不想坐牢啊。”真心地说，我还想再见西西，她下周就过生日了，答应了生日那天我们就可以……那个了。

突然胸口一痛，这个胖子竟然给了我一腿，我一下子被踢到了墙角，胖子大吼：“监控里明明看到包从墙里扔了出来，你抱着包跑了，你还说不知道钱上哪儿去了？”

我哭着重复着重复了N遍的真相：“我一跑出巷子，踩到了一条狗尾巴，那狗一下咬住了我的脚，我一痛，摔倒了，那个包滚到垃圾堆里，后来我爬起来就跑，狗还追我，我就一直跑一直跑，根本来不及去找包，后来就被你们抓住了，那那那个监控怎么就只拍了我跑，不拍我被狗咬啊。”

“胡说，我们当晚去把那个垃圾堆翻了个底朝天，一根牙签都没放过，根本没有找到。”

我不哭不喊了，任由自己无力地瘫坐在冰凉的地上，这场“聊天”又转回了这几天不断重复的怪圈里，我绝望了，不管他们用什么形式，最后总会转到这几句对白上来，毫无新意。

“我们把你住的地方也搜查过了，没有发现，所以，你当晚并没有回去，一定是藏到什么地方，或者什么人家里了，是吗？”

我懒得回答这种没有意义的问题，但我理解他们，要我也是这么推理的。

“李楼，”洪警官俯过头来，瞪着我咬牙切齿说，“你电影看多了吧，以为你什么也不说，我们就没有办法了是吗？你知道等待你的是什么吗？”

我望着他，我也想知道，但他什么也不说了，冷笑一声就出去了。

02 洪警官

说实话，我相信李楼。

我有 20 年的办案经验，再狡猾的犯罪分子也较量过，办案当然要讲究证据事实，但与嫌疑人面对面接触，更多需要人的直觉，直觉来自于对人性的阅读和感悟。直觉是一种说不清楚、完全靠感性的一种认知，比如说牙疼，到底怎么疼，疼到哪种程度，你怎么形容比喻也不可能完全准确，它没有标准也没有程序，疼，就是一种感知。

我相信李楼的原因在于，他的过去并没有犯罪经历，世界上没有天生的罪犯，罪恶是需要积累和叠加的，对一个完全没有积累的菜鸟罪犯，能够骗过测谎仪，能够一直保持同一种心态，能够经受长时间专业审讯毫无心理崩溃迹象，只有一种可能性——他的言行是真实可信的。

但我始终无法相信这样一个事实：因为被狗追，他弄丢了 200 万。这可能是他一辈子都挣不到的钱，也许他不清楚准确数目是 200 万，但监控显示他在接到包的时候，拉开拉链，看到了满满一袋子的现金，他完全清楚这是一笔大数目。

这是李楼所有供认的事实中唯一令我怀疑和不信任之处，从感性直觉到理性推论，我都认为这不成立，以他的现状处境，被十条狗咬着，他也不可能放手这笔巨款。

那么，在他跑出监控范围到被公安逮住的这五个小时里，他到底去了哪里，干了什么？

专案组的小伙子们办事非常有效率，很快找到了王山王海兄弟在本市的藏身之处，是一个出租房，但里面什么有价值的东西也没有，只不过是一堆简单的生活用品。他们俩压根就没有想过要在此地久待，以往的8次犯案都不在同一个城市，甚至南北交叉作案，对此，我只能感慨，中国版图太大了，地大物博易逃窜啊。

向公安部申请的A级通缉令传真过去后，检察官约见我，这是一名老检察，叫何工，从空军退役，常常吹牛自己开过战斗机。聊完公事，我说一起吃个饭吧，他说好啊，这可能是作为公职人员的最后一顿饭了，我听了很诧异，你再熬几年就享受退休金了，难道要下海经商？

是的，下海，但不是经商，是做律师。

我精神一振，这里面肯定有故事，正好可以让我从李楼案子中暂时解脱出来。

公务员中午不允许喝酒，我们便以茶就菜，听他侃侃而谈司法考试的趣事，在他又准备绕到开战斗机那破事的空隙，我直截了当问，你为什么想辞职当律师？

赚钱啊，何工倒也不避忌，直爽地说，我从反贪干到刑事公诉，什么案子都见过，什么样的人都起诉过，但现在我想改变一下立场，赚点这些犯罪分子们的钱，嘿嘿。

我当然知道没那么简单，何工身上有一股令人难于摸透的怪味道，我的理解是此人有深度，要放解放前绝对是地下党的好材料。我问他，你起诉的人里面，有值得你同情的吗？

没有，他非常肯定地摇头，站在公诉人的立场，我相信所有被起诉者都有罪，同时我也坚决拥护法律的裁判。

我听出了他还没有完全打开心门，这话太官腔了，于是又问，那么，当你作为辩护律师时，你是不是也相信所有当事人都无罪呢？

何工眯着眼望着我，沉思了一会，说，律师并不需要去探讨当事人有没有罪，律师作为法律工作者，也必须坚决拥护法律的裁判，是吗？所以，律师的职责是，保证当事人受到公平公正的裁判，这就够了。

我说，可我还是不明白你为什么要在这时候改行当律师。

何工深深叹了口气，反问我，你们抓人的时候，你相信他有罪吗？

当然，不然为什么抓他。

好，假设这人的确有罪，那么，他一定有动机吧。

嗯，犯罪一定有诱因，所以，肯定有动机驱使。

就纯粹以动机而言，你有见过完全以恶为出发点的动机吗？

这句发问如同一记重锤砸了我一下，这个问题我好像在哪里听过，但一时想不起来了，何工却自己回答了，老洪，任何犯罪动机，都能够在某一个角度找到善的一面，最终却造成了恶的结果，你想过为什么吗？最凶残的恐怖分子，但站在他的角度，也有崇高信仰或者民族独立的一面，更别说因穷而偷的贼了，因此，在我的眼里，审判，不是为了惩罚，而是为了提醒这个人必须要为自己的行为负相等的责任，惩罚是没有尽头的，法律如果是为了惩罚人，那这个人就有可能因此去惩罚社会。

我听得心烦意乱，喃喃地说，老何，可是我还是没明白你改行当律师的动机。

何工笑了，说，我只能告诉你，我的动机是善意的，但却是模糊的，这两年，我身体里好像又开始了当年开战斗机飞上蓝天的那种冲动，想飞起来，让自己身体轻盈起来，待在检察院里，身体太沉重了。

得得得，明白了，你这几年主要症状是失眠。

何工眉头一皱，此话何解啊，洪警官？

我说，你一闭上眼就开战斗机了，所以睡不着吧。

还真是，何工说。

那么，何大律师，我向你提供第一单生意信息如何？绝对充满挑战性，要不你可以尝试模拟律师职业，如果你了解完情况后，觉得打不赢官司，就老实在检察院多待两年退休。

何工瞳孔收缩，脸放异彩，快快说说，什么案子？

我说，我手头有一个重案的犯罪嫌疑人，名叫李楼……

03 何工

老洪这个人嘛，本质上是个好人，但却活得糊里糊涂，而又自认为洞察一切。这不能怪他，比如说你是一只鱼，你见过所有大的小的圆的方的贝壳类动物，但你从不知道珍珠是什么，因为你仅仅是一只鱼，你没有机会也没想过要成为贝壳，自然不会作贝壳的思考。

李楼的案子本质上也没有什么挑战性，监控非常清晰地呈现了他是谁，他干了什么。这样的官司最正确的辩护策略就是认罪求情，作有罪辩护，争取法官轻判。

李楼长时间思考着我的建议，然后坚定地告诉我："我是无罪的，我不是同案犯，我只是经过那里。"

"可是，李先生，那是一条死巷，经过这个用词并不能令法官信服。"我说。

"可我就是经过。"

我告诫自己，我现在是一名律师，我必须和这个固执的家伙站在同一阵营："好，那我们就为这个经过找一个经过的理由吧，比如说，你进巷子是为了撒尿。"

"对，我就是想进去撒尿的。"

"那你这个理由为什么没和警察说？"我手上他的口供里没有这一条。

"他们没有问我这个，他们认定我是放风和接应的。"

我点点头，刚刚我犯了个错误，我居然和当事人串供，这是一个会令我被立即吊销律师资格的错误，虽然我的律师资格还在司法局审批中。

会面结束的时候，李楼突然向我提出一个要求："你要做我的律师，必须答应我一件事。"

我明白地告诉他："到目前为止，我们还没有签订委托合约，选择是双向的，我不会答应你任何事情，即使我成为你的合约律师，我也不会为你做任何法律以外的事情。"

他很失望，但表情的焦虑引起了我的好奇，我说，"你的私事，可以委托朋友，我们既然认识了，也可以成为朋友关系。"我没告诉他目前我还不能算是一个律师，是因为没有必要，因此引申出来的解释可能需要大量词不达意的解释，人与人之间总是这样，隐瞒部分事实反而有助于沟通。

"算了吧，没事了，也没用的，你只是律师，又不是警察的领导。"李楼很沮丧。

走出看守所，我对等候多时的老洪说，这只是个小角色，不值得我开山祭旗。

老洪笑得很阴险，说老何你错了，他不是小角色，在案中可能是小角色，但在法律博弈的角度上，他会成为一个大角色。

此话怎讲？我问。

老何啊，这个我不能说透，因为我是警察，是你的对手，如果你参不透此案奥妙，那你就听我一句，别干律师了，好好等退休吧，到时我送你一对画眉，天天上公园遛去。

这话我可不爱听，明摆着他高我一层，他是救世主，我是身陷混沌的待解救者。“给个提示吧，”我不耻下问。

洪二愣子阴森森地说：“你可以作无罪辩护。”

04 何工之二

由于我的人脉关系尚属良好，离职手续快速且简单，律师资格审批也不费吹灰之力，从司法局出来，我关了手机，回家蒙头大睡，梦中挨个跑出来所有的同事，个个面露喜庆之色，冲我笑得那叫一个腻味，我望着这一张张如花笑脸，突然惊醒过来，我说怎么手续办得顺利，敢情我的离开是大家迫不及待的事啊。

终于迎来了第一次开庭，熟悉的地方，熟悉的法官，但我第一次坐到了右边，辩护人席位。

我的前同事，一位小伙子叫卫青，和历史上那个大将军一个名字，他常常自嘲说那个卫青是皇帝小舅子，就是这点比他强。卫青照本宣科读完了起诉书，法官问我，有无异议，我犹豫了一下，事实上，对无罪辩护的选择我并不十分赞同，并不是说我没有机会，我也的确找到了几条无罪辩护的论点，总觉得这并不足以打动法官，但我承认老洪的建议也打动了我，随着对案卷的深入挖掘，我并不甘心做有罪辩护。

“我的当事人认为，他是无罪的，因此，我将作无罪辩护。”我明确了立场，然后甩下案卷，手头上没有人证，当然对方也没有，我没有物证，这个对方有，就是那盒监控录像带。

“法官大人，首先，起诉材料并不能证实当事人李楼与两名在逃凶手有任何交往的证据，我的当事人也明确表示从未与王山王海认识或见过面，李楼与二犯也非同乡同学或任何有可能认识之交集。

“第二，在逃嫌疑人王山王海属于全国流窜犯案的惯犯，多年成功在逃，说明二人自我保护意识较强，从他们以往犯案规律来看，都是二人作案，从未有第三者加入，怎么可能将如此大一笔犯案所得轻易托付给他人？这完全不合常理逻辑。退一万步来说，就算李楼在这段时间与王山王海二人相识，并被拉入团伙，一起作案，尤其在对受害者实施了伤害之后，他们面临的必然是立即离开此地，如果还将犯案所得交付一位新成员，风险将加倍，并且从作案后王山王海逃窜的监控录像来看，二人并没有立即取得钱袋，而是往另一个方向逃离，在此我请求警方提供掌握的王山王海逃跑监控资料。

“第三，李楼为什么不逃？如果他是同伙之一，按常理他们的计划应该是事先约定分赃地点，然后各自逃跑，然而，直至李楼被警方抓获，他完全没有一个周密的逃跑路线。”

我长长地吁了口气，这是我职业转变后的第一个案子，第一次辩护，第一篇陈述，昨晚我对这些第一次极为看重，因为看重所以越发信心不足，但我没想到，这一口气侃侃之后，我轻松了许多，仿佛大考走出考场后，总有一股想撕了教科书的冲动。当然，我现在完全没有揍法官或公诉人的冲动，年纪大了，胜负就没那么重要了，但我承认，重新去面对这么多第一次，这令我有年轻的感觉。

神差鬼使，我看了一眼卫青，他正望着我，金边眼镜后面的眼神我无法解读，但他嘴角分明充满了嘲弄和讥笑，你奶奶的小屁孩，你，你讥笑？你凭什么讥笑？你为什么讥笑？

05 卫青

何工，我尊重你，至少凭你资历比我老，年龄也比我大，听说你还开过战斗机。

可是，你太幼稚了，在法庭上，你和我们讲常理？你真的什么证据都拿不出来吗？老头，你可是一位资深公诉人啊，哦，我明白了，你以前上庭，证据都有警方提供，你只需要经手摆在法官面前，完全不必费神，你只是一具行尸走肉，现在你是律师，再没有人给你提供唾手可得的证据，你以为，常识可以说服所有人，唉，我同情你。

我想，我什么都不需要说了，因为我不想令你难堪。如果我非要反驳，仅从常理上，我就可以说，按常理，李楼没有任何理由在那个时间段里走到那条偏僻的穷巷子里去，这绝对有目的性。

我现在只需要在法官宣布休庭之后，走过去和你握个手，下一次开庭，我会谦逊地接受你的祝贺。

上周，周主任告诉我，何工走后，我将接替他的位置，宣布完任命，周主任和我推心置腹，问我，小卫，你有信心做好新的工作吗？

我说周主任，我就是为这份工作而读书，而考试，而毕业的。

周主任意外地表情严肃起来，说小卫，你的激情我理解，可是，这不是我希望看到的。

我问为什么？工作不需要激情吗？

周主任摇头说，我的意思是，你应该害怕，或者说是敬畏。

我表示不理解。

周主任说，你的前任，何工，他当年接到任命的时候，与你的反应完全相反，他说他可能不胜任，他对上庭有恐惧感，我问为什么，他说，如果经我手有一宗是冤假错案，那么我将此生不安，我说那你就把好关，他说，这担子太重了。

我说，周主任，把关，是这个职位的基本要求吧，我当然明白这个。

周主任还是摇头，说因为那句话，我彻底对何工放了心，当然，结果何工是我见过最好的公诉人。

我有点不安了，我说，可惜他却改了行。

周主任说，是啊，可我理解他，恰恰说明了他是一个最好的法律工作者。

我说，法律是打击坏人的，只有正义的一方才能最大限度做到这点，而我们代表的正是正义的一方，我并不理解讼棍的职业。

周主任被我的话震住了，摘下眼镜问我，你觉得律师是讼棍?

当然，我说，他们靠官司赚钱，没有官司，就没有生存，诉讼的存在是职业生存的保证，这是一个无须质疑的逻辑。

周主任站起来，把办公室门掩上，仿佛我们的谈话见不得人似的，回到座位上时，对我说，小卫，你的第一个案子，将直接与何工交锋，这是我刚刚得知的，你放下负担，什么也别想，胜负不是关键，你知道关键是什么吗?

我笑了，我只需要背教科书就行了:“关键是维护法律的公平和公正。”

“好，希望你能理解这句话的真正含义。”

“放心吧，主任，我光明磊落，并且，我一定会赢，这是我的第一宗公诉案，如果我输了，我就回档案科去。”

周主任两眼放光:“这可是你说的。”

我靠，这老头想干吗，我可能再回档案科吗？我等这一天有多久了知道吗？不过说真的，我后悔刚才这句话，不说怎么都比说了好。

06 周主任

何工电话约我吃饭，我拒绝了，我说，老何啊，这不是适合的时候，你办完案子再说吧。

他在电话那头犹豫了一下，说，我理解的，好吧，主任，但是我并不感谢你安排小卫做我的对手。

哈哈哈，我笑了，我说老何，你想多了，这只是工作。

但我承认，何工觉察到了我的苦心，但他不知道，对于李楼的案子，我知道的比他目前更多，洪警官送材料的时候，找我长谈了一次，和我讲了他的直觉，我们达成了两个共识：一，警察和检察官拥有直觉是个可怕和可耻的低等能力；二，直觉上李楼不是罪犯。

然后我们对赌，洪警官押李楼会被判有罪，我只好其实也倾向认为李楼可以得到公正判决，前提是有个正确的律师。然后我告诉洪警官，何工马上将成为律师，我认为他是正确的人选，你能帮我个忙吗？我们激他一将，让他为李楼辩护。

我们的赌注是一瓶二锅头，公务员不允许赌博，但没有具体到不可以赌酒嘛。

但扪心自问，我希望自己的赌注赢吗？我自己都没有答案，我只是隐隐感觉自己从内心深处想看到一些不一样的事情、不一样的变化，也许是这份工作太沉闷了，生活总在重复，我希望有所改变。

下班回到家，老婆女儿眼泪汪汪的，一打听，家里的老黄狗中午安排了安乐死，都十岁了，患了绝症，医生说它的未来几个月会极其痛苦，神志失常，为了完全避免因神志不清而咬伤人的事情发生，建议提前安乐死，这是所有养狗人的共同选择。

既然是大多数人的选择，说明它有强大的合理性和正确性，况且生死乃自然现象，我们的祖先甚至当成是喜庆的事情，文明进步了，怎么反而理性退步了呢?

心烦意乱中，我说，我有点事，晚上不在家吃饭，于是我换了身便衣，出门。

傍晚的凉风一吹，脑袋平静了下来，暗暗反省自己，从什么时候开始，我变得如此易躁，女儿一场车祸后下半身瘫痪，这十年来白天陪伴她的，就只有这条老黄狗，狗情甚于人情，这不正是文明的进步吗?

对于妻女，我一直愧疚，在她们的苦难日子里，我步步高升，为了步步高升，我忽略了她们的苦难。当然我一直觉得我只有步步高升才能弥补她们的苦难，但我怎么越来越感觉步步高升并没有给这个家庭带来提升，或者说，我的职位升迁的意义，并不如一条狗。

好吧，这么些年，我嫉妒一条老狗。今天它死了，我必须高兴。

我吃了面，在河堤上逛了几圈，回到家时已是半夜，妻子睡了，我看到女儿房间还亮着灯，我敲门，然后进去:“西西，你怎么还不睡？”

“爸爸，你是个好人吗？”女儿盯着我，声音一贯的轻柔。

这样的问题很难回答，但我也不能回避:“爸爸只能说，我努力做个好人。”

“爸爸，那你收过别人的受贿吗？”

这个我敢回答:“没有，一分钱都没有，否则，你们也不用还住在单位的房子里。”

“那如果有人给你送钱呢？你遇到过吗？”

“当然，”我笑了，这事还会少吗，“我遇过啊，当然，我绝对不会收，你妈妈也不会让我收这种钱的。”

“好吧，爸爸，我相信你。”女儿幽幽地说，“我知道，你是个好爸爸。”

我疼惜地走过去，把女儿的头搂进怀里：“西西，我不是个好爸爸，没有给你们最好的。”

“不，爸爸，你让我们平安，不用担惊受怕，就是个好爸爸，这幢宿舍楼里每年都有人被双规了，我同情他们的家属，所以，我也为爸爸骄傲。”

我把女儿抱得更紧了，我也骄傲啊，为我的女儿。

07 西西

那么，这袋钱爸爸根本不知道，就算知道他也不会要的了。

在这个世界上，我只有两个朋友，黄黄和小楼，黄黄是条狗，它不会给我送钱，况且，它今天已经轮回了，而小楼，他根本没有钱。

佛祖说，因为泥的黑，才有莲的白。

我才十八岁，我经历了最黑的岁月，何日才能盛开我心中的白莲花呢？

小楼是这朵莲花吗？这半年里，我们每天都在一起，他每天早上都会在河边等我，他说他是个漫画家，每天下午和晚上才工作，他给我画了很多有趣的漫画，主角都是我和黄黄。但我觉得，他的水平其实不怎么样，至少把我眼睛画那么大，并不实事求是。

但我喜欢他的画，我想搞艺术的人一定喜欢听浪漫的故事，于是我说，我父母双亡，唉对不起了老爸老妈，就当我客串了次作家吧。

我和奶奶一起住，我奶奶每天要卖豆浆养活我们，黄黄是我哥哥送给我的，我哥哥是个水手，一年前出海了，他要去南美洲和非洲，要在海上漂泊两年。

小楼说，他想尝尝我奶奶的豆浆，我说好啊，但是，有一件奇怪的事情我必须和你说清楚，从前有个小男孩，偷吃我奶奶的豆浆，吃了还说不好吃，结果肚子疼了一晚上就死掉了。

我把这个天方夜谭说得跟真的似的，他开始不信，我就一直忍住笑，让表情看起来这事的确是真的似的，后来似乎信了，说，白喝还说谎，就会死，是不是？

我拼命点头，是的，就是这样的。

小楼突然跪下来说，我一定会用最高的价钱来买你奶奶的豆浆，说完就跑了。

这下我傻眼了，我上哪儿去弄碗好喝的豆浆卖给他一个高价啊。

第二天，我们见面了，小楼问我，如果他喝了奶奶的豆浆，觉得好喝，想一辈子喝，或者跟我奶奶学会了，让我一辈子都有得喝，可以吗？

我说你真的这么想吗？

小楼说，是啊，我想见你奶奶，我要学做豆浆。

我觉得好难受，我没想到他会有认真的一天，如果他知道这一切都是谎言，他一个搞艺术的，被我营造的浪漫亲手击破后，会发疯吗？会离开我吗？

然后我有好几天都见不到他了，他一直没有出现，我难过得想跳进河里，可是，我甚至连跳河的能力都没有，我根本没办法从轮椅上跳起来。

再见到他的时候，他瘦了一圈，我问他你干吗去了？病了吗？

小楼说，我其实不是漫画家，我没有工作，我最后一次来见你，是想告诉你真相，明天，我想回老家去了。

我又难过了，我说小楼，其实……

小楼说，其实我不是真心想骗你的，我喜欢每天上午见到你。

我说：其实……

他又抢着说：其实你嫌弃我也是对的，男人不能总是这样子，如果我们还能再见，我一定不会是这个样子。

我急了，他再这么说下去，我都不好意思说我的真相了。我说：你别这样，要不，我下周生日，你可以来我家，和我一起过生日，我会带你见我的家里人的。

他突然拉住我的手，久久地望着我，我听到他呼吸变得急促，这让我害怕……又有点期待。

西西，如果我下周能和你过生日，我可以对你说，我想娶你吗？

这太让我害臊了，我才十八岁，就要谈婚论嫁了吗？

突然，小楼他迅速地把嘴巴贴过来，在我唇上留下重重的一吻，马上又弹起身体远远地跑掉了。

小楼，你这个混蛋，我都还不知道你姓什么，你就吻我？

到了晚上，我想，小楼可能就是我的白莲花。

这个晚上我一夜都浅浅地欲睡非睡，半夜里，我被一声重响吓醒，看到窗子被风吹开了，我找到拐杖下床，被什么绊了一跤，然后看到了这个黑黑的袋子，里面有一袋子的钱。

08 装钱的袋子

我招谁惹谁了，沾了一身的血迹，装了一身的脏纸，三更半夜被翻墙越窗。

如果我很重要，你们就要对我小心翼翼，如果我不重要，你们就让我消停点，谁也别理我，别碰我。

最后申明，我是有主人的，买我的主人叫肖伟大。

09 肖伟大

我死了，被两个小贼捅死了，一辈子费尽心机，营营役役，刚刚弄到手 200 万，居然一分都没花上。

都说人生最大的悬念是不知道自己会怎么死掉，好了，对于我，现在没悬念了。

但我后悔，我其实可以不死的，我第一眼就看到了小贼手里的刀，我何苦跟他们抢呢？给他们就是了，不甘心至少不会死啊，还好，临死我也没让他们得手，我把钱扔墙外了，哈哈哈，你们捅死我，你们也跑不掉的，一分钱没抢到，等待你们的是枪毙的下场，活该。

对于敌人，我从不心软，哪怕赔上一条命，我也不让你们痛快。知道这钱来得多么不容易吗？知道我费了多大心机吗？老板看上的这个工程，带我去见负责招标的处长，我第一眼觉得眼熟得不得了，却怎么也想不起来了。晚上回家时，我就想到了，因为我看到了他，他经常出现在我们小区，出入的是一个单身女人家，这个单身女人的房间，在我对面栋的同一个楼层，窗口平等相对，她长相一般，但胸部奇大，为此我花了半月工资买了天文望远镜，专门为她而破的费。

没想到啊，这部 4000 块的天文望远镜，为我带来的回报是 200 万。我对老板说，我公关过了，对方一口价，200 万。然后我把照片寄给处长，说很简单，工程给我指定的人，就一笔勾销，绝无第二次，你不会损失一分钱，我说到做到，反正你也知道我是谁。

当然我是个绝对讲信用的人，确定中标后，我把底片放到了女人的信箱里，我的想法是，她也有欣赏自己美妙身材的权利。

今天刚刚提出现金，兴冲冲回到家，在花园最偏僻的地方找到停车位，然后就碰上两个小贼……许冠杰唱得没错："命里有时终须有，命里无时莫强求。"

这句歌词也送给这两个小贼吧。

别了，人间，别了，这个无聊的世界，如果再投胎，我一定要当那个处长……那个女人真带劲。

10 处长

这次摊上大事了。

肥肥的一项工程，一分钱没捞到，左右的打点还得我自己掏钱，说好的底片也没有寄来，第二天报纸说茉莉小区发生了凶杀案，一看照片，他妈的死者就是那个王八蛋。看来他没少干勒索国家干部的事，一定被人报复，要不就是灭口。虽然解气，但是那底片还在他家吧，警察要是翻到了，曝光出来，我岂不完蛋？

最可怕的可不仅仅是工作完蛋，万一警察搜到那些底片，傻瓜也能想到他勒索我，而我立马成为最大杀人动机者，这小区的监控完全可以证明我经常出入茉莉小区。况且，案发那个时间，我他妈的车就停在茉莉小区，自己在车上睡了一觉。中午喝了酒，到了下午实在困得不行了，本想车停到了茉莉小区，先在车上睡一小觉，养好精神，才上去丽丽家，晚上才有体力对付丽丽这个骚货。

我不知道这一天是怎么熬过来的，到了中午，我整个人都虚脱了，脑子里全是被五花大绑，行刑的武警站在面前，黑洞洞的枪口顶在额头上……妻子儿子在哭喊，所有围观者在嘲笑我。

好不容易让自己冷静下来，我分析自己眼前的选择，第一，最坏的选择，成杀人犯；第二，好一点的选择，警察找到真凶，我被纪委传唤，作风问题曝光，丢职离婚；三，最好的结局，我比警察先找到底片，生活继续……不管如何，再也不能碰丽丽这个扫把星了，一定是她带给了我霉运。

该死，刚想到这个扫把星，她的电话就来了。

“怎么了？我不是说上班时间别打电话来吗？”我想这情况下我不可能装出情意绵绵的语气吧。

“亲爱的，人家……”

“别亲爱的了，丽丽，以后我再也不会上你家了。”

“什么？你……”

“我也没欠你什么，一会我会再转笔钱给你，这是最后一次，我劝你一句，想少点麻烦，就取了钱离开这个城市。”这句话我是衷心为她着想，她是无辜的，没必要卷入这场麻烦，毕竟一日夫妻百日恩，我也算是个有良心的男人。

“王八蛋！”啪一声，她挂了电话，我松了口气，她应该从此会消失在我的生活中了，这很违心，我并不舍得，可这是最理智的选择。

下一步，我就必须要为自己的下半辈子作出一搏，成功了，将会有一个崭新的我重生，我要好好爱家庭爱老婆，踏实工作，不再受人胁迫，失败的话，就当是报应吧，唉，这些年，我真不是个好人，如果重新回到那一年，刚迈出大学校门，满眼的阳光明媚，这么好的天气，我一定不会报考公务员。

11 丽丽

就这么想打发老娘？

这个老混蛋，就算你钱给够了，你至少得懂得语气上尊重人，懂不？尊重人。

刚在信箱看到一封信，里面是照片和底片，一看就知道寄信人心术不正，本想好心提醒一下他，居然就如此翻脸不认人，昨晚还觍着脸说老娘肤白如玉，怎么吃都不够，今天居然命令我不准在这个城市待了，你以为你是网管吗？想踢谁就踢谁。

当然，老娘一定会离开这里的，但前提是老娘要亲自告诉你，啥叫尊重人。也许大家以为小三没尊严，可事实上，正是因为世俗没有给我们尊严，才让我们更明白更需要尊严。

走着瞧吧。

女人终究心软，还等了十天，我想他也许会回心转意，然而他没有，希望在时间的流逝中慢慢转变为绝望。

这天早上醒来，家里居然停水了，连牙也刷不了，愤怒之火突然全面爆发，我决定行动，但行动之前，我得给姐妹打个电话合计合计。

我说完计划后，这个姐妹说："我说丽丽，你真是波大无脑，你这是以卵击石。"

"你这下流胚，老娘绝育了，不排卵子很久了，快说说，我得怎么干，反正我一定不会放过那个混蛋。"

"这样吧，你先找个律师，至少要有个自我保护意识吧。"

"可我不认识律师。"

"你还不认识小学老师呢，不也上了学吗？上律师所啊，挑个顺眼的，穿低胸点，也许就不用出律师费了呢，嘻嘻。"

算了，聊下去也是狗嘴吐不出象牙，不过找律师是个好主意，低胸也不是问题，找件不低胸的才是问题。

但进了律师所，我才突然醒悟，后悔穿低胸了，男人色心一起就会变蠢，我得找个精明的，我不是寂寞找男人，我现在是危机公关啊。

"请问，你们这里最老的律师是谁，我就找他。"我对前台女孩说。

"最老的啊，还真有一个，刚加入我们所的，经验丰富，目前从没输过一场……"

"我不打官司，我就是咨询，请顾问。"

"反正你不是要老的吗？他就挺老的。"这小妞也男人似的老盯着我胸口，不过她不是吞口水，老感觉她想吐口水过来。

"好吧，我就找他，他在哪？"

"他姓何，叫何工律师，你等等，我先通知一下他。"

12 何工

这是天助我吗?

我面前这位性感天使给我递了一份材料，一堆住建局处长的艳照，以及随照片附的一张小纸条，上写“中标书已收到，我言出必行，从此两清”，居然还有署名，而那个名字我相当熟悉，肖伟大——李楼案的死者。

我按捺住兴奋之情，耐心听完她的叙述，然后很明确地告诉她：“女士，你介绍的情况以及材料来看，这里涉及一宗招标腐败案，以及一宗敲诈勒索案，所以，我建议你直接到检察院的反贪部门去送材料，你会受到相应的保护。”我当然不会告诉她，这里还涉及了一宗杀人抢劫案，这个勒索者已经死了。我担心如果我把事情说得过于复杂，这对女人这种直线思维的动物来说，容易引起波动，她一个转念，觉得麻烦不举报了，生生放过了一个腐败分子。

“女士，既然你找到我，我就将材料复制一份留底，以证实你曾咨询过我，以后要有什么法律纠纷，我可以作为你的委托人，另外，这次咨询我就不收费了，以后有机会合作再说，当然，你需要留下联系方式给我，如果你愿意的话。”

不收费的决定鼓舞了她，她表示离开这里就直奔检察院，我祝她好运。

现在我拥有了一个绝佳的机会了，手里这份材料说明了一个重要问题，如果事情不出意外的话，那位腐败处长，明天就将受到行动限制，随时可以成为我的证人上庭，还有刚才的女士，也是送上门来的证人，我的辩护词就不再是苍白的逻辑推理，而是拥有人证物证。

我甚至开始想，当老洪听到我出示的这些证据时，他会是什么心情呢？警察本该知道的事情，现在让被告律师先得到了，作为朋友，我是不是应该顺带知会一下他，让他不至于被动，因为，就算他得到了这些材料，对我的辩护也不会有任何影响。

13 老洪

后天就要再次开庭，李楼极有可能在这次开庭被宣判，并且不会是轻判，那么，我就等于再次错过了一个机会，这本来不是机会，但突然成为机会时，我激动了一晚上。

我和周主任打赌，我押李楼被判有罪，但我真正的希望是李楼无罪，我完全明白他是无罪的，根本不会是王山兄弟的同伙，但我不能释放他，这事得由法庭来干，才能引起大家关注，对于我来说才有释放的意义。

我还有一件事要干。

我连夜来到看守所，我要和他作一次私下的会谈。

“李楼，你经历了一次开庭，相信你明白自己处境，后天开庭，如果辩护律师不能出示有效的证据，仅凭推理，在我国现行的法律制度下，相当于没有辩护，你至少是十五年至无期，有很大一部分原因是因为你不认罪和不交出那笔钱，如果你不介意坐一辈子的牢，我也帮不了你。”

“我说的全是真话，你们只要没抓到那两人，怎么也不会放过我的，所以，我无所谓了。”李楼看来在看守所没有白坐，他倒是成了明白人。

“这么说吧，我个人相信你是无罪的，你根本不认识王山王海，他们俩也不会跟你这样的新手合作，但是，你是唯一得到那笔钱的人，你不交出来，这本身就是犯罪，坐牢你也不冤。”

李楼扭过头去，望着墙壁，一言不发。

看来我还没有打动他，“李楼，你并不是警方的目标，我们要抓的人是王山兄弟，他们罪大恶极，况且，他们为这次行动已经不惜杀了一个人，然而一分钱都没有得到，现在通过报纸网络，全中国人都知道你是那个墙外得到钱袋的人，如果你一直没交出来，那么，你就是这兄弟俩的目标，如果你进了监狱，他们就知道在哪里可以找到你，你自己想想，让他们找到你会是什么后果？”

李楼身体开始发抖，我观察着他的各种变化，相信他开始感觉到恐惧了。

“但是，一旦你交出了钱，你在他们眼里立马一文不值，他们的目标是钱，不是你，我并不相信你那套被狗咬的话，从一开始我就知道你这句是谎言，但我知道你一定有一个值得你坐牢也在所不惜的理由，我不指望你今天告诉我，但我希望和你合作。”

李楼的目光慢慢从墙上移到我身上:“什么合作。”

“你后天在庭上，随便说一个藏钱的地方，最好是池塘或者河里之类的，需要动用大量人力和时间的地方，这样我就可以马上申请案子退回到公安局继续侦查。”

“然后呢？”

“然后王山兄弟也会得到消息，只要他们放不下这笔钱，就有可能出现，这次我们不会再放跑他们了，只要逮住他们，你自然就清白了。”

“如果你们还是一直没找到钱呢？”李楼急切地问，他对我的建议已经有了极大兴趣。

“那么我们会继续找，但你已经不是抢劫案同伙了，当然，最佳方案是你真的交出那笔钱。”

“哈哈哈，”李楼莫名其妙大笑起来，“洪警官，你在耍我吧，你不过想利用我做诱饵，抓到他们，但我只要交不出钱，我是不可能无罪释放的，并且，我觉得你的合作建议不像警方作风，除非你是立功心切，想亲手抓住他们，可我不想作诱饵。”

我望着这个说不出是愚蠢还是聪明的家伙，我一字一句告诉他：“八年前，王山兄弟第一次作案，就重伤了一位姑娘，令她成为植物人，至今没有醒过来，她只是一个公司出纳，才上班第一个月就遭此横祸，时间长了，公司也不再负担医疗费用，一个家庭从此陷入困境，你了解这些受害者的感受吗？你知道作为受害者的哥哥、一名警察的我，是多么想亲手抓到这两个混蛋吗？这些年我都不敢回家，我不想看到我妈那张苍老愁顿的脸，我对不起她，我在梦里亲手击毙了他们无数次……无数次，可现实中，我连他们的照面都没有打过，突然来了这个机会，他们就在我的城市里作案，我能放过这个机会吗？李楼，你想过没有，这也是你的机会，我不管你他妈的把钱藏哪里了，抓到他们，至少你洗清了同案犯的罪名，你咬定钱藏河里了，我们最多找个三天五天，我写个报告说可能被河水冲走了，这不就完事了吗？”

一口吐出了这股郁结多年的闷气，我手脚冰凉，双腿发软，好久没有这么激动了。没想到，这件事我谁都没说，却向这个无足轻重的小角色袒露。

“好吧，洪警官，我答应你。”不知过了多久，我终于等到了从他嘴里传来的这句话。

14 李楼

原来，这位警察一直知道我是无罪的，却让我受了如此多的折磨，这应该令我愤怒，不过，我被他那番话打动了，并且，我的直觉告诉我，他说的是真话。

他说得也有道理，我不怕坐牢，但我怕死，生命诚可贵，爱情价更高，其实不对的，更别说后面那句若为自由故了，在我的排名里，自由不算什么，没钱没爱情，在哪儿待着都不自由，所以，爱情高一些，但刚刚我才知道，生命对于我最高。我害怕真的被那两个恶魔兄弟找上门来。

有一天落在他们手里，这个念头令我人生中第一次感觉到了彻骨的恐惧。

我同意了洪警官的建议，我决定在开庭的时候，突然认罪，并且，把钱交出来，我突然有了新的念头，我不想要那笔钱了，相对于洪警官的妹妹，西西还是幸运的，至少她是一个鲜活的生命，我只要不坐牢，我可以养活她，和她在一起，我相信她会愿意的。

可是，当我的善良念头刚刚充满我全身的时候，诱惑又来了，何律师第二天来看我，他告诉我，明天开庭后，我将无罪释放，因为他找到了足够的证据，可以证明我是无罪的。

“李楼，你明天什么都不需要说，你只要沉默，当我出示完证据后，你会从法官的表情里看到他即将的宣判。”

这是什么意思？这就是说，我还是可以不用交出一分钱，就可以和西西在一起，还拥有一大笔钱？

为了给自己更大的信心，我问：“何律师，我想问你，你自己是不是真心地认为我是无罪的？”

“李楼，你是不是无罪，这不是我思考的问题，律师不需要知道事件原本的真相，只需要关注法律架构下的受程序保护的真相。”

“这有区别吗？”我完全不明白。

“有时候没有区别，有时候有区别。”

“什么时候有区别？”

“比如说，你去邻居家买鸡蛋，事件真相是邻居不在，你放下钱取了蛋走了，但之后钱被风吹跑了，邻居告你盗窃，由于找不到风来作证，所以，受程序保护的真相就是由于你不问自取，且邻居不愿意和解，那么你就要为盗窃罪名坐牢，这就是区别。”

“这么说，法律并不是完全正义的。”我觉得上当了，普法教育一直在说法律是维护正义。

何律师摇头说：“法律是正义的，但不是绝对正义，它维护的是程序正义，保护遵守程序的人的利益。”

“可我觉得这么看来，至少不够人性吧。”

“呵呵，比如说，你尿急了，让你自由排泄，这算人性吧，可你正坐在公车上，你的人性，对其他人却是不人性的。”

我久久琢磨着何律师的这句话，我的人性，对其他人可能就是不人性，那也就是说，别人人性了，可对我并不人性，我应该怎么应对？

15 王海

哥，饿……

16 开庭

公诉人的陈述在上一庭预审已经念过了，这次开庭，直接就由辩护律师开始作辩护。

何工：尊敬的法官大人，请允许我传一位证人，他是反贪局的刘国先生，他前天接到一个举报，举报人叫张丽丽……

何工细细讲述完那个案子后，最后总结说："肖伟大身上携巨款是个偶然事件，王山兄弟抢劫自然也就是临时起意了，那么一宗完全是偶然和临时起意的案件，就不存在预谋和策划，更不可能存在安排同伙在墙外等待，因为本辩护立场为，被告人根本与在逃罪犯无任何约定或关联，被告人出现在案发现场也是一次完全的偶然事件。"

卫青站起来，他在何工的长篇大论中，迅速地找到了突破点，他的论点为，辩护律师认为受害人身上携有 200 万现金是偶然事件，这个我同意，但这不能说明受害人并非被告及同伙的目标，如果他们的初始目标并非 200 万，而只是受害人平时随身财物呢？又或者在逃案犯通过其他渠道得知受害人当天会携带一笔现金呢？这两个假设完全与辩护律师的证据不冲突，所以，并不能够说明被告与案件无关联。

何工胸有成竹，站起来说，没错，我完全同意公诉人的两个假设，这里我想展示一下案发现场的建筑图，大家可以看到，茉莉小区的停车位遍布各个通道两边，并且这个小区不设固定停车位，都是以先占先得为原则，这说明，受害人自己也不知道他今天会停在哪个停车位，更别说预谋抢劫他的人了，假设当天受害人找到的车位是在西边，而被告出现的位置在东边的墙后，我们看图，案犯得手后，必须绕个大圈子才能到达被告所在位置，相同的时间，他们可以从西边出口跑到地铁站了，这样的策划有意义吗？

卫青傻眼了，刚刚的沾沾自喜早已不见踪影，他脸上烫得厉害，看来何工早就把他算计透彻，先抛出一砖，让他反击，然后再抛一砖，通过反复打击来加深法官印象。

公诉人，你还有异议吗？法官问。

卫青站起来，犹豫了一下，说，辩护律师的论点虽然有力，但仅仅是他个人的推理，无法用证据来支撑，案犯作案的策划出发点必须在同案在逃犯归案后才能完全了解事实真相，但被告的确出现在案发现场附近，并成功接应到所劫财物，且作出了逃跑反应，这都足于断定被告有同案行为。

何工立即站起来，说，案发之时，被告是在墙外，根本无法得知墙外情形，他只是在袋子被抛过来后才发生接触，这种行为被认定为抢劫案犯是相当荒谬的，最多只能认定为拾金有昧，比如我捡了个钱包，而钱包主人后来被发现被杀，能认定我是杀人同犯吗？

旁听席出现了小声的议论，卫青坐不住了，不断挪动着身体，他突然脑海里响起了自己的那句话，我要是输了，就回档案科。

公诉人，你还需要发言吗？

卫青想了想，说，法官大人，我没有发言了。

法官于是宣布庭审结束，择日宣判。

17 审判日

开庭前一小时，法官办公室。

何工进来时，房间里已坐着法官和卫青二人，何工重点关注到卫青的表情，这是一张意气风发的年轻人，尤其此刻。

“何律师，”法官也是相熟多年，身份一变，称呼当然也要改变，“你也是多年的老公诉人了，今天我们的话题，你应该有估计吧。”

何工笑笑：“按惯例，迟到的输官司么？”

哈哈哈，三人都笑了起来。

“何律师，法庭的意见是，由于本案对社会影响广泛，造成的后果恶劣，而你的辩护缺乏有力的证据，本庭将会判决被告有罪，刑期在十年以上。”

卫青保持着谦逊的微笑，但看起来就快绷不住要大笑了。

何工皱皱眉，说：“这既然是法庭的决定，那我也不好说什么了，那么，一会庭上见。”

法庭准时开庭，公诉人及辩护律师作最后陈述，公诉人陈述完毕后，何工站起来，他扔下手里的文件，走到被告李楼跟前，朝他扬了一下眉头，然后转过身去对法官说，我没有陈述。

李楼突然大声喊：“法官大人，我不认罪，但我认错，我不是罪犯，但我贪心，我把钱藏起来了，我要交代。”

何工立即走上前，对法官说："由于被告人有新的事实出现，并对本案最终侦破有最大作用，本辩护律师请求法官押后审判，将被告及案件返回公安机关。"

法官和卫青措手不及，当然，这时候他们才想起来，何工几十年都是自己人，没有人比他更了解这套程序，今天他这么平和坦然，不正说明他的不平和不坦然吗？

何工的请求是无法驳回的，于是，法官只好宣布接受。

卫青走过来，虚心的表情却是质问的语气对何工说："老何，你们搞什么鬼？"

何工向他伸出手："小卫，我想，我们的官司已经结束了。"

"结束？还没有宣判啊。"

"官司并不一定需要宣判，比如这一次，它就是一场没有宣判的官司，呵呵。"

卫青急了："那到底谁胜了？"

何工表示疑惑："为什么要有输赢？我们打官司，又不是打乒乓球。"

"这这这，这算什么？不过，我一定会等着，等公安局重新送上材料，我将亲自起诉。"

何工点头同意："我当然希望天天有官司，现在我是个执业律师。"说完何工觉得自己过分生硬了，又回过头来，说，"小卫，我欣赏你的敬业精神，但官司本质上是对诉告双方给予公平程序下的公正裁判，所以，对任何一方都不存在输赢，只存在公正与否。"

18 三天后

三天后，在看守所里度日如年的李楼等来了两位客人，何工和洪警官。

李楼很诧异，因为他们二人同时出现。

“洪警官，对不起，我食言了，因为……”

洪警官打手势阻止他：“不必了，我理解。”

“可是，我出去，我一定会给你妹妹捐款的，我保证。”

“你哪来的钱呢？”洪警官笑了，“这么说，你真的藏起了钱？”

李楼自知失言，但脑子转得飞快，说：“不不不，我的意思是，我会找个生意做，赚了钱再……不过我真心愿意当诱饵的。”

“李楼，诱饵就不必要了，告诉你吧，王山兄弟昨天投案自首了。”洪警官说。

“啊？这……他们为什么自首？”

“身上一分钱也没有，到处是通缉令，只好躲在山上十几天，饿得不行，爬下山来自首。”

何工在旁边看不下去了，他说：“算了，老洪，告诉他吧，那也够他受的了。”

李楼问：“什么事？”

“李楼，今天我是来带你出去的，你的案子不会宣判了，起诉撤销，还有一件你肯定不想知道的事情，那 200 万，现在在公安局里呢。”

“西西她……”

何工说：“对，周西西小姐在报纸上看到了你的新闻，认出了你，把钱都交了出来，她一直以为是别人给她父亲的行贿款呢，前一天已经扔到了河里，幸好这几天没下雨，我们第二天找了回来，她力气不够，只扔到河沿边上，200 万在河边躺了一晚上，这次再没有幸运的家伙得到它了，否则，你还出不去呢。”

李楼耷拉下脑袋，不知应该高兴还是失落，这么一大笔钱，他也就只在黑暗中看过一眼，具体数目还是警察告诉他的。

“何律师，你刚才说西西姓周？还有父亲？”

“没错，她父亲是检察院的副院长，怎么，你不知道？你连她姓什么都不知道，还给人家送 200 万？”

李楼喃喃自语：“那就好，不用卖豆浆就好。”

洪警官大声说：“李楼，虽然你不用坐牢了，但你一直隐瞒这笔钱，妨碍办案，我们必须对你作出拘留处罚。”

李楼浑身轻松了：“管饭就行。”

药剂师

王稼骏

药剂师

01 丈夫的怀疑

烈日当空的炎夏，城市里的人们像吸血鬼一样躲避着艳阳下的大地，穿行在大楼之间的阴影之中。

僻静道路的转角旁，黑色豪车发动机发出低沉咆哮声。广播里报道着今天是连续第九个高温日，创下五十年来的历史纪录。

尽管车里空调的温度已经很低了，坐在驾驶座上的曹也依然满头大汗。

面前的这条路，是曹也每天回家的必经之路，他神情坚定地注视前方，像是在等待着什么。右手边的副驾驶座位上，静静斜靠着的高尔夫球杆反射着刺眼的阳光，曹也伸手把它推进了阴影之中。

一辆咖啡色的越野车驶过，开车男人的侧影一闪而过，曹也的眼睛亮了起来。

就是它!

“混蛋！”曹也看了眼时间，十点整。

曹也临时取消了今天公司例行的月报告会议，作为董事长的他，没有向任何人提起自己的去向，毕竟回家捉奸这样的事情，实在没脸和别人去说。

他狠狠踩下油门，往家的方向驶去。

对妻子孙薇的怀疑始于半个月前的一个雨夜，那天曹也从外地出差回家，发现车库的地面上有两条清晰的轮胎印。自己半个月不在家，妻子孙薇也不会开车，一定是有人来过家里了。起初曹也并没有把这件事放在心上，过了两天记起这件事，随口问妻子前天谁来过家里。

妻子矢口否认，一口咬定没有其他人来过家里。

“我一个家庭主妇，会有谁来家里啊！”

听妻子这么说，曹也有点担心，生怕是有踩点的盗贼在打家里的主意。第二天，他把车停在车库的对面，将车里的行车记录仪打开，希望能够起到监控摄像头的作用。

晚上回到家，曹也先到车上检查记录仪里的录像。由于记录仪的存储容量有限，只有最近三个小时的录像。录像里，曹也看见一部咖啡色的越野车停在了他的车位上，一个男人从他家里走出来，妻子一直送他到车边，快速而又亲昵地拥抱了一下后，妻子转身走回了家。曹也留意了一下图像上显示的时间，是下午两点三十分。

因为像素的关系，录像里一直看不清站在黑暗中男人的脸。

但这段录像，像一枚丢入大海的炸弹，已经在曹也的心里掀起惊涛骇浪。

之后的一个多星期，曹也试探着妻子，刻意在她面前显露出猜疑的神色，希望可以给妻子一个机会，让她自己来结束这段不道德的关系。

一分钟前，当曹也再次看见那辆越野车驶向他家的方向时，他下定决心要亲手来结束这段关系。

越野车熟门熟路地停在了曹也的车位上，车上走下来了一个年轻人，戴着金丝边的圆形眼镜，白色衬衫的袖管里伸出两条细长的手臂，头发收拾得干干净净，整个人散发着青春的气息。

曹也不由自主望了眼反光镜里两鬓斑白的自己，因为熬夜工作而导致内分泌失调，满脸坑洼的皮肤和黑黑的眼圈，让曹也看起来比同龄的妻子年长不止十岁。全职在家的妻子，所有的花销开支全由曹也一人承担，因为曹也的公司运营良好，所以家里的日子过得还算富足，甚至称得上奢侈。

一想到自己大把大把买回家的昂贵化妆品，却是为了让妻子在其他男人面前花枝招展，曹也胸中的怒火熊熊燃烧起来。

把车停在了稍远的停车场里，曹也提着高尔夫球杆，大跨步地朝家里走去。他心里清楚，捉奸这种事情一定抓现行，大摇大摆地冲进去，等于给了他们抵赖的机会。

曹也没有走正门，而是选择更靠近卧室的车库边门。从热辣的太阳下走进阴凉的车库，曹也不由打了个冷战，后背泛起一阵鸡皮疙瘩，似乎有种不祥的预感。

他扯了扯黏在后背上的衣服，从口袋里掏出钥匙，轻轻插入了锁孔，他动作缓慢，尽量不发出一丁点儿声音。不透风的车库里，曹也的额头很快挂满了汗滴，汗水流到了他的嘴角边，嘴唇尝到咸咸的味道。

边门顺利打开，能隐约听到屋子放着音乐。曹也拉开用来阻隔蚊蝇的纱门，看见门口地上摆着一双蓝白相间的运动鞋，这应该是刚进去的那个男人的。

曹也转身合上了边门，跨过鞋子往走廊里慢慢踱步前行。突然一个身影从旁边蹿出来，扭头一看，原来是一面镜子。

平时都是匆匆穿过这条走廊，从来没在镜子前面驻足过，才会虚惊一场。

没走几步，走廊两边就各有一扇房门，左边是洗手间，右边就是卧室。卧室的门虚掩着，靠近门边音乐声也越来越响，可以听见里面男女的嬉笑声。曹也蹲下身子，眼睛慢慢对准那条狭窄的门缝。

他听见自己鼓膜的跳动声，急促而有力。

房间里的妻子背对房门坐在床边，轻薄睡衣的一边肩带耷拉着，露出半个雪白的后背。她双手将男人的头捧在胸前，正亲吻着他的额头。

“今天可以待到几点？”男人问。

“他今天开月报告会议，起码一整天的时间。”

“还真是要公司不要老婆的工作狂呀！”

说着，两人带着嘲讽语气地笑了起来。

曹也听见他们在议论自己，后槽牙都要咬碎了，任何一个男人看见妻子这样的行为，都无法保持平静。即使在决定这次行动前，在脑海中想象过无数遍，也难以克制内心的愤怒。

热血涌上脑门，事先筹备的取证、谈判、离婚，让妻子净身出户，让男人身败名裂的计划，统统抛到了脑后。

曹也几乎失去了理智，他脑海中只剩下了一个坚定的信念。

——我要教训教训这对狗男女！

他举起了手里的金属球杆，想要冲进去给那个男人头上狠狠来上一击。

就在这时，门铃不合时宜地响了。

曹也攥着高尔夫球杆的手抖得厉害，他怔怔站在卧室的门前，一时间不知所措。

门铃又响了一遍。

“来了！”

妻子大声应唤了一声，整了整衣服，起身关掉了音乐，往卧室门外走来。

曹也面前的这条门缝里，妻子的脚步声越来越靠近了。

02 意外的访客

“安洛在吗？”

大门口传来一个女人的声音。

“她怎么来了？”卧室里的男人慌乱起来，声音也有些颤抖。

“是谁？”孙薇问道。

“好像是我老婆。”安洛带着几分哭腔轻声说道。

门铃声变成了敲门声，卧室里的两个人犹如惊弓之鸟。

“来啦！”孙薇朝大门的方向大声回了一句，指了指厨房的方向，对安洛说，“你先去厨房里躲一躲吧。”

安洛抱着自己的衣服，赤着脚冲进了厨房，轻轻关上了门。

孙薇定定神，打开了门。

“你找谁？”

门外是个面容精致的女人，如果不是眼角的皱纹，绝对猜不出她已经年过三十了。

“我找我老公！”女人推开孙薇搭在门框上的手，喊着安洛的名字，径直冲进屋子里。

“这里没有你老公！你给我出去！”孙薇张开双手挡住了走廊。

女人冷笑道：“我看见他的车开进了你家的车库，还会有错？”

孙薇一时语塞，无言以对。

“安洛，你这个混蛋！快给我滚出来！”女人在房子里吵嚷着。

突然，厨房里传来“滴……滴……滴……”的声音。

女人皱了皱眉头，循着声音往厨房走去。

“他不在里面！你别找了！”明显底气不足的孙薇，几乎毫无抵抗能力，眼睁睁看着女人推开了厨房的门。

一只裤管还来不及穿上的安洛，单脚站立在原地，呆若木鸡。

“你……你……怎么来了？”安洛求助般地看了眼被自己妻子挡在身后的孙薇，孙薇朝他无奈地摇着头。

“以为你这些破事我不知道嘛？”女人举起手机，打算拍下安洛狼狈的模样。

“别拍！”安洛赶紧用手挡住镜头。

“有胆子出来鬼混，就别怕让人知道！”女人重重推开了他的手，失去重心的安洛绊在了自己的裤子上，撸下了一大片橱柜台上的餐具，还砸碎了几个盘碟，刀具也随着搁架一同散落到了地上，他的眼镜也飞了出去。

女人倒退了一步，手机依然对准了安洛。

“这就是你婚外情的证据，离婚的时候你别想跟我抢儿子。”

安洛眯着近视的眼睛，从地上拾起一把尖利的剔骨刀，刀尖对准了自己的妻子，威胁道：“快给我把手机关了！”

“还想动刀子？有本事你杀了我！”女人虽然嘴上强硬，但身子还是不由自主地往后退。

安洛把握着刀尖和妻子之间的距离，虚张声势地警告道：“快把手机关了，不然我不客气了……”

女人有点被安洛的气势所震慑，垂下了举着手机的手，一脸得意地说：“有这些证据足够了，你就等着签离婚协议书吧！”

反复提起的“离婚”两个字彻底激怒了安洛，他挥舞着剔骨刀，朝妻子嘶吼起来。

毫不示弱的女人也叫骂起来，不知怎么的，她骤然一个变相，朝着刀尖的方向扑了过来，像是要夺安洛手里的刀。安洛躲闪不及，只觉得手往前一送，刀锋深深扎进了她的前胸。

女人挥舞的手臂定格在了半空中，她的目光慢慢从安洛的脸上移到了自己的伤口，鲜血在衣服上慢慢晕化开，她半张开嘴巴，嘴唇刚刚拢成了一个“救”的嘴形，身体就倒在了满是玻璃碎碴的地板上。

屋子里死一般的寂静。

只有风从大门穿堂而过的声音。

倏忽，屋子里爆发出一记整耳欲聋的巨响。

孙薇和安洛幡然惊醒过来。

“什么声音？”安洛问孙薇。

“车库的边门被风碰关上了。”孙薇反问道，“你进来的时候没有关门吗？”

“我关了啊！”安洛从碎片里找到了自己的眼镜，发现右边的镜片裂成了两瓣。

“会不会有其他人和她一起来？”

安洛突然意识到这个问题。

但他和孙薇谁都没有留意到，屋子里还藏着另一个人，而边门正是他进来时忘记关上的。

“应该没有人和她一起来，不然早就一起冲进来了。”孙薇跑到大门口，外面的高温让她身上立刻变得汗腻腻，确认刚才没有人经过之后，孙薇将大门从里面反锁了起来。

折回厨房，孙薇看见安洛蹲在地上，探着女人的鼻息。

“还有救吗？”

安洛摇摇头，他咬了咬牙，腮部隐隐鼓起一块肌肉。

“我还是打电话报警吧！”

孙薇拎起了电话，还没来得及按下拨号键，就被安洛死死按住了听筒。安洛露出了凶恶的眼神，说道：“不能报警！报警我就完了。”

安洛和妻子的关系并不融洽，虽然有个儿子，但长期交由爷爷奶奶抚养，他们夫妻两人属于在外各玩各的。之所以没有离婚，是因为在孩子的抚养权上存在很大的分歧，两个人就像怄气一般，自己得不到的也不让对方得到，互相瞅着机会，希望能在抚养权上占得先机。自认为保密工作做得相当到位的安洛，想不到妻子是怎么找到这里来的。

“你想怎么样？总不能让一具尸体躺在我家里吧！”孙薇眉头紧锁，凝视着安洛身后的一串血脚印。

“只有一个办法！”安洛竖起一根手指。

“是什么办法？”

“你不是想和你老公离婚吗？”安洛严肃地问孙薇。

“我不明白你的意思。”

“我可以帮你离婚，并且可以拿到你老公所有的钱。”安洛恢复了冷静，意味深长地望了眼地板上的尸体。

孙薇似乎明白了安洛的意图，安洛的想法令她难以置信：“难道你要……”

“我们伪造一个现场，假装你的老公在家偷情，因为外遇提出了离婚的要求，于是两个人发生争执，你老公失手杀死了外遇。”安洛说得有条有理，就好像这个计划在他心中酝酿了很久一样。

虽然不知道安洛要如何实施，但听完这个嫁祸计划之后，孙薇背后一阵发凉。安洛的年纪比自己小，孙薇时常以长者的身份照顾他。但没想到，他居然在杀了人之后如此沉着冷静，眼前这个男人的另外一面，让孙薇有点胆寒。

孙薇默认了安洛的计划，安洛立刻将自己的衣服穿戴整齐。

有苍蝇开始绕着地上的尸体盘旋，尸体下的血蔓延开来，屋子里的血腥味也变得越来越浓了。孙薇感觉胃里有东西在翻腾，就要冲破喉咙了。

这时，两个人不约而同听见屋子里有一声奇怪的响声。

“好像还有其他人在屋子里！”安洛指了指洗手间的方向说。

孙薇连呼吸都变得小心翼翼，屋子里应该没有其他人了。但刚才那声响动，她听得真真切切，耳朵不会说谎。

安洛弯下腰，从妻子的尸体上用力抽出了那把剔骨刀，朝孙薇做了个别说话的手势。

孙薇贴着安洛的背后，用黏糊糊的手抓住他后面的衣摆，两个人一前一后，蹑手蹑脚地朝着走廊的洗手间走去。

03 禁锢的密室

曹也被困在了洗手间里。

刚才门铃响起的时候，他慌不择路地躲进了洗手间里。听见了安洛的嫁祸计划，心头一惊，不小心碰翻了手边的脸盆，暴露了自己的行踪。

洗手间的门把手正在徐徐转动，环顾不足四平方米的洗手间，没有任何隐藏和逃脱的地方。

门外的安洛推开一半，门推不动了。低头一看，原来地上有只脸盆顶住了门。用脚尖踢开脸盆，整个洗手间便一览无余。

洗手间里东西不多，除了橡木色的洗手台柜、纯白的坐便器之外，能藏人的地方只有浴缸了。安洛探头看了一眼，绷紧的肩膀松弛了下来。

“虚惊一场，可能是刚才那阵风吹落了脸盆。”安洛顺手拉上了洗手间敞开的窗户。

从洗手间出来，安洛让孙薇找来一副手套，有条不紊地开始实施他的计划了。

先脱下了尸体的鞋子，擦干净血迹之后，放进了边门的鞋柜里，这样让她看起来更像是拜访者，而不是闯入者。狼藉的厨房收拾起来需要花一番工夫，用抹布擦干净了地上的血迹，砸碎的盘碟也收拾进了垃圾袋。安洛从烟灰缸里找来一个曹也剩下的烟头，和碎片放到了一起。

安洛再次回到尸体旁边，手指插进尸体散乱的头发中，捋出几根头发。

“这是干吗？”孙薇不明白。

“把她的头发放在浴缸里，警察查到的话，会以为是洗澡时留下的，自然会联想到偷情的可能性。”

孙薇回想：难怪每次安洛过来之前，都会事先洗好澡，看来他警惕心很强啊。

卧室的枕头上也摆上了几根头发，安洛把散乱的床单铺平。找来一个安全套，撕开包装，将撕下的包装碎片藏在床单和枕头的缝隙里，营造出整理床铺时疏漏下来的感觉。红酒杯印上了女尸的唇印，在水里简单冲洗一下后，摆到了橱柜的深处，安洛在橱门上留下了水渍。

精心布置停当之后，安洛抹掉了所有可能接触过的家具上自己的指纹。

最后，他把用过的手套包起来放进了自己的口袋，再从尸体的口袋里拿出手机，飞快地按着键盘。

“你老公的手机号码是多少？”

输完短信，安洛并没有发送出去，而是保存在了手机的未发送记录里。

孙薇看见短信对话框上写着：

你必须给我一个名分，不然我和你老婆摊牌。

安洛伪装现场的方法和孙薇想象中不一样，他虽然留下了很多指向曹也的线索，但都没有放在很显眼的地方。如果有警察来搜查屋子的话，这些故意藏得很浅的证据就会被找出来，效果会比显眼处的证据更有信服力。

实在是十分高明的办法。安洛缜密到恐怖的心思，开始让孙薇感到胆寒。

“好了！我们现在赶快分头去找一个人多的地方，待到你老公回家为止。”安洛告诉孙薇，“等你老公开门看到这一切，他一定会以为家里被人闯入，你算准时间拨打报警电话，我布置的这些线索就会派上了用场。警察的注意力会慢慢转移到你老公身上，怀疑是他杀了人之后，故意伪装了这样一个现场。”

换上外出的衣服，孙薇和安洛一起出了门，他们朝完全相反的方向离开。

那个装着曹也烟头的垃圾袋，就放在了门口的垃圾筒旁，警察只要展开搜查，很容易就可以找到里面的证据。

安洛驾车开出一段路以后，他摇下车窗，敏感的眼球感受到滚滚热浪。直到后视镜里看不见孙薇的房子，他才找了片阴影处，停车熄火。

他的脚底板痛得不行，也许是因为紧张，刚才在屋子里没穿鞋子的时候似乎还没什么感觉。应该是在厨房划伤的，碎片上没准还留着他的血迹。

脱下鞋子，袜子上果然在渗血。

抬腿的时候，裤袋里有东西硌着，安洛把它拿了出来。摊开手掌，是一串钥匙。这不是安洛自己家的钥匙，而是刚才从边门出来时，他发现插在门锁上的。

他记得很清楚，早上进入屋子的时候，边门上并没有这串钥匙。

除了孙薇以外，就只有她的丈夫曹也有屋子的钥匙了。

毫无疑问，曹也目击了安洛失手刺死妻子的整个经过。

此时此刻，曹也一定还在屋子里。

安洛必须和时间赛跑，思考出下一步的计划。

眼前，比折回孙薇屋子更迫切的，是先处理脚底板上的伤口。

在那个闷热的屋子里，还有棘手的后事等着安洛前去料理。

太阳升到了最高点，毒辣的阳光融化了最后心里的保护层，暴露出最阴暗的部分。

罪恶的计划正在安洛的脑海中慢慢成形，并且不断完善，连他都开始惊讶自己的这种天赋了。

洗手间里，浴缸侧面的一片瓷砖动了两下，“哐当”一声被顶落到地上，头发凌乱的曹也从里面爬了出来。

为了检修，浴缸下留了空隙，并且安装了活动的瓷砖，勉强可以藏进一个人。刚才情急之下，曹也急中生智，想起了这个地方，当时家里装修的事宜是曹也一手操办，所以连妻子孙薇都不知道这个地方。

蜷在狭小的空间里，曹也身上有几处擦破了皮，幸好不是很严重。确定了家里一个人都没有之后，曹也小心翼翼地从洗手间里出来，发现尸体被搬到了靠近边门口的走廊里。他不愿多看一眼尸体，往大门走去，拉了拉大门的把手，门反锁了。

他摸着口袋，发现钥匙不在。

奇怪……明明刚才进来的时候还用钥匙开门的。曹也来不及细想，他寄希望走廊里的边门没有反锁。

曹也踮着脚，从尸体旁边慢慢穿过，令他失望的是，边门同样上了锁，如果没有钥匙，是不可能打开大门和边门的。

因为住在一楼，当时装修的时候，所有的窗户都安装了坚固的防盗窗。

找了一遍浴缸下面藏身的空隙里，钥匙也没有遗失在那里。

一个非常严重的问题摆在曹也的面前，他和尸体一起被囚禁在了自己家里。

他不能报警，因为身边充满了对自己不利的证据，这个杀人现场变成了一个无法逃脱的密室。

不通风的屋子里，曹也衣服被汗水浸透了。

那个男人的陷害计划曹也全都听见了，他的脚步声遍布家里的每一个角落，不知道在哪些地方留下了陷害的证据。心烦意乱的曹也，只记得那个男人有问起过自己的手机号码，他拿出手机看了眼，没有任何讯息。

于是，曹也想看看女尸的手机。

尸体仰躺在走廊上，手里握着沾着血的刀，从手指弯曲的程度就可以看出，刀是被人故意塞进手掌里的。

这没准也是栽赃嫁祸的一部分吧。曹也这样想着。他伸手去取尸体口袋里的手机，靠近尸体的时候，闻到了香水的味道。

这种香水国内很罕有，曹也不久之前才刚刚闻到过。他急忙拨开女尸脸上的乱发，看了一眼她的脸之后，曹也不由倒吸了一口冷气。

这张死后依然保持美艳的脸，曹也居然认出她来了。

她叫苏晓暖。

两个星期前的一次研讨会议上，曹也结识了她。在会场，苏晓暖和曹也邻座，问他借了一支笔，两个人便在枯燥的会议中聊了起来。因为会议在外地举行，会议结束以后，两个人相约一起吃晚餐。

西餐厅浪漫的红酒和气氛，让曹也陶醉其中。和苏晓暖一见如故，虽说对方已经年过三十，但看得出保养得很好，依然还是难得一见的美女。聊天过程中，曹也留意到苏晓暖左手无名指上戒指的痕迹，想必她这个年纪和姿色的女人，肯定已经结婚了吧。

曹也把手藏到了桌布下面，偷偷摘下了自己的戒指。

晚餐后，两个人没有回公司准备的住宿地，而是心照不宣地入住了一家酒店。喝下一整瓶红酒的曹也，在酒精作用的催动下，把苏晓暖扑倒在了酒店的床上，也正是在那时，曹也从苏晓暖的身上闻到了独特的香味。

早上醒来，苏晓暖已经离开，第二天的会议上也没有再见到她，甚至连她是哪个部门都没搞清楚。对曹也来说，这本来只是一次回味无穷的一夜情。

可是，曹也的戒指丢了。餐厅和酒店都不见戒指的踪影，怀疑过是苏晓暖偷的，但很快排除了这个可能。放着皮夹里几千元的现金不偷，偏偏去拿一个典当价值不过千元的戒指？为了这点钱付出身体的代价，实在有点划不来啊。

之后忙于工作，这段艳遇的插曲也被曹也淡忘了。戒指的事情，曹也去金银首饰店里配了一枚款式相近的，反正妻子也不会仔细去查看他手上的戒指是不是原来那枚。就算被看出来，也可以谎称原来的戒指弄丢了，怕被怀疑才擅自去配了新的。

讽刺的是，从外地开完会回到家的那天，车库里的轮胎印，让曹也发现了妻子出轨的事情。更难以置信的是，自己的情人和妻子的情人竟然是夫妻，老天爷真是开了一个天大的玩笑。

曹也翻出苏晓暖尸体上的手机，点亮屏幕的一刹那，曹也目瞪口呆。

边门外面传来开锁的声音，蹲在地上的曹也还来不及抬头，门就被踢开了。站在门外的男人正是妻子的情人——安洛，他的手里握着一把大大的扳手。

两人对视一眼，不由分说，安洛举起扳手朝曹也砸了过来。

曹也头一偏，扳手擦过左侧脸颊，只觉得火辣辣的痛。左肩上还是结结实实挨了一下，疼痛瞬间传遍全身。所处的位置不佳，曹也连抵抗的力气都没有了，手里的手机被震落在地上。

没等曹也缓过神来，安洛再次举起扳手，瞄准了曹也的脑袋挥去。

静寂的屋子里，只听见挥臂的空气声。

04 消失的现场

孙薇远远看见自己家门口停着一辆警车，红蓝色的警灯闪烁，周旁围了一圈交头接耳的邻居。

二十分钟前，她收到了安洛发来的短信，内容简单扼要：

报警。

有约在先，孙薇删掉了短信，立刻拨打了 110 报警电话。她匿名在电话里报出了自己家的地址，说看见了尸体。

警察赶到现场，应该已经逮捕曹也了吧。

孙薇还没走进大门，就看见曹也笑盈盈地送两位巡查的警察出门。

“一定是有人恶作剧……”曹也摇了摇头说。

警察赞同道：“每天都会接到这样的电话，我们回去会追查报警电话的来源。”

曹也点头哈腰送两位巡警上了车，抬眼看见了孙薇，关切地问：“老婆，你去哪儿了？”

“发生什么事情？”孙薇明知故问。

“噢！没事，警察误会了。”曹也不愿多说，扭过头往屋子里走，避免和孙薇的眼神接触。

孙薇连忙往走廊里看去，那具女尸消失不见了，干净的地板上一丁点血迹都没有。再跑进厨房，刀架上的刀具也是齐全的，那柄杀死女人的凶器，光亮如新地插在刀架里。

这个家就好像什么事都没有发生过一样。

难道上午的事情是幻觉？孙薇有些迷惘，现实有时候比梦境更加虚幻。

趁曹也在卧室的时候，孙薇躲进洗手间，锁上了门，坐在马桶上拨打了安洛的电话。不知道为什么，安洛的电话处于信号的盲区之内，打了好几次，始终无法接通。

“你在里面干什么？”曹也拍打着洗手间的门。

孙薇慌忙按下冲水的按键，应声道：“上厕所呢。”

“快点！我憋得急。”曹也敦促道。

打开门，曹也警觉地审视着孙薇：“怎么这么久？”

“肚子有点不舒服。”孙薇拧着眉头捂了捂自己的小腹，俯身下来查看的曹也，半边脸上新的伤口让她看个正着，孙薇便问：“你的脸是怎么回事？”

“哦！这个呀？”曹也伸手挡住了脸上的伤口，“我自己不小心摔了一跤。”

夫妻间彼此的熟悉程度，让孙薇洞察出曹也是在说谎。

一定是他把尸体藏起来了！大白天不可能把尸体丢弃到外面，那么尸体肯定被曹也藏在了家里的某个角落。

如果可以找到尸体，到时候再报警叫警察过来，单单曹也藏尸体这件事情就让他难以摆脱杀人的嫌疑了。

凭着上午的记忆，孙薇逐一检查着安洛隐藏伪证的那些地方：床单缝隙里的避孕套包装碎片，尚未完全洗干净的红酒杯上的唇印等，这些蛛丝马迹都被抹得一干二净。

就算曹也把家里彻底打扫了一遍，销毁了所有对自己不利的东西。可偌大的一具女尸，家里又有哪里可以藏呢？如果不是这样，在家里搜查过的巡警早就逮捕他了。

就在孙薇心中的疑问越来越大的时候，她看见一沓信封中，夹了一张快递单。

快递单上的投递人是曹也，收件的地址是他们近郊的一套别墅。孙薇偷偷在手机上查询了这个快递单的单号，发现这个件是一个小时前刚刚发出去的，引起孙薇注意的一点，是这个快递包裹还付了额外的体积超标、重量超重的运费。

孙薇一下子豁然明朗，她似乎发现了曹也的秘密。

按照快递公司的承诺，同城之间收发快递，通常情况下，明天就会抵达目的地。

想打电话告诉安洛，可拨了好几次，还是找不到他。

“你发现家里有什么变化吗？”曹也洗了很长时间的澡，擦拭着头发从洗手间走出来。

孙薇嘟着嘴，想了想说：“没看出来。”

“再仔细看看。”曹也提醒道。

他这么一说，孙薇反倒把目光聚集在了他的身上。在曹也受伤脸颊同一侧的肩膀上，孙薇瞥见了一块大大的乌青淤肿。

昨天孙薇还没有看见这个伤，一定是今天才有的。看起来伤得很严重，而且这个部位一定不会是摔跤造成的。

突然，孙薇开始担心起安洛的安危了。

“家里还是老样子，我今天在家一天还不知道。”孙薇没心思去猜曹也的字谜，中断了这个话题。

“看你忧心忡忡的样子，是不是又胃疼了？每天都要吃胃药，今天可别忘了啊！”曹也取来药丸，倒了杯温开水，喂着孙薇吃了下去。

曹也一反常态地殷勤，他让孙薇躺在床上休息一会儿，今天的晚餐让他来准备。

“我今天买了很多菜，还是让我来做饭吧。”

今天整整一个下午，孙薇都泡在了菜市场里，她严格按照安洛叮嘱制造着不在场的证明。每样菜都会货比三家，和每一个摊主讨价还价，极力给他们留下深刻的印象，让他们能够记住自己的脸。

“明天我要出趟门，不能和你一起度周末，这顿晚餐就当是给你的补偿吧。”曹也漫不经心地说道。

孙薇知道他明天要去哪里！一定是去别墅，等着收取他自己发给自己的那个快件。

站在厨房门口说着话的孙薇猛然察觉，原本竖在厨房门后空隙里的硬纸板不见了。土黄色的硬板纸，那是冰箱的包装盒，大到里面可以塞下两个人，结实而又坚固。

孙薇在头晕目眩中度过了这混乱的一天，机会就在眼前，只要想办法让警察明天把曹也和女尸堵在别墅里，一切就都结束了。

想到这里，孙薇嘴角满意地上扬起来。

没有人会想到，导演这一整场出轨杀人精彩戏码的幕后黑手，竟然是孙薇。

做一个家庭主妇，必须忍受孤单和寂寞，在空荡荡的房子里干着没完没了的家务，看看无聊的狗血连续剧，偶尔报一个主妇必备技能项目的培训班。拥有再多的名贵奢侈品，也只是穿给自己看。在丈夫下班回家时，卑躬屈膝地服侍他的所有寝食，曹也是一个在公司里呼风唤雨的人物，在家里却像幼儿一样，处处需要孙薇的照料。

这样如同嚼蜡的生活就像慢性自杀，让孙薇不想再过下去了。

她想离婚，但不想失去对曹也财富的支配权。

机缘巧合之下，她遇到了一个人，一个足以让她实施整个计划的人。

安洛的妻子——苏晓暖，也就是上午还躺在家里的那具女尸。

她们是在茶道学习班上结识的，学习班上大多都是已婚的主妇，生活的交际圈很窄，除了每天应对没完没了的家务，几乎没有和人交流的时间。因为回家的时候同路，学习班上的孙薇和苏晓暖成为了无话不谈的知心朋友，每天下午两位主妇都会准时准点地聚在一起聊天喝茶，又在固定的时间分开。久而久之，彼此甚至还愿意袒露心扉，分享各自的秘密。

有一段时间，她们这样的聚会减少了，苏晓暖的心情看起来不太好，她正在和丈夫闹离婚，为了孩子的抚养权争执不下。

这件事让孙薇萌生了一个念头。

“我有办法，可以让你的老公放弃抚养权。”

“是什么办法？”苏晓暖眼睛一亮。

“不过——”孙薇拉了个长音，“你也要帮我一个忙。”

“只要可以让法院把孩子判给我，我什么都愿意做。”

为了取得苏晓暖的完全信任，孙薇也把自己的秘密告诉了她。孙薇和苏晓暖有着同样的烦恼，她厌烦了枯燥乏味的婚姻生活，觉得自己像一个只会做家务的机器人，为一个男人活在这个世界上。她也想和自己的丈夫离婚，并且希望借离婚的机会捞一笔老公的家产。

孙薇的计划需要付出代价，她希望和苏晓薇相互引诱对方的丈夫，并留下对方丈夫出轨的证据，这样就可以在离婚的时候占据有利。

所以才会有曹也出差开会时的艳遇，那个晚上苏晓暖拍下了酒醉后曹也赤身裸体的照片，交由孙薇作为离婚的证据。而每次与安洛在家里上床的时候，角落的摄像机会记录下一切，这也将成为苏晓暖争夺抚养权最厉害的武器。

原本今天是她们结束计划的日子，特意安排苏晓暖上门捉奸的戏码，却不曾想出了意外。幸好这个计划只有两个人知道，就算苏晓暖死了，孙薇也可以达成自己的心愿。说不定还可以从她的死亡里，获得更大的利益。一旦警察以杀人嫌疑逮捕曹也，那么所有的财产就都是她的了。

拿着这么多钱，说不定可以和安洛在一起，反正他也是单身的状态。在实施引诱计划的时候，孙薇对这个外遇对象有了那么几分好感，碍于这只是计划的一部分，孙薇一直克制着这样的想法。现在苏晓暖死了，就算有几分内疚，也会被喜悦之情所冲淡。

孙薇带着微笑进入梦乡，只要过了明天，就将迎来美好的未来。

唯一忧虑的是，安洛去哪儿了呢？

05 绝望的反转

第二天是星期六，原本休息的曹也起了个大早，开车出门了。孙薇知道，他是要赶往别墅，怕错过了快递的签收。那么大的快递件，大费周折的运输配送难免有所闪失，总是希望越快拿到手越好。

孙薇猜想昨天在警察到来之前，曹也就从家里发了一个大件的快递出去，苏晓暖的尸体被装在冰箱的包装盒里。曹也一定是想到偏僻的别墅里，进一步处理尸体。孙薇打算跟踪曹也去别墅，为了行动方便，她从鞋柜里翻出运动鞋，高跟鞋实在不适合在别墅里面走上走下，孙薇曾经有过在别墅的楼梯上跌倒的经历。

鞋柜里摆着一双她熟悉的鞋子，蓝白相间的运动鞋，翻开鞋子内部看了眼，不是丈夫曹也的尺码。这鞋子不是别人，正是属于一直没有联系上的安洛的。

除了鞋底，鞋子内部也有干了的血迹，一定是昨天才留在这里的。鞋子里面还有东西，拿出来一看，是安洛昨天摔坏的眼镜，如果没有眼镜，安洛是根本没有办法开车的。

为什么安洛的鞋子和眼镜会在这里呢？难道昨天他离开后又回到这里过？但没有鞋子和眼镜，他要怎么样离开呢？

还是另外一种可能性？

他也被曹也杀害了。没准他的尸体也被塞进了冰箱的包装盒里，也许为了尽量少地留下证据，尸体身上的配饰都藏在了家里。

越想越觉得这种可能性很大，在发生这么重大的事情之后，安洛居然失去了联系。孙薇在手机上刷新着快递公司的网站，时刻关注快递件的动态。

临近中午，网站上终于更新了快递件的位置，它抵达了别墅所在区域的快递公司收发站点。

整装待发的孙薇马上出了门，乘坐了将近四十分钟的出租车，让司机师傅把车停到了别墅小区的大门外。孙薇下车后绕着小区的围墙步行了一段路，在靠近自家别墅的围墙外张望着。隔着茂密的绿化，孙薇还是依稀能看见曹也停在门口的黑色轿车，挂在外墙上的空调外机也工作着。

盯梢这样的工作确实不是什么人都能胜任的，孙薇站了十几分钟，强烈的阳光就已经让她头晕目眩了。这时，一辆快递公司的配送货车驶过，拐进了别墅小区的大门，孙薇立刻打起了精神，密切注视着自家别墅的大门。

不出所料，货车径直开到了孙薇家别墅的门口，车上跳下来三个强壮的快递员工，从货车后面搬下了一个大箱子，那正是孙薇家的冰箱包装盒。从三个男人搬起来十分费力的样子来看，这个箱子的分量不轻。

曹也走出来签了单据，他指着屋子像是要让快递员工把箱子搬进去，快递员工朝着他摆摆手，放下大箱子就离开了，显然是不愿意帮他这个忙。

曹也拽着箱子的一角，弓着身子，想把它拖进屋子里。因为摩擦的关系，包装盒的外观已经破损，就在箱子大部分都被拖进去的时候，箱子的一角破了一个大洞，一只布满腿毛的人脚破洞而出。曹也慌忙把腿塞回了箱子里，左顾右盼确定没人看见之后，继续拖动箱子。

这一幕让孙薇几乎叫出声来，她急忙冲进路边的公用电话亭里拨打了报警电话，虽然被太阳晒得有点头昏，但她还是准确无误地报出了别墅的地址。

这一次，依然是匿名报警。

刚从电话亭里走出来，一个穿着保安制服的男人叫住了孙薇。

“曹太太。”

孙薇狐疑地看着对方的眼睛：“你认识我？”

“曹先生让我叫您回家。”保安整洁制服的胸前，佩戴着别墅小区的名牌。

“叫我？”孙薇有种不祥的预感，难道曹也知道她来别墅了吗？看了眼别墅的门口，箱子已经完全被拖进屋子里了。

“外面太阳大，快进屋子里去吧！我看你身体不太舒服吧。”保安注意到了孙薇惨白的脸色。

两辆警车从身旁飞驰而过，急速驶往别墅小区的大门。

孙薇嘴角露出一丝笑意，计划成功在望，就算曹也发现了自己，在如假包换的尸体面前，也无法改变什么了。

于是，她顺从地跟着保安回到了别墅里。

刚走到门口，曹也就夸张地喊了起来：“哎呀！你跑去哪儿了！我找你半天了。”

孙薇顿时丈二和尚摸不着头脑。

四名出警的警察齐刷刷地转过头，看向孙薇。

“警察同志，我太太这里不是很好……”曹也点了点自己的太阳穴，挤出一丝有苦说不出的笑容。

“你说什么……呢！”孙薇刚想辩驳，胸口一阵发闷。

“你该吃药了。”曹也说道。

孙薇手脚绵软，任由曹也扶到了别墅一楼客厅的沙发上。客厅的中央还放着那个未拆开的大箱子，箱子破了好几处，刚才位于箱底人脚伸出来的那个洞正对着孙薇坐的位置。

“先生，这个大箱子里面装的是什么？”带队的高个子警察问曹也，身后的三名警察右手都按在了腰间的武器上。

曹也支支吾吾回答道：“哦！这个呀。里面是从家里快递过来的健身器材。”

孙薇一下子回想起昨天丈夫问她家里的变化，好像家里确实整洁了一点。

“可以打开看看吗？”虽然是在询问曹也，但带队的警察已经示意手下行动了。

“请问你们这样私拆我的快递件，经过谁的批准了吗？”曹也制止道。

“我们接到报警电话，说您家里有一个快递来的大箱子，里面藏着尸体。”带队的警察解释道，“我必须要打开箱子，检查一下才行。”

“报警电话？”曹也扭头看了一眼孙薇，笑了起来，“一定又是我太太在捣鬼。她经常觉得家里有人被杀，总觉得哪里藏着尸体。无论我跟她怎么解释，她都听不进去，打过好几次报警电话。”

“哦？”警察们再次向孙薇投去异样的目光。

“我亲眼看见那里面装了尸体！”孙薇大叫道，“我看见了一条男人的腿。”

“真的是你打的报警电话？”

警察们的神经一下子被提起来了，带队的警察控制住了曹也，其他人开始破除箱子上的包装，锋利的刀片划开外包装上的透明胶布，警察们尽量不要破坏得太深。最后一块黏住的胶布被分离，整个箱子摆脱了束缚，豁成了一片大纸板。

里面放了十多个大小不一的黑色哑铃和杠杆，正如曹也所说是健身器材。

“哪来什么尸体啊！”曹也委屈道。

“不可能！我刚才明明亲眼看到的！”孙薇简直不敢相信自己的眼睛，箱子里居然没有尸体。

“别闹了！快吃药吧！”曹也拿着药瓶倒出几粒黄色的药片，送到孙薇嘴边要喂她。

药瓶的标签上写着“利培酮片”，孙薇知道这是一种精神病人服用的药，有镇静的作用。

“我没病，我不吃药！”

“来！听话。”曹也脸上堆着笑，手里却是暗暗用劲，孙薇挣脱不了，苦涩的药片被塞进了嘴里。

孙薇狠狠地推开了曹也，嘴里的药片也吐了出来。

带队的高个子警察让手下把两个人分开，自己走回警车里，握着对讲机说着什么，很快他说完走到了曹也的身旁，低声说：

“曹先生，昨天是不是也有人报警说你家藏着尸体？”

“是的。”

“我们追踪了公共电话的地点，又察看了监控摄像，拨打报警电话的也是您太太。”

“虽然她一直吃药，可病情还不是很稳定。她老是提起尸体，我真怕她是不是干了什么可怕的事情。”曹也说道。

“好好照顾您的太太吧。”带队的警察拍拍曹也的肩膀。

见警察们要返回，孙薇急了，朝他们吼道：“我没病，都是他瞎编的，你们千万别相信她。如果你们不相信有尸体，到我们家里去看看就知道了。我家地板上都是一个女人的血，只是全部都被他清理干净了。”

“你家里？”警察有点犹豫。

“你们相信我，我真的不是神经病！这个人才是杀人凶手，你们千万不能放过他啊！”孙薇加重了语气，她已经骑虎难下了，无论如何曹也都不会原谅她。但如果这最后的一招成功，孙薇还是认为自己有机会翻盘的。看曹也今天早有预谋准备的这场戏，至少他杀害安洛的可能性非常大。

“你别闹了，小心你的病又发作！”曹也阻止道。

带队的警察犹豫不决，最后还是决定去一次曹也的家里看看。为了检测被擦去的血迹，警方还特意调遣了现场刑侦勘查部门的人赶往曹也家。

曹也和孙薇开着自己的车，在警察的护送下，一同赶往家里。

两个人坐在车上，相对无语。开始坐在副驾驶座上的孙薇先开了腔：“你别装好人了。”

“你的事我也都知道了。”曹也轻蔑地回道，“你不觉得今天头很晕吗？”

看着曹也的坏笑，孙薇这才反应过来：“昨晚你给我下药了？”难怪曹也一改以往不进厨房的习惯，自告奋勇地准备晚餐，昨天的胃药一定是被他调包了。

“看来你的精神病还不是很严重嘛。”曹也讥笑道。

“等警察找到那两具尸体，你就是有十张嘴都说不清了，到时候我们看警察觉得你更像是杀人犯还是我更像神经病。”

“两具尸体？”曹也表情惊讶道，“可我只帮你准备了一具尸体啊！那具因为你精神错乱而杀死的女尸。哦，对了，她老公——那个叫安洛的，他全都告诉我了，你和苏晓暖是茶道课的同学吧。”

“安洛？”

“你以为只有你们女人可以结成联盟，我们男人一样可以结盟。”曹也伸手从汽车中控的储物格里取出一样东西。

那是一枚闪闪发亮的戒指，正是曹也和苏晓暖一夜情之后丢失的那枚婚戒。苏晓暖偷偷拿走了曹也的婚戒，拿给孙薇当作出轨的证据之一。而孙薇发现曹也又新买了可以乱真的赝品代替，就转手将婚戒送给了安洛。

这枚婚戒拯救了曹也。

在安洛挥起扳头的时候，曹也看见自己的戒指戴在了他无名指上，他闻到了阴谋的味道。在危难时刻，曹也及时喝止了安洛的扳头，问了他戒指的来源。曹也将戒指如何一步步到安洛手上的过程透彻地分析了一下，意外发现了孙薇和苏晓暖的交集，很快两个男人就明白了这是一场没有硝烟的战斗。最关键的是，在苏晓暖的手机里，存有她和孙薇计划的短信，她没有听从孙薇把短信删掉，所以曹也才会在看见苏晓暖手机的时候大吃一惊，正是这些信息，让他才彻底明白了整个事件的全貌。

曹也告诉安洛：“我看见你拿刀对着你太太的时候，孙薇在后面推了她一下，你才会扎死她的。”这恐怖的一幕恰巧被曹也从洗手间的门缝里目睹了。

安洛对苏晓暖主动撞上刀口的举动本来就有质疑，经过曹也这么一说，他回想起当时孙薇正站在苏晓暖的背后。当安洛躲在厨房里的时候，引导苏晓暖找到他的“滴滴”声，是厨房里的做菜的定时器，想必也是孙薇事先准备好的。

被情人陷害成为杀人凶手，安洛决心和曹也统一战线，夺回主动权。

安洛将自己布置的线索全部告诉了他，曹也彻底打扫了家里，尸体藏进浴缸下的空隙。安洛则开着曹也的车，开去高架上面违规变道了两次，让摄像头为曹也做不在场证明。安洛把车开回来的时候，将自己的沾血的鞋子和损坏的眼镜一并给了曹也，让他营造出自己被杀的假象。曹也用安眠药冒充胃药让孙薇服下，待她睡着了以后，把她的指纹按在了那把凶器上、尸体的手上、身上，拿了孙薇几根头发放到了尸体的手上。再将孙薇的胃药瓶子也全部替换成了治疗精神病的药，这是将她塑造成一个精神病患者的第一步。接下来曹也并没有让安洛阻止孙薇去报警，而是让她接连误报了两次假警，故意让她看见快递单，从而大大降低她在警察心目中的可信度。

现在时机成熟，安洛趁今天孙薇跟踪曹也出门的机会，在空无一人的家里布置好了苏晓暖的尸体，如法炮制，家里已经全都是孙薇杀人的证据。等警察进门之后，杀害苏晓暖的罪名就会扣在了孙薇的头上。也许警方会推断出孙薇在突发精神病状的时候，将邀请来家里的茶道女同学苏晓暖杀死。而曹也有着完美的不在场证明，况且他也没有充足的杀人动机。

孙薇没料到自己完美的计划，竟被逆转地如此彻底，所有设计好的环节，现在都对自己极为不利。

“可刚才我明明在别墅看见大箱子里有一只男人的脚啊！”

“那是我的脚，我知道你在围墙外面监视着我，我身体站在你看不到的角度，把脚故意从那个洞里伸出来。”

孙薇一丝反击的机会都没有，她有气无力地瘫坐在副驾驶座上。熟悉的家慢慢出现在前方的尽头，孙薇感受不到往常的归属感。

她还想做最后的尝试，向曹也发问道：“你怎么能让大家都相信我是精神病人呢？”

“你知道安洛是干什么的吗？”

孙薇摇摇头。

“他是药剂师。只要他作证你经常去买需要医生处方的管制药物，就可以证明你是长期服用药物的精神病患者了。”

孙薇联想安洛戴着金丝边眼镜，在柜台后穿着白大褂的样子，确实有那么几分药剂师的样子。

逢场作戏的情人，成为了自己这场戏的终结者，孙薇重重靠在了椅背上，眼眶热乎乎的。

汽车停在了家门口，曹也拉起手刹，熄了火。

当警察们推开那扇房门，便决定了孙薇的下半生。

孙薇叹了口气，颤抖地小声问：“你还能原谅我吗？”

曹也从无名指上褪下那枚赝品婚戒，丢进了汽车内的烟灰缸里，风轻云淡地反问了一句：

“你说呢？”

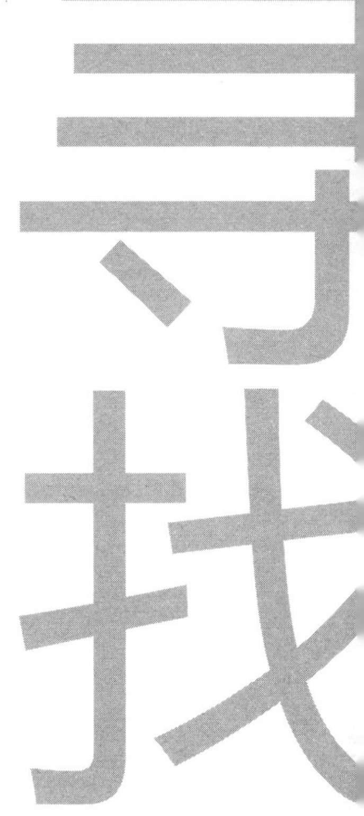

寻找薇薇安

凛

薇薇安

在掩埋所有证据之后，阴谋永存。

——林凛

阴谋！

什么阴谋？

故事的开始发生在华盛顿。

一天晚上，一个叫玛格丽特的女人下班回家，她一边看新闻，一边做晚餐。玛格丽特有着和所有普通人一样的生活：上班，下班，吃饭，睡觉。

此时，电视里正在播放一条车祸的消息，并且放出了死者生前的照片。死者是一个叫罗恩的中年男性，开车回家时刹车失灵，导致车祸。一看到这张照片，玛格丽特搅拌蔬菜色拉的手停了下来。一阵绞痛袭击了她的心脏。她想了想，拿起电话，拨通了好友梅沙的电话。

数声铃响过后，一个男子接听了电话。他告诉玛格丽特，他的妻子梅沙已经在上个月去世了。她在回家的路上发生了车祸。

电视新闻中死去的男子罗恩住在纽约，梅沙住在亚特兰大。

玛格丽特放下电话，在房间里焦急走动。她又拨打了几个电话，得到的结果都十分一致。那些该接电话的人，都以各种方式离开了这个世界。

玛格丽特顾不上准备晚饭了，她急匆匆地走进卧室。她打开衣柜，向两边扒开那些五彩斑斓的衣裳，露出衣柜隔板。玛格丽特伸出右手，推动隔板。隔板后面有个很薄的夹层，她拿出了藏在那里的一叠现金和几本护照。在护照下面，有一个用黑布包裹的东西，比手掌大一些。玛格丽特将其拿起来，迅速塞入口袋。

紧接着，她离开了家，直接走进一处隐蔽在黑暗中的公共电话亭。她用公共电话拨通了另一个远在洛杉矶的老朋友的电话。

“杰克，是我。”玛格丽特一边轻声说，一边紧张地看着四周。

“是你！你不应该给我打电话。”杰克紧张极了。

“罗恩死了。梅沙也死了。都出了车祸。”玛格丽特说。

“什么？”杰克小声说，“难道是因为薇薇安？你和其他人联系了吗？”

“联系了。他们都死了。要么是车祸，要么是在游泳时不小心溺水而死，还有一个是因为心脏病突发致死。”玛格丽特在电话里小声说。

“都死了？”

“是的。全都死了。我们该怎么办？”

杰克沉默了一下，“他们已经开始对薇薇安下手了。我想，我们应该把真相公布于众。只有公开了真相，我们才能安全地活下去。”

“那我们怎么见面？”玛格丽特问。

“在拉斯维加斯碰头。”杰克说。

玛格丽特放下电话，不再回家，直接登上了前往拉斯维加斯的班车。赌城拉斯维加斯是个碰头的好地点，那里，鱼龙混杂。

01

这一个月的阳光出奇的猛辣，照得所有的甲虫满地找缝。天空没有云，因为烈日的蒸烤呈现出金属锡一样的白色，像一块巨大的韩国料理烧烤铁板，人只要随便抬个头，目光一沾上天，就会像把新鲜肉放到铁板上一般，发出“嗞”的一声。

连绵的沙漠从公路两边延伸出去，偶尔冒出几蓬干草，呆头呆脑地望着天空。伊安·切尔的切诺基在路上抛了锚。根据导航系统的提示，这里距离发现尸体的现场只剩四公里左右了。股股白烟带着蒸气从引擎盖下冒出来，才蹿入空中，就发出“嗞”的声响，被炙热的阳光吸食干净。

伊安·切尔小声地骂了一句，用手推开了车门。门轴发出了只有破旧木门才会有的“咯吱”声。车子已经很旧了，伊安本来购买的时候就是辆二手车。在伊安这几年的凶杀科侦探生涯中，这辆车子扮演了十分重要的角色，陪他一起埋伏、追击、超车、堵截。

伊安戴上了墨镜，从车上下来，关上车门，小心拍拍前车盖，就像拍了拍名贵爱犬的额头。他的搭档乔·布朗早劝他买辆新车，他舍不得。他是个恋旧的人。乔经常打趣说，在美国，恋旧的人都绝种了，就剩你一个。

伊安以前在拉斯维加斯警署缉毒部门工作，后来当了一年兵，上过Y国战场，调入凶杀科也是最近几年的事情。伊安觉得这个没有硝烟的城市，比起战场来，更要可怕几分。这里的杀戮是悄悄进行的。有时候动机小得可怜，为一次抢劫，通常只能抢到不到五十美元的现金，或者为一小包价值不到两美元的毒品，再或者，只为了一句挑衅的话；有时候，凶犯基本上没有什么动机，杀一个人，无非是一时冲动。

发现尸体的消息是乔打电话告诉他的。乔最近刚做了父亲，晚上为了照顾婴儿，睡不好。虽然乔在电话里一边说一边忍不住打哈欠，但伊安还是听出了乔的声音里有一点点颤抖。乔说："现场比较诡异。"

伊安问他如何诡异，乔说："一言难尽，你来了就知道了。"

伊安掏出手机，准备让乔开车来接他。拿出手机一看，才发现电池早和这片沙漠一样干得彻底。他又轻轻骂了一句，把手机揣入口袋。伊安向前面的公路看去，看到不远处的地面湿漉漉的，好像刚下过雨的样子。他摇了摇头，这里哪里会下雨，无非是一片热浪中的海市蜃楼罢了。他抬手遮住额头，看了看天，叹了口气，迈开了步伐。

在漫天红黄白相间的沙中，围了一群人，默默无语，各自忙碌。几辆警车停在了外围公路上。探员乔从沙漠人群中走出来，靠在一辆车身上，背对公路，面朝人群，掏出一支烟。他去掏打火机，却摸到一张皱巴巴的纸条。掏出一看，是妻子给他的购物清单——纸尿布，奶粉。再掏，口袋里没有打火机。可惜啊。乔在心里遗憾着。这天太热了。乔把烟头对准蓝天，看这灼热的空气能不能点燃香烟。

一簇蓝色的火苗，小拇指大小，在烟头下"啪"地升起。乔大吃一惊，循着火苗的源头一看，是伊安。伊安满头大汗，衬衫也湿透了，汗水像黑色的倒三角形，沿着衣领向下蔓延，两个胳肢窝也露出汗湿的印记。伊安手里拿着一个打火机，向他扬了扬下巴。乔探过头，点燃烟。打火机是银色金属的，也很旧了，如同他的那辆切诺基。乔知道伊安很珍视这个打火机，也问过伊安，是谁送的，伊安只是轻描淡写地说是个老朋友。一听伊安的口气，乔就知道这个老朋友不一般。

"怎么，昨晚又没睡好？"伊安也给自己点燃了一支烟。在进入现场勘查之前，他得抽支烟歇口气。

乔点了点头："小家伙昨夜哭了三次，搞得我和我老婆人疲马乏。咦？你的车呢？"

伊安耸了耸肩，乔会意地笑了笑。

"那边情况怎么样？"伊安问。

“是一具男尸。”乔说，“尸体是路警发现的。他看见了黑翼‘天使’。”黑翼‘天使’是凶杀科给秃鹫取的外号。

伊安把最后一口烟狠狠地吸进腹腔后，把烟头塞进车里的烟灰缸，说了句走吧，就向着那群人走去。

伊安的双脚踩在软绵绵的沙地里，看见在平缓宽阔的沙丘中，躺着一具粉红色的尸体。尸体的肚子稍稍鼓胀着，如同一条先被海水冲上沙滩，又被阳光暴晒的海豚。

伊安走近，这才看清了死者。死者是个白人男子。他全身赤裸地躺在沙地上。男子的身体下还多出了一个红色的人体。人体是画出来的，线条有手臂那么粗。人体的两只手微微向上，腿也是分开的。更加诡异的是，男子的周围有一个红色的圆圈和一个红色的正方形。圆圈是标准的圆，正方形也是等边的。

伊安看了看四周，几只黑翼天使站在附近枯死的木桩上，红色的眼睛一动不动地盯着他。有几只，坚硬的喙壳上还黏着死者的肉丝和血迹。伊安暗暗感到恶心。他收回目光，问乔：“巡逻警发现尸体的时候，尸体就是这个姿势吗？”

乔摇了摇头，“尸体被鬣狗挪动过了。你看，这像不像是某个邪教干的？”

“不好说。不过，邪教信仰的图案是圆圈中再加一个等边五角型。”

伊安俯下身，闻到了一股浓烈的汽油味，“这红色是红漆？”

“是漆。不过，我们在周围并没有发现漆桶。凶手带走了。另外，我们也没有找到死者的任何衣物。”

“脚印呢？”

“巡逻警赶到的时候，脚印早被鬣狗们踩得乱七八糟。”

伊安遗憾地叹了口气，戴上手套，跨进那个诡异红圈。他抬起死者的手，看到十个指头都被咬得血肉模糊。死者的身上没有表，没有项链和戒指。但是，伊安在死者左手的无名指的指根上，看到一圈白痕。那里曾经有一枚戒指。左手的无名指，应该是佩戴结婚戒指的地方。这说明，死者是一个结了婚的人。很有可能，凶手拿走了戒指。

死者已经看不清楚模样，应该是嘴巴和下颌的地方，却有一个巨大的空洞。

“子弹射穿了他的嘴巴，打破了他的下半张脸。”乔接着说。

“找到子弹了吗？”伊安问。

“附近都没有。这很有可能不是谋杀现场。受害人是在被杀死后带到这里来的。”乔说，“凶手打碎了他的下半张脸，我们根本看不出死者的长相。”

伊安站起来，点了点头。这时候，他看到负责照相的警员正把相机放进包里，就问那名警员，他可不可以挪动尸体了。警员点了点头。伊安站起来，把尸体搬正，放在红色的人体画像之上，让男子的头部和躯干身体和下面的红色人体画像的头部躯干重合。伊安把尸体的手臂水平伸开，并拢尸体的两脚。这时候，一个奇特的画面出现了。

男子自己的手臂水平伸开；那两只画出的红色手臂，以男子的身体为中轴，如同中国的金刚大力神一般，沿着男子的肩膀，向上伸开。男子的双腿是并拢的；在男子的身下，画出两只脚，在男子双腿两边呈“人”字形分开。这名死者就变成了长有一个头，一个躯干，四手四脚的人。这个四手四脚的人，刚好在圆圈正中。男子的尸体刚好在正方形的中间。整个图案看起来极像著名画家列奥纳多·达·芬奇的作品《维特鲁威人》。

“谁有皮尺吗？”伊安问。很快，一名警员递过来一卷尺子。伊安弯下腰，量了圈圈的半径，尸体和红色人体的身高，手臂和脚的长度，抬起头来对乔说：“凶手干得很专业。”

“哦？”乔一脸迷惑。

“这个圆形和正方形，还有画好的红色人体，全都符合达·芬奇的维特鲁威定律。”

“我见过达·芬奇的画，却没有听说这个定律。”

“你看，”伊安一边说，一边用尺子为乔丈量演示，“红色人体的双腿是跨开的。这个跨开的角度，正好让红色人体的高度比尸体的高度少去十四分之一，同时也让这跨开的双脚形成一个等边三角形。你再看这向上抬起的红色人体的手，中指的指尖和尸体头部的最高处在同一水平线上。这时候，四肢的中心就是肚脐，而尸体的肚脐就是圆心。”

乔点点头，然后又满脸疑惑：“凶手杀死了这个男子，把尸体带到野外，又按照维特鲁威定律，在尸体下面用红色油漆画出人体、圆圈和正方形。凶手搞得这么复杂，有什么目的呢？难道是连环杀手？”

伊安也不知道答案。这时候，不知道是谁在警车里误按了喇叭，一声刺耳的鸣笛划破沙漠炙热的空气，惊飞了在不远处等待的秃鹫。秃鹫们如同一团扩散的黑色幽灵，散布在银色的天幕中。

02

伊安和乔把死者的指纹输入电脑，电脑运行了很长时间，结果是一无所获。这是一个无法识别身份的男人。这样的人，在拉斯维加斯很多。警方的数据库里并没有所有美国公民的指纹，查不到死者的身份是常有的事。拉斯维加斯是一个建筑在沙漠之中的人造城。这座城市仿佛是一个和整个世界完全断绝的空中楼阁，飘浮在人类欲望的天空之上，赌博让这朵沙漠之花绽放得欣欣向荣。

还好，在这具无名尸体上，法医有了新的发现。

伊安接到法医电话的时候，他正好和乔在一家印度餐馆吃咖喱。很巧的是，法医也在死者的胃部发现了尚未消化完的牛肉咖喱。一向爱看文学小说的法医对死者胃部的残余物做了惟妙惟肖的形容。伊安一边听，一边把法医的话原封不动地转述给坐在对面的乔。法医的话听起来，简直就是在形容他们面前盘子里的食物。一股酸水涌上了乔的喉咙，他推开了盘子。

伊安从容地咽下最后一口鸡肉咖喱，用餐巾擦了擦手，抬手示意招待付账，小声贴着手机问："死因呢？是不是中弹而死？"

"说出来，你可能不相信。"法医说。

"说吧，看我信不信。"伊安说。招待走了过来，乔付了账。伊安向乔点点头，嘴唇比出"谢谢"的形状。

餐馆里放着激情起伏的印度爱情歌曲，法医的声音在歌曲中起起伏伏，"死者的头部中弹，可你们在现场没有发现子弹，对吧？"

"是的。"

"死者的死因不是枪击造成的。受害人是先从高处坠落摔死。死后，才有人对他的下巴开了枪，毁掉了死者的模样。凶手是要确保没人能认出死者。"

"死亡时间呢？"伊安问。

"在你们发现尸体前六个小时。不过，事情也不是糟得毫无头绪，我发现了一条线索。"

"什么线索？"

"我在死者的胃部，找到了一小张没有被消化的纸。"

"纸？"

"死者的胃口很好，不但吃下了咖喱，还吃下了纸。而且，这张纸很硬，是光面纸，所以，消化需要的时间就长。这样的纸，味道再好，也是很难咽下的呀。"

"上面有字吗？"伊安急切地问。

"有几个字母还看得清，有几个已经模糊了。上面的字是手写的。我给你发来了照片。"

伊安挂上电话后，把详情给乔说了一遍，然后从手机里调出照片。

在巴掌大小的手机屏幕上，出现了一张形状类似美国地图的纸页。纸页已被胃液浸湿，但可以看得出页面原来的颜色是金黄色的。纸页上有一排很小的英文字母，其中有几个已经模糊不清。如果用符号 × 来代替看不清楚的字母，那么纸条上的字迹应该是：Vo××n's。

名字加上单引号再加上字母“s”，一般是餐馆或者商店的名称。不过，第一个字母已经被消化得模糊不清，很有可能不是“V”，而是“N”、“W”或者“M”。

“死者生前吃的最后一顿饭就是咖喱，这会不会是一家印度餐厅的名字？”乔说。

伊安上网，分别输入“Vo、No、Wo、Mo，”等字母和“n’s”的组合，然后再输入餐馆，商店这几个字，很快，屏幕上很快出现了一长串名单。

“这么多，分别查下来可能要一年的时间，还不一定有结果。何况，第三个字母和第四个字母都被受害人消化掉了，这两个字母组合的可能性更是大海捞针，”伊安笑了笑，接着说，“假设字条上的字是受害人亲手所写，这很可能不会是餐厅地址。你看，纸页的边缘很不整齐，字迹也十分潦草，一看就是受害人在匆忙之中写就的。受害人一定是已经预见了即将到来的危险，时间却又紧迫，在这最紧张的时间里，他一般不会写餐馆名字，只会写凶手的名字。”

“如果是凶手的名字，为什么要在后面加上标点和字母‘s’呢？”乔问。

伊安摇了摇头，一偏头，看见戴着白色包头的印度籍侍者面带笑容，还站在一边。原来，这是一家比较受欢迎的餐馆。他们已经付了账，就不应该继续占用桌子。侍者脸上笑容十分讨好，用意却很明显。伊安站起来，乔跟在后面。

出门前，伊安走到侍者面前，问他是否知道拉斯维加斯有多少家印度餐馆。侍者笑了笑，摇摇头。

就在伊安出门的时候，他看见大门的玻璃上反射出一个人影。玻璃被擦得锃亮，镜子般把那个人影反射得十分清晰。那是一个女人，穿白色T恤，坐在一张桌子边，手里抬着杯子，向他举了举。伊安看清楚了她的脸，不由心中一惊！是她吗？！

他转回头，只看到一把空空的椅子。桌面上放着一杯水。伊安心存怀疑，以为自己像在沙漠中一样，又看到了幻象。

走出餐馆，热浪扑面而来。他们急忙钻进乔的车。伊安的那辆切诺基已经被送进了修理厂。修理工说需要彻底整修。

是她吗？好几年没见了。会是她吗？伊安不敢相信。可能是某个长得像她的女人，刚好在离开餐桌前举了举水杯。

伊安的耳边传来子弹的呼啸。他和另一名戴着头盔的士兵被密集的枪击堵到了一面墙后。他是今天早上才和这名士兵分到一组的。士兵偏瘦，身手却十分矫健。当伊安在Y国的时候，他被分到了侦察连。这名士兵和他一样，也是一个侦察兵。

一枚子弹尖叫着冲过来，飞跃过矮墙，击中了士兵的头盔。伊安听见一声沉闷的叫喊，看见身边的士兵倒了下去。伊安急忙爬过去，取下了士兵的头盔。幸好，子弹只打破了头盔侧面，擦着飞走了。接着，他在头盔下看见了一张脸，一张女人的脸。女人睁开了眼睛，说："妈的，我还活着。"然后，她就在漫天的枪声中对着伊安短促地微笑了一下。

乔兴奋的话语把伊安从回忆中拉回来。伊安看见乔在打电话，听见他说："是真的吗？我们的运气不会那么'好'吧？"

乔又听了一会儿，说："好，我们马上到。"乔说完，挂上了电话，开动了汽车。

"怎么啦？你太太又给你生了一个宝宝？"伊安问。

乔笑了一下，无奈地说："又出现了一具尸体。"

这一次，尸体是在一家新建的赌场游泳池里被发现的。游泳池刚刚翻修完工，所有的工人昨天晚上离开了游泳池。今天在准备放水的时候，在游泳池底发现了一具男尸。

男尸赤裸着，躺在淡蓝色的瓷砖上。在尸体的身下，用白色油漆画了另一个人体，在尸体的周围，有一个圆圈和一个正方形。尸体的手臂是平行延伸的，画出来的人体的手臂微微向上抬起；尸体双脚并拢，而人体的双脚是微微分开的，构成一个等边三角形。这样的图案，完全证实了伊安对沙漠无名尸的判断。

在游泳池的周围，没有发现任何衣物。

站在游泳池的边缘，伊安可以清楚地看到，这具男尸也被子弹打破了下半张脸。伊安顺着白色的栏杆爬下了游泳池。他走到尸体面前，发现，在死者的左手无名指的指根上，也有一圈白痕。

伊安轻轻抬起死者头部，发现头部下方的瓷砖完好无损。也就是说，凶手是在别处开的枪。

尸体尚未出现腐烂症状，法医很快就给出了结果，死亡时间是五个小时前。也就是说，凶手以同样的手法，前晚杀死了一名男子，抛尸沙漠，昨晚又杀死了另一名男子。

站在圆圈里的尸体身边，伊安的脑海里闪过无数疑问：凶手为什么选择了这两名男子？这两名男子之间有什么相似之处吗？还有，今晚，凶手还会动手吗？

03

不知道是谁走漏了消息，记者们立刻扑向了这两个案件。他们将凶手描画成一个嗜好达·芬奇的连环杀手，并且给凶手取了一个名字：维特鲁威人。

各种报刊、电视、广播都在“传诵”着这个维特鲁威人。拉斯维加斯旋起了一阵小小的恐慌：谁会是下一个？

警局这边，除了法医的解剖报告外，警方对案件侦破毫无进展。警局的数据库中查不到死者的指纹。

法医在游泳池的无名尸体身上，发现了同样的死因：死者是从高处被抛下来摔死的，死后脸部才中枪，抬到了游泳池。

伊安和乔分析了两名受害者的相同之处：他们都是四十岁左右的白人。两人都结了婚。除此之外，再也没有相似的地方了。

四十岁左右的白人已婚男子，这个特征在拉斯维加斯比比皆是。

然而，令伊安和乔不解的是，既然这两名男子都是已婚，为什么在他们消失后，没有人来报案？难道，他们不是本地人？也许他们只是来拉斯维加斯办事或者旅游，他们的家人还不知道他们的死因。

在游泳池的第二具尸体的右手手臂内侧，法医发现了一块淡褐色的胎记。胎记像一个葫芦。

伊安联系了一家全国范围的电视台，滚动播放寻人启事。电视台播放了胎记的形状，希望知情者马上和拉斯维加斯警方联系。

这一招管用了。很快，警局接到了一个女人的电话。她说她叫翠西・金，在一家叫环宇的公司做秘书工作，她们公司有个叫奎宁・威尔伯的人，已经两天没来上班了。她记得，威尔伯先生的右手手臂内侧，就有一个葫芦形的胎记。秘书还给了警方奎宁・威尔伯的手机号码和住址。

警方按照那个手机号打过去。对方关机。

难道第二个死者就是奎宁・威尔伯？

奎宁・威尔伯住的地方属于高级公寓，门卫把守严密。伊安和乔出示了证件，门卫仔细检查过后，才放他俩进去。奎宁・威尔伯能住在这样的地方，说明他的经济条件属于上层。

两人上到十九层楼后，乔按响了门铃。门铃的形状是一个金黄色的太阳，金属做成炙热的火焰状向四面喷发。

开门的是一个打扮得体的女人。她的头发一丝不苟地盘在脑后，身穿一套浅蓝色高级套装，衣领上有一个价格不菲的胸针。伊安之所以知道这个胸针价格昂贵，是因为项坠上的图案。那是一只长了双翅的猎豹，既有陆地凶猛动物的速度和力量，又有飞禽的翅膀。伊安曾今买过这个胸针，想送给一个女人。

那个女人？伊安的心又揪了起来。他在购买了胸针之后，在约好的地点足足等了她一个晚上，她始终没有出现。也就是从那个晚上开始，她永远都没有出现，直到今天在印度餐馆里又不经意地看到了她的“幻象”。

“请问，你们找谁？”女人问。

乔出示了证件，说：“我们想找你的丈夫，奎宁·威尔伯先生谈一谈。”

“啊。”女人的脸上飘过一阵迷惑，“你们，这到底怎么回事？进来说吧。”女人敞开了大门，让开了道。

坐下之后，女人自己介绍叫伊利莎白·威尔伯。她的丈夫就是奎宁·威尔伯。

伊利莎白回答说：“今天十三号，奎宁是在十一号早上离开家去上班之后，就再也没有回来。刚才，我还以为你们找到了奎宁。”

“这么说，你报过案了？”乔问。

“我昨天早上去过警察局。他们说我的丈夫才走了一个晚上，还不能立案。他们当时说话的表情，好像我的丈夫是在其他不该去的地方鬼混了一个晚上一样。”

“他会吗？”伊安问得很直接，伊利莎白转过脸来，狠狠地瞪了他一眼。伊安清楚，赌城是个欲望之城，大街小巷、水泥墙墙内墙外，无不充满了欲望的诱惑，对金钱、对权力、对性。

伊利莎白把目光转回到乔的脸上，摇了摇头说：“绝对不可能。”

“为什么？”伊安问。

“奎宁是个顾家、忠诚的男人。”

“你们结婚几年了？”乔问。

“五年。”伊利莎白回答说。

“在你丈夫十一号离开家之后，你和他联系过吗？”乔问。

“联系过的。他在十一号下午打电话给我，说公司有应酬，不回来吃晚饭了。”

“你丈夫是做什么工作的？”乔又问。

“我的丈夫在一家叫环宇的环境保护开发公司做工程师。”

“环境保护开发？具体操作是什么？”乔不太明白这个公司名称的确切含义。

“其实，我也不太清楚。好像是为一些大企业研究在生产过程中减少环境污染的设备。”

“坏境保护？”

“是的。”

“你们有小孩吗？”乔问。

“没有。”伊利莎白抬起头来，“这和奎宁失踪有关系吗？”

“谈谈他失踪前后的细节吧。”伊安插话说。

伊莉莎白想了想，说道：“奎宁虽然是工程师，但是最近一年，公司给他升了职，让他负责和经理一起接待客户。对于自己的产品，经理好像说不出个所以然来。奎宁口才好，总能用最简单的话把最复杂的东西说得清清楚楚，就连外行也听得懂。所以，经理和客户吃饭打高尔夫球的时候，总是带上他。这一年来，他的应酬也相当多，经常不回家吃饭。不过，他在外面待得再晚，也会回家。”

伊利莎白说到这里，故意把目光转向伊安，接着说：“十一号晚上，他从公司打电话来说，不回家吃饭了。我当时也没有多想。可是，一直等到半夜，都不见他回家。我给他的手机打电话，没有人接。后来，我一直等，一直不停地打电话，都没有人接。凌晨两点左右的时候，电话里传来‘关机’的回应。我安慰自己，奎宁没事，只是手机没电了。可是，直到第二天早上，他都没有回来。后来，我给公司打电话，他的秘书说奎宁先生还没来上班。我问秘书头天晚上奎宁在哪里有应酬，秘书说公司根本没有安排应酬，也许是奎宁先生自己的安排。”

“如果是他自己的安排，你知道吗？”乔问。

“他没有对我说。在他失踪的头天晚上，他只是说不回来吃晚饭。我也没多问。”

“他十一号去上班时，是开车去的吗？”伊安问。

伊利莎白点了点头。

“是辆什么车？车号？”

伊利莎白说是一辆宝马，并且说出了车号。

接下来是伊安最怕面对的时刻，就是告诉伊利莎白他们在沙漠里发现了一具尸体。他瞥了乔一眼，乔会意。在这样的情况下，这些敏感的话，总是由乔来说。伊安说不好，尽管他不是有意的，但他的话太直白，容易让人误会，一不小心就伤到人。伊安借口要抽烟，离开了客厅，来到大门外的走廊上。他靠在走廊的墙壁上，点燃了一支烟。

三分钟后，里面传来哭声。伊安叹了口气。不久，乔出来了，手里还拿着一个塑料证物袋，里面有一把牙刷和一把梳子。乔把东西在伊安的面前晃了晃，说：“这是奎宁的牙刷和梳子，以便我们核对死者的DNA。还有，这是奎宁的照片。”

伊安接过那张照片，看到了一个微微发胖的中年男子，双眼下赘着两个正在随着年龄膨胀的眼袋，鼻子短而圆，嘴唇几乎是方形。奎宁不算是个英俊的男人。

很快，结果出来了。死者正是奎宁・威尔伯。

环宇公司的经理皮特·克朗听说奎宁出了事，立刻安排了和伊安、乔见面的时间。在前往环宇的路上，乔不停地看表。伊安了解老搭档，他是想忙着早点回家。

“不如这样，你先送我到环宇，然后你就回家。反正就是了解点情况，我一个人能行。报告上，我罩你。”

乔感激地看了一眼伊安，说：“谢了。周末来我家吃烧烤？”自从宝宝出生以来，好几次了，琐碎的活都是伊安一个人干的，报告上却写了两个人的名字。

伊安笑了笑，“这个周末就免了。我看你，好好补个觉都没时间，还请我吃烧烤。”

乔也笑了。

当伊安由专门的保安带进环宇公司的时候，总经理皮特早就等候在办公室里了。皮特很合作地介绍了奎宁在公司的情况，并且主动把奎宁的人事档案交给了伊安。一切都很顺利。只是当伊安问及奎宁最近在公司都见过什么人时，皮特说那些人都是长期交往的、可靠的大客户，有教养，有修养，但这些人是谁，他不能提供名字，属于商业秘密。皮特一看就是个经历过风浪的人，他说，如果伊安确实需要那份名单，伊安可以带着法官的许可令来，那时候，他一定一个不漏地送上名单。

伊安点了点头。皮特很合作，也是依法办事，他没什么好说的。

皮特把伊安带到了奎宁的办公室。办公室里堆满了图纸，却也没有电脑。

“电脑呢？”伊安问。

皮特说：“奎宁的办公室里没有电脑，他始终使用自己的手提电脑，从不离身。”

最后，伊安再由同一位保安带领着，来到了地下车库。奎宁的宝马安静地停在车库一角。保安说，奎宁·威尔伯先生十一号把车开进来，就没有再动过。他们有监控录像作证。每天都录，两周更换一次。

伊安用伊利莎白给他的备用钥匙，打开了车。

伊安打开了车内的卫星定位系统，他想看看奎宁在出事前都去过什么地方。这一看不要紧，却让伊安发现了一个秘密。

定位系统里有好几条路线设定，终点虽然都是不同的地方，却有一个相同之处，都是酒店。最后一家叫做野皇后旅馆。这是一个香艳的名字。奎宁设置路线的时间正好是十号晚上，他出事的前一天。

伊安打电话给警署，让他们派人来拖走了奎宁的宝马，带回警署做进一步的细致检查。

然后，伊安打了个车，前往野皇后旅馆。

这时已是夜晚，白天炙烤的酷热稍稍降了下来。霓虹灯在道路两边不停闪烁，伊安感觉自己像身处计算机内部，霓虹汇成的光线成了一条条流动的电流。

在电流中，出租车晃过一家家赌场大门，街道上流浪汉、游客并行。流浪汉呆滞地观望着兴奋的、长着亚洲面孔的游客举着相机，不停地四处留影拍照，似乎每一个霓虹都标志着一种大胆而放纵的生活方式，不容错过。

野皇后旅馆是一家汽车旅馆，注有“野皇后”几个字的霓虹灯在夜色中“吱吱”作响，毫无隐藏地暴露着旅馆日益衰败的年龄。出租车在接近旅馆的路上，不得不慢下速度。路边散落着垃圾和酒瓶，靠墙站着贩卖小包毒品的小贩，还有些穿低胸短裙的女人，不停地靠近车窗，弯下腰来，露出胸前的诱惑，问伊安要不要找个伴。伊安想，当奎宁开着他的宝马进入这条街道的时候，一定很耀眼。耀眼就好办了，说不好有人会记得他。

野皇后旅馆是一栋两层小楼，由十个房间构成。小楼前面有一个破败的停车场，停车场上没有灯，只有在二楼的楼顶上，安着一盏灯泡，凄惨地照着停车场。

伊安向旅馆的老板出示了证件，然后取出奎宁的照片，问老板在十号晚上是否见过这个人。老板喝了不少酒，满脸通红，两眼盯住照片看了半天，才说："开宝马来的。"

伊安心里一阵激动，"他租了几号房？什么时候来的，什么时候走的，见过谁？"

老板打着酒嗝，味道直扑进伊安鼻孔，又酸又臭，摇了摇头说："他没有开房间。而是直接进了三号房。"

"是谁开的三号房？"

老板笑了笑，露出缺口牙。他拿出一个本子，翻开前面一页，黑黄的手指顺着目录一直往下，"啊，这里，找到了，登记的名字叫'皇后'。"老板说完，"嘿嘿"地笑了两声。登记的人用了假名，"不过，我现在倒是想起来了，"老板合上了登记簿，"当时我看到这个名字时，还对她丢了一个秋波。她是个美女，绝对是美女，身材凸凹一级棒。"老板说着，口水在唇边打转。

"你这里有监控录像吗？"伊安问。

老板摇了摇头。这样的旅馆，虽然有监控，但是绝对不会有录像。伊安谢过老板后，正要转身，却看见老板的监控器下有一根缆线，一直通到他身后的内室。直觉告诉伊安，老板撒了谎。

伊安出其不意地转进老板的柜台，揪住他的衣领，用威胁的口气说："你他妈的别跟我玩花样。你录了像？"

老板连连摇头："我没骗你，我怎么敢，怎么敢呢？"

伊安一把抓起监控视频后的那根缆线："这是什么？"

看到伊安手里的缆线，老板紧绷着身体，一下子就软了。

在老板身后的房间里，有一张小铁床。铁床旁边有一台更大的监视屏，旁边有一台电脑。老板在电脑里搜索了一阵，调出一段视频。视频上的时间是十号晚上。画面上走进一个女人，身材很好，一直低着头。她登记后，交了现金，拿走了三号房间的钥匙。画面一直没有拍摄到女人的脸部。

老板摇摇头说："可惜啊，没能录到脸。"

伊安没有搭理他，他拿过鼠标，操纵起录像上的时间。五分钟后，奎宁的宝马开进了野皇后旅馆窄小的停车场，奎宁走了下来。他先四处张望了一下，然后直接快步走进三号房。半个小时后，一个黑影从草丛边蹿出来，打开了奎宁的车。黑影在里面待了不到五分钟，就出来了，轻轻关好了车门。

这个黑影是谁？黑影悄悄进入奎宁的车做什么？

老板这时也看到了这个画面，惊讶得自言自语："咦？我怎么漏了这个镜头呢？我那天晚上一定是喝醉了。"

伊安没有理他，继续拖动鼠标。

又过了半个小时，奎宁从房间出来，开车走了。就在奎宁离开后不久，那个女人也出来了。她在关门的时候，走廊上的监控器录下了一个侧面。

一个侧面！伊安如获至宝。

04

一大早，伊安把那段从野皇后旅馆查到的监控录像交给证物鉴定室，请他们鉴定一下画面上的女人。

伊安昨天晚上没睡好，所有的线索在他的脑子里如同乱麻般绞缠。还有在印度餐馆的玻璃门上看到的那个映象，那个女人。好不容易闭上了眼睛，他在半梦半醒之间听到客厅里有人走动。凭着警察的机警和惯有的紧张，他一个激灵完全清醒过来，从枕头下拔出枪，轻手轻脚地走进了客厅。

伊安住的是带车库的平房，平房前有个小花园。这是他父母的房子。父母去世后，他就住了进来。

客厅里空荡荡。窗户却是敞开的。凉风吹进来，白色的窗帘在窗框边微微抖动，夜色在花园外的篱笆上神秘地晃动。他记得，自己在临睡前的的确确关好了窗户。在夜色中，他闻到房间里弥漫着一股淡淡的香水气味。是她常用的香水味。伊安关好窗，一夜未睡。

那个女人叫帕特里夏·茵，一个很特别的名字，一个很特别的女人。那一颗射中帕特里夏头盔的子弹，让他们相识了。在伊安的生命中，他和不少女人交往过，若要谈真正触动灵魂的爱，还是帕特里夏。然而，帕特里夏却是一个神秘的女人。在 Y 国的那段时间，他和帕特里夏一共执行了三个任务。之后，帕特里夏就被调走了。当时，他和帕特里夏还只是战友关系，他以为，这个女人就此从他的生命中消失了。

后来，返回拉斯维加斯之后，伊安进入了凶杀组。一天晚上，伊安在自己常去的酒吧里巧遇了帕特里夏。她说自己是利用假期来赌城玩几天。那几天，伊安专门从警局请了假，好好陪一陪帕特里夏。从帕特里夏的目光中，他也看到了爱意。那几天，铸就了他们俩生活中最美好、最难忘的时光。处在无比幸福中的伊安猜想，帕特里夏不是偶尔来赌城度假的。她是专门为他而来的，否则，怎么会那么巧在他常去的酒吧里撞见？

可是，帕特里夏在假期结束离开赌城后，就再也没有和伊安联系。伊安按照她留下的电话号码给她打电话，是空号。帕特里夏在离开前，曾经和伊安约好，当她下一个生日来临的时候，她会再来赌城。伊安甚至为此早已为她准备好了生日礼物——一枚长着双翼的猎豹胸针。他觉得帕特里夏就像这头天地合一的怪兽，充满了智慧和力量，充满了神秘。

帕特里夏生日那天，她没有出现。这个结局并没有出乎伊安的预料。

在彻底失去和帕特里夏的联系之后，伊安消沉了很长时间。他不知道这到底是怎么回事？作为一名警探，他很有机会和条件调查帕特里夏。但是他没有。他保持了谅解和沉默。帕特里夏的出现和离开，肯定有她自己难以述说的原因。伊安坚信的是，帕特里夏对他的爱是真诚的——至少是在和他相处的那六天里。伊安劝慰自己，有些爱，即使短暂，只要纯粹，也就足够了。

证物鉴定室的汤姆正在电脑上放出“皇后”的侧影。放大，锐化——饱满的额头，高高的鼻梁。

“你可以利用这个侧影做出她的整个正面吗？”伊安问汤姆。

汤姆点点头，细长的手指在键盘上熟稔地操作着。很快，电脑上出现了一个女人完整的正面像。她的五官精巧之极，就连汤姆也不由自主地发出一声赞叹，“这个美女是谁？”

伊安摇了摇头：“汤姆，你看，在奎宁进入旅馆房间后，有人悄悄进过他的车。停车场光线不强，但是监控录像的确逮住了那人开车门时的一个面部。你能把那张脸弄清楚吗？”

汤姆说了句没问题。两分钟后，开门的黑影的脸出现了一个轮廓。又过了几秒，那张轮廓渐渐清晰。这次，轮到伊安吃惊了。

那张脸，他认识。做梦都认识！

那张脸，属于帕特里夏！

她在拉斯维加斯！

伊安的心猛地跳动起来。与此同时，他悄悄打了一个寒噤：帕特里夏潜入奎宁的车里做什么？！

带着重重疑问，伊安打开了电脑，第一次查找帕特里夏·茵。然而，虽然系统中出现了几个同名同姓的帕特里夏·茵，却都不是他的帕特里夏。

如果活人的记录中没有帕特里夏，那么，死人中呢？

伊安打开了死亡证明记录。

很快，伊安查到了一条记录，四年前的八月一日，在纽约，有一个叫帕特里夏的女人，死于车祸。

伊安查看了死者的照片，正是那个和她共度了六天美好时光的女人。

只是，死亡证明上的时间，令人生疑。那是八月一日。他一直牢牢地记得他和帕特里夏在酒吧巧遇的日子，四年前的八月七号。

下午两点，伊安和乔再次敲响了奎宁家的门。伊利莎白打开了门。她面容憔悴，看起来也是一夜未睡。伊安从内心里同情她。

在优雅的客厅里，伊安把从野皇后旅馆里拍摄到的那张女子照片轻轻地放到伊利莎白面前的茶几上，问："你认识这个女人吗？"

伊利莎白忽然颤抖了一下。进门后，伊安和乔并没有说明这张照片的来历，似乎伊利莎白凭着直觉就发现了丈夫的背叛。

伊利莎白沉默了很久，最后还是摇了摇头。

"你丈夫奎宁以前上班都带着手提电脑。这台电脑在家吗？"乔问。

伊利莎白还是摇了摇头："他十一号早上去上班的时候，就带走了手提电脑。"

"那么，你家里还有其他电脑吗？"

"有。你们……？"

"我们能不能把电脑带走？"

"可以。"伊利莎白点了点头，眼泪含在眼圈里。

奎宁的电脑里乱七八糟，下载的旅游资料、家庭合影、歌曲，什么都有，就是没有和工作相关的东西。伊安一直在寻找奎宁的手提电脑。手提电脑既不在办公室，也不在车里，更不在家中。手提电脑在哪里？凭直觉，伊安认为这台电脑是整个案子的重要一环。

乔请汤姆进入奎宁的电子邮件，发现里面有两个邮箱，一个是伊利莎白的邮箱，另一个则是奎宁的。奎宁的邮件很少，全是和一个叫薇薇安的人通信，没有称呼，话题都挺僵硬，短短几句问候，让按时吃药，注意心脏之类的。看起来像是给某个长辈写信。最后一封邮件是十号晚上发出的，时间是晚上十一点半。也就是说，奎宁从野皇后旅馆回到家中之后，又给薇薇安发送了电子邮件。

伊利莎白的邮件更趋生活化，有写给家人的，也有写给朋友的。伊安看了她最近一个月的邮件，从她写信的语气判断，她好像没有发现奎宁在出事之前有任何异常。只能说，无论奎宁在伊利莎白的背后干了些什么，他在她面前，都掩藏得太好了。

下午临近下班时，伊安还在电脑中不停地搜索，乔又开始频繁看表。

整整一天，伊安心里一直想着查找帕特里夏，他不知道自己深爱的女人在这起案件中到底卷入多深。

上次和帕特里夏见面的时候，她告诉伊安，她退伍后在一家咨询公司上班。伊安问过她公司做哪方面的咨询，她含糊地说市场调查方面。当时，浓浓爱意如同漫天晚霞，将伊安完全包围，他也就没有多想。现在，他回想起来，帕特里夏所说的市场调查，会不会是指商业间谍？帕特里夏在军队里干的是侦察，奎宁的公司做的是工程设计。

就在伊安寻思的时候，乔正好查到了奎宁的银行记录。奎宁除了从环宇公司领取的固定收入之外，再也没有其他收入。不过，如果奎宁真是在出售商业信息，那么他很有可能在国外某个小国的银行神不知鬼不觉地开了户。

乔把资料递过来之后，又在看表了。他看见伊安在看他，就很抱歉地小声说：“总是要对准了时间给宝宝调配配方奶，养成了老看表的习惯。”

伊安也自有心事。他在普通的查询系统里找不到帕特里夏，需要进入警署的其他系统，但是碍于办公室里人来人往，乔又坐在他侧面，很不方便。于是伊安就顺水推舟地说：“也差不多该下班了，你先走吧。我这边一有进展，就打电话通知你。”

乔很感激地点了点头，起身走了。

乔走后，办公室里还有几名警探。伊安还得再等等。他上网，输入环宇公司的名称，互联网上有它们的网址。这家公司看来业务很多，而且都是国际业务，和亚洲、非洲、欧洲一些国家都有联系。

在网页上，有不少照片，大部分是与合作者一起照的，照片上的公司经理皮特意得志满；也有几张是酒会，文字解释是庆祝某个项目洽谈成功。在所有的照片中，伊安都没有看到奎宁。倒是有一张，引起了伊安的注意。皮特和一个高个子男人并肩站在一起，握手言笑。在他们的后面，有一个身影，是个女人。她侧着身子，从照相的两人身后匆匆走过。

照片十分清晰，伊安很容易就看清楚了她的脸——野皇后三号房里的女人，“皇后”。

伊安迅速搜索了网页内的其他照片，再没有发现这个女人的照片。这是一条重要线索。伊安深深吸了一口气，抬起头来，发现办公室里只有他一个人。

机会来了！带着怀疑，他进入了军方网站。页面要求密码。伊安试了几个，都不成功。他想了想，拿起了电话。

“伊安！居然是你，多少年没联络了？！”接电话的是伊安在军队的老朋友——特雷弗。他们一同从 Y 国返回美国后，伊安回到了警局，特雷弗就留在军队。

“老伙计，我要你帮个忙。”伊安说。

“没问题。”

“你记得在 Y 国时有个女人叫帕特里夏·茵吗？”

“当然记得。你还对她念念不忘？”特雷弗用开玩笑的语气说。

特雷弗的话让伊安吃了一惊。他以为自己当时把这份情感掩藏得很好，没想到被特雷弗看出来了。只听见特雷弗又说：“开个玩笑嘛。说实话，她那么有吸引力，当时，要不是我看出了你的心思，我早就追她了。”

“呵呵，”伊安笑了笑，“我现在想追她了，你帮我查查她在哪儿。”

“这些年，你居然没有和她联系过？”

“几年前我们在拉斯维加斯碰过一面，就失去了联系。”

“好吧，我帮你四处问问。”

“你能进入你们的系统吗？”

“你那么急？”

“有点急。”

特雷弗感到事情不妙：“伊安，你有事瞒着我。”

“特雷弗，这事还没有查清楚，但我需要你的帮忙。”

特雷弗犹豫了一下，说：“好吧。”然后挂上了电话。

放下电话，伊安立刻站起来，奔出了办公室。

伊安的出租车刚好把皮特的劳斯莱斯堵在了公司停车场的门口。伊安敲了敲车窗，皮特探出了一个头。从皮特的表情上看，很明显，他对这样的见面方式很不满意。

伊安把“皇后”的照片拿给他看，皮特只看了一眼，脸色就变了。他抬起头问：“你怎么知道？”

伊安反问：“她是谁？”

皮特打开了车门，让伊安上车。然后，他让司机开车，并且关上了车内的隔窗，这样，无论他和伊安谈什么，司机都没法听到了。

“这也不是什么大事，我只是不想让司机知道。”皮特点燃了一支雪茄，“我和这个女人已经了断了。”皮特说。也许是被人抓住了丑处吧，皮特对待伊安，就没有昨天见面时的热情和友好了。

“了断？”伊安感到皮特的变化。

皮特就像一条胖胖的蟒蛇，吐出一股清白色烟雾，“她叫黛西。我们是在一次庆功宴上认识的。当时，我们和欧洲一家公司签了合同，她是由对方公司的经理带来的。那位经理介绍说，她是他的朋友。我们交换了电话。”

皮特的嘴角翘了翘，有点自嘲，“后来，我才知道，她是干那一行的。我只和她见了几次面，每次我都付了钱，就这样。我是个结了婚的男人，我可不想让偶尔的拈花惹草影响我的婚姻。”

“我在哪里可以找到她？”

皮特笑了笑:“你为什么要找她?她和奎宁的死有关?”

伊安不回答,皮特点了点头,“这是她的手机号,我还没删除。”皮特拿出手机,翻出一个号码,交给伊安。随即,皮特敲了敲隔窗,汽车停了下来。皮特对伊安友好地笑着,意思是“请下车”。

伊安推开车门,正要下车,听见皮特说:“哦,我想起来了,我去过她家一次。她住得不错。也难怪,有我们这样的客户,她的收入不会差。”

“在哪儿?”

皮特凑过来,小声地说出了一个地址。

下车后,伊安拨打了那个手机号,却没有人应答。现在是打车高峰期。他走了两个街区才打到了一辆车,奔向了黛西的住所。这一刻,伊安十分怀念自己的老朋友切诺基。

虽然气温下降了一两度,可是汗水还是浸透了伊安的衬衫,加上昨天晚上一夜未睡,他的样子看起来就像一个吸毒者,疲惫而潦倒。

黛西住得不错,一处独立的小别墅。别墅前有一个很大的花园。他抬手去按门铃,却发现门没上锁。伊安喊了两声,里面没有任何回应。然后,他听见了“啪”的一声脆响,好像是什么玻璃器皿被砸到了地上。伊安掏出枪,侧身进入。

他踏过一个很窄的花园鹅卵石小径,来到一扇敞开的玻璃门前。

屋子里一片漆黑,伊安在门口稍稍站了一秒,借着外面的路灯灯光,他看到房间里一片凌乱。所有的家具都被翻了个底朝天,沙发垫子被用刀划开了,上面的软垫也一样难逃厄运,洁白的绒絮雪花般铺满了整个房间。有人在这里找东西。

在墙角,伊安看见了一只打碎的花瓶,水正从瓶底慢慢流出。

有人!一个不速之客!

伊安推开玻璃门,走进了房间。

客厅后有一个巨大的屏风。屏风大概有六米长,像一面墙壁,红木边框，伊安可以隐隐约约地看到边框间是昂贵的金色中国丝绸。

伊安持枪，枪管竖直，和他的脸部侧面平行。他的目光凝聚在屏风之后。他根本没有想到，在他的身后，在一扇落地窗帘后面，露出了一个黑漆漆的枪管，瞄准了伊安的后心。

伊安转向卧室。就在他跨入卧室的那一秒，枪声响了。一粒子弹射入后心，一个身影沉重地倒了下去。

伊安的耳边传来了一声枪响。他下意识地弯下了身体，紧跟着枪声迅疾的尾音，他听到了“嘣”的一声闷响。枪声和闷响都从身后传来。他猫着腰，转过身，看到窗帘下躺着一个人，手里拿着一支手枪。借着光线，伊安看到，倒地持枪的女人居然是伊利莎白！窗外的小院里传来“哗哗”的声响，好像是有人在穿过花丛，急速奔跑。

难道是黛西？

伊安站起来，向着声音追去。

对声音的追寻和对青烟的追寻一样难寻所踪。伊安追出花园后，声音就消失了。还好，花园里树丛摇曳，为伊安指明了方向。一个身影刚好越过一片正在盛开的天堂鸟花，向着花园外的小路跑去。伊安紧紧跟上。

小路短得出乎伊安的预料。它在花园后十米之外转了一个弯，尽头连着一片巨大的停车场。停车场不是水泥的，只是一片碾成平地的土地。伊安站在停车场上，目光越过里面停放的各式车辆，看见在自己的对面，停车场的另一端，有一片明亮而喧闹的区域。那个黑影正好钻进了那片喧闹。他似乎看见黑影的头上披着一块黑色的头巾。

一个闪念划过伊安的心头。几年前，当他带着帕特里夏游览赌城的时候，他也曾经带着她来过这里。这是一个二十四小时开放的集市，汇集了各式各样的商贩。他们来自香港、日本、韩国、马来西亚、泰国、印度、俄国、阿拉伯国家……商贩们没有固定店面，搭个塑料棚子，摆上小摊货品就是店。伊安绝对想不到，黛西的高档住宅和这片喧闹之地，仅隔这一个停车场。

伊安把枪塞进裤兜，钻进了集市。集市里灯光摇曳，红的、白的、黄的，混合成一个惶惑的海洋。这里还保留着人类最早贩卖商品时的叫卖声，卖各国小手工艺品的，卖赌城纪念品的，卖三级片的，卖纪念T恤的，给闷热的集市增加了许多喧闹。每天，都有成千上万的游客来这里逛。伊安挤过他们，寻找着一块黑头巾。

然而，人山人海，人潮涌动，他到哪里去找。伊安像一只落伍的羚羊，在其他动物的种群中茫然奔跑。他想起和帕特里夏一起的夜晚，她也被这充满奇异风情的集市吸引住了。她熏红的脸庞在灯光下散发着迷人的光芒。伊安劈开人群，帕特里夏的身影随处可见。疲惫带着热浪此时排山倒海地向他涌来，他站在集市中，身边挤满了走动的人，觉得天旋地转。他抬起头，想要好好地吸口气，却看见在不远处有一座闪烁的霓虹，高高地挂在一座大楼的墙顶，在夜色中，如同悬挂在半空之中。一队日本游客在导游的带领下，向着伊安的方向走来了。导游举着日本标志的太阳旗，叽里呱啦大声说着话。一个带黑色头巾的背影在导游身后一闪。伊安扒开他们，向前冲去。然而，他只看见了集市空荡荡的边缘。

黛西的房间里灯火通明。伊安从集市无功而返。警方在黛西的住处除了发现伊利莎白的尸体外，还发现了另一具尸体，黛西。乔也赶来了。伊安把发生的一切详细地告诉了他，却始终没提帕特里夏。

法医检查后，告诉伊安和乔，伊利莎白十个指头上的指纹都被磨掉了。伊利莎白为什么要磨掉指纹？是为了隐藏身份？她到底是谁？

黛西躺在卧室里。她穿着睡衣，倒在地毯上。一粒子弹从她的额头射入。她的身边有一小瓶红色指甲油，右手旁边散落着刷指甲的刷子。刷子的毛上沾着干了的红色指甲油，和黛西的血迹一个颜色。黛西的脚上，有四个指头是红的。

伊安可以想象，黛西正在一心一意地染脚趾甲，伊利莎白悄悄走了进来，用枪指着她的额头。等她看见凶手站在面前的脚，抬起头来的时候，已经晚了。

难道是伊利莎白发现了奎宁和黛西的风流关系，前来报仇？伊安在心里苦笑一下，这是此案中看起来因果关系最直接却又是最不可能的推理。

黛西的家全被翻过了。伊利莎白不是来报仇的，她是要从黛西这里找样东西。伊利莎白在找什么？

勘查完现场之后，乔开车把伊安送回了家。半路上，军队里的朋友特雷弗打来了电话。伊安接了，由于身边坐着乔，他在交谈中没有多说什么。

一路上，乔也一直沉默不语，只有快到伊安家的时候，乔才终于忍不住问道：“伊安，你最近看起来好像有事瞒着我。”

伊安耸了耸肩。乔说：“我都看出来了，跟我说说吧。”

伊安沉默着，眼睛望向车窗外，还是一言不发。他的面部十分平静，心里却因为特雷弗调查的结果翻江倒海。特雷弗在电话里告诉他，根据军方的记录，帕特里夏在四年前八月一号驾车出事，已经死了。

四年前的八月七号，是他在酒吧和帕特里夏“巧遇”的日子。他们一共在一起待了六天。八月十三号，帕特里夏坐上了离开赌城的飞机。

军队记录的日期不会有错。伊安和一个死去的人坠入了爱河。

同时，伊安确定，他昨天晚上客厅的窗户绝对是关上的。因为天热，伊安在家都是用空调，所有的窗户都关着的。

还有房间里的香水味，或者说是特殊的气味。他熟悉这个味道，是帕特里夏喜欢使用的“毒药”香水，混合了她身体出汗后的气味，形成一种与众不同的香味。在缉毒队的时候，同事们都笑称伊安的鼻子是“缉毒犬”的鼻子，他不会出错。

最后的证据，便是野皇后旅馆停车场在奎宁车子旁拍到的照片。那个偷偷进入奎宁车子的女人，正是帕特里夏。

特雷弗专门告诉伊安，他是利用了军方的专用渠道才打开帕特里夏的档案的。特雷弗还给了伊安一个电话号码和帕特里夏原来登记的地址。帕特里夏的遗体在被家属领取时，签名的人登记了这个号码。签字的人叫贝尔·吉尔斯。家属一栏填写的是：丈夫。

她有丈夫？她结过婚？她背叛了丈夫？

每个人都有秘密。这一点天经地义。可是，帕特里夏存有太多秘密。

伊安给自己倒了一杯酒，犹豫着是否给帕特里夏的丈夫打个电话。但他拿不准的是，即使电话接通了，他又该如何介绍自己？

最后，伊安还是鼓起勇气，拿起了电话，拨打了那个号码。

按完所有的数字后，他得到的信息是：空号。

伊安看了一下帕特里夏在军队登记的地址——那是纽约的一座出租公寓。伊安上网，按照那个公寓的名称查找，在网站上找到了公寓的出租广告。广告里有一个固定电话号码。

伊安拨打过去。接起电话的是一个衰老的男音。伊安问他是否有一个叫帕特里夏·茵的租客？

对方想了想，然后告诉伊安，他倒是记得有这么一个人租用了他的公寓。当时，她付了一年的租金，却从未来住过。

“她还有其他联系方法吗？”伊安问。

“她给过我一个电话号码，你等等。”一阵窸窸窣窣的声音之后，男人拿起了话筒，说出了号码。正是特雷弗给他的、帕特里夏丈夫的手机号。

伊安觉得自己进入了一条死胡同。

伊利莎白没有指纹。那么奎宁呢？

伊安拿出皮特给他的档案，打开电脑，开始核查奎宁的身世。

一个小时后，又一个疑点浮上水面……

奎宁没有父母，没有任何亲戚。他生前唯一的亲人就是妻子伊利莎白。

奎宁在纽约上的小学和大学。伊安进入了奎宁在纽约市某大学的记录，在奎宁登记的那一届里，的确有“奎宁·威尔伯”这个名字。

伊安查询了几个和奎宁同届的人的名字，然后开始进入这些人的博客。果然，其中有一个叫约瑟夫的人，他是奎宁的同班同学，他在自己的博客里公开了毕业照。他在照片下说，那天，全班的同学都来了，一个不落，上课时都没有来过这么全。

伊安放大那张毕业照，并有奎宁的脸。

奎宁的简历是假的。难道，奎宁是警方的“污点证人”？在很多案件中，警方为了保护生命有危险的“污点证人”，经常让他们改名换姓，隐藏真实身份，到一个新地方重新开始生活。

伊安开始调查伊利莎白的背景。结果也发现，伊利莎白在公共系统里的身份也是假的。伊莉莎白没有指纹。她到底是谁？

忽然间，伊安发现自己漏掉了一条明显线索：奎宁邮件中那个叫薇薇安的女人。如果奎宁没有亲戚朋友，他为什么经常和薇薇安通信，关心她的饮食起居和病情？薇薇安是谁？她和奎宁之间是什么关系？

伊安调出薇薇安的邮箱，凭着以前干侦察兵被培训过的经验，很快就查到了薇薇安的 IP 地址：黄金赌场。

伊安激动极了，事情终于有了像样的联系。

找到薇薇安，也许，就能找到一切答案。

伊安正要起身前往赌场，却忽然改变了主意。按照奎宁发出的邮件，薇薇安是个心脏不好、身患重病的老人。伊安感到不解的是，这样一个身体不好的女人，怎么会总在赌场呢？

伊安把所有的来往邮件都打印出来，发现了一条规律。

奎宁的信总是先说几句生活工作中的琐事，然后在结尾问几个关心薇薇安健康的问题，但问的内容无非是：心脏可好？几点吃药？

薇薇安的回答更加简洁，只有几种答案：心脏不错；或者说心脏有点不适，会在九点吃药。

伊安发现，若薇薇安说心脏不错，就不提吃药的时间；若说心脏不好，就会说吃药的时间。而且，在说吃药的时间的时候，薇薇安用的语法是将来时，而不是过去时。也就是说，薇薇安说的是将来打算吃药的时间。

这很异常。人们通常都是说：我心痛，已经吃过药了；而不会说：我心脏病发了，打算明天吃点药。

伊安想了想，上网，用奎宁的邮箱，给薇薇安写了一封信。信的内容是：我有你的药。你要几点吃？

然后，他给自己冲了一杯很浓的咖啡，开始耐心等待。

半个小时过去了，薇薇安没有回信。一个小时过去了，电脑上还是一片寂静。就在伊安要放弃的时候，薇薇安发来了回复：奎宁已经死了，你是谁？

伊安想了想，直接键入：奎宁的东西在我手上。

薇薇安说：什么东西？

伊安根本不知道是什么，但他打算冒险试一试，他回复：黛西交给了我。

薇薇安又沉默了。

大约十分钟后，对方回复：我凌晨两点在老地方吃药。

伊安高兴极了。也就是说，这个薇薇安决定和他见面。可是，薇薇安说的老地方是哪里呢？他看了看时间，现在是凌晨一点，距离两点还有一个小时。他能在这一个小时里查出见面地点吗？

忽然，伊安心里冒出一个主意。昨天拿到奎宁的车后，证物鉴定室把车内卫星定位系统里的记录全都打印了出来。伊安拿出记录，和薇薇安答复的吃药时间进行核对，发现在记录中，奎宁多次驱车前往黄金赌场。很巧的是，奎宁前往赌场的时间和薇薇安打算吃药的时间一致。

赌场里是没有时间概念的，成年累月，在匆匆流动的赌客心里，只有两个概念：输，或者，赢。

老虎机像长方体的巨兽，成排蹲列。前面坐了男男女女，在里面是赌桌，身穿乔其纱黑色短裙的酒水女郎手里托着银色托盘，在桌子之间走动。

伊安只知道和薇薇安的见面地点是赌场。但是，那么大的一家赌场，楼上是二十层高的酒店，到哪里去找呢？

难道会是顶楼？前两名受害人都是从高处被抛下致死的，难道会是顶楼天台？

顶楼天台上一片空旷，可以看见整个拉斯维加斯。在天台的正中，伊安看到了一个人，仰面倒在地板上。这是一个全身裸露的女人。在她的身下，还画好了另一个人体。在她的周围，有一个圆圈和一个正方形。伊安缓缓走进，在天台顶部的霓虹中，他看到了半张脸。另外半张，已经被子弹打烂。

仅凭这半张，伊安就认出了死者——帕特里夏 · 茵。

在处理完现场后，帕特里夏 · 茵的尸体被当作连环杀手的受害人送进了停尸房，等待法医的解剖。对于伊安来说，事情没有那么简单。

他在众人都离去之后，只身来到了停尸房。

屋子里静悄悄的，四处是冰冷的墙面和擦拭得一尘不染的金属冷藏柜。伊安在存放帕特里夏的柜子前沉默地站了片刻，然后猛地拉开了屉柜。

里面是她。一个冰冷的她。他想起他们第一次见面的时候，一颗子弹擦过帕特里夏的头盔。当他为她取下头盔时，她笑着说了一句：“妈的，我还活着。”此时，一样的面容，却不会再笑着调侃与死亡擦肩而过了。

伊安默默地站立着，他想好好地，多看一眼他的帕特里夏。此时，走廊里传来越来越近的脚步声，伊安急忙把屉柜推回去。他悄悄离开了停尸房。在他把帕特里夏推回去的时候，他看见在她脚趾头挂着的脚牌上，写着：此尸无名。

伊安离开了警署。这一夜，他不想回家。他从一家酒吧走到另一家酒吧，不停地喝；他用帕特里夏送给他的那只打火机点烟，一支接着一支抽，直到天亮。整个晚上，他的外表看起来一塌糊涂，可他的脑子里却始终被两个问题清醒地占据着：是谁杀了她？为什么？

05

清晨，伊安回家洗了个澡，洗掉酒气，然后匆匆返回办公室。

一大早，警局的办公室里忽然来了两个陌生人，他们的模样挺神气。十分钟后，两人离开了。警长把伊安和乔叫进了办公室。

警长直接下了命令："这个案子已经移交给了别人。你们不需要再接着调查了。"

伊安很奇怪，问："刚才进来的那两个人是谁？"

警长看了他一眼，说道："我们手里已经没有这个案子了。你们走吧。"

离开警长办公室后，伊安和乔立刻分别给法医室和证物鉴定室打电话，得到的消息是：所有尸体和证物，包括奎宁的车，那张从奎宁胃部发现的纸，都被提走了。警长直接下的命令，他们也不知道那些人是谁。

乔放下电话后，双手枕在脑后，大舒了一口气。这个案子对乔来说，只是千百个日子中普通的一天。而对伊安来说，却不同寻常。

伊安故作遗憾又无所谓地耸了耸肩，对乔说："这两天我都没睡好，我先回家补个觉。"

乔点点头："去吧。这次，我来写报告。"

当伊安赶到黛西家时，他看见黛西家面前的值班警察和警戒线都已经被撤走了，花园门口停着一辆卡车。卡车的车身是蓝色的。没有任何标记。两个人从黛西家抬出最后一个箱子后，上了车。车子开动了。伊安躲在马路对面的树丛后，看见其中一个的腰间插了一把枪。

等卡车走远后，他潜进了黛西的家。他推开门，一切正如他预料之中：所有的家具用品都消失了，包括墙上的画和厨房里连墙打制的橱柜。黛西的家如同被洗劫一般，空无一物。水泥墙面上凡是怀疑有隔层的地方都被敲出了裂口，所有的墙纸都被扒了下来。

这是专业人员的手笔。够利索！

他们也在找某件东西！很重要的东西！

从这伙人能够控制赌城警局的权力以及他们办事的利索劲儿来判断，他们不是联邦调查局的人就是中情局的。

这是个什么案子，居然会牵扯到这两个部门？！

伊安现在什么都没有了。没有线索，没有证据。他们到底在找什么？帕特里夏到底和此案有何关联？

伊安离开黛西家，茫然地走在路上。正午的阳光和三天前同样炙热。伊安把所有的线索又在脑子细细过了一遍。他觉得整个事件，从头到尾，都有一个看起来不重要却又频频出现的环节：黄金赌场。

奎宁和帕特里夏为什么频频选中在黄金赌场见面？

伊安再次来赌场。因为在天台发现了帕特里夏，保安已经认识了伊安。

伊安把手机里奎宁的照片拿给保安看，问他认不认识照片中的男子。保安看了之后，点点头说："这是亨得力先生。"

"亨得力？"伊安想，有眉目了，奎宁用了假名。

保安说："他经常来这里小赌一把。小费给得很足。"

"他是和朋友一起来吗？"伊安问。

保安想了想说：“他总是一个人来，一个人玩，没见什么朋友。不过，他在这里包了一个房间。”

“你带我去。”伊安说。

“亨得力”的房间在高层。站在落地窗前，可以看到不错的景色。房间布置得很齐全，除了必备的电视之外，还添加了一份音响系统。奎宁看起来很喜欢音乐，茶几和电视柜上都堆满了音乐碟。

难道，奎宁在这里和真正的薇薇安见面？

伊安检查了床头柜和衣柜，里面空空荡荡的，连一双袜子都没有。保安一直站在门口，眼睛不离伊安。

在沙发茶几上，有一本旅馆服务手册。伊安随手拿起来，翻了几页，发现页面光滑，是金黄色的，其中一页的右下角还被撕掉了。

伊安走到电视柜前，随意翻起了那些碟。其中一张的封面引起了他的注意，上面的歌手叫“穆兰”。碟片的名字叫“Molan’s Days”，穆兰的时光。在奎宁的胃里，有一张尚未消化完的光面纸，上面遗留的字迹，正是：“Mo××n’s”。

伊安趁保安不注意，拿起了碟片，放进口袋。

回到家，伊安把碟片放进电脑，穆兰的歌声随之响起。怎么，真是一张普通歌碟？伊安不甘心，他一首接一首地放下去，在播放第六首的时候，光碟忽然失去了声音。伊安打开文件夹，看到，在那首歌的文件夹里，出现了一个古怪的文件，一排排数据仿佛下陨石雨一般，从电脑屏幕上方一直下落。第六首歌过后，歌曲又开始了正常播放。

难道，这就是他们要找的东西？

伊安拿起磁碟，走出了家门。他边走，边找出租车，却看到身边还有一辆车在悄悄尾随着他。伊安用原来的速度向前走了几步，然后猛地转身，快步走到那辆车面前，掏出手枪，指着车里的人，大声问：“你是谁？”

车子的玻璃是黑色的，伊安看不清里面的人，只看到了自己在车窗玻璃上的倒影。后车窗缓缓降下，露出了警长的脸。警长打开车门，一歪头，严肃地说："上来。"伊安钻进了车，进车后，他看清了前面驾驶座上和副驾驶座上两人的侧面。他们是今早来警局的人。

"他们俩都是中情局的人。"警长说。

坐在副驾驶座上的人侧过头来，用一种很低的声音说："伊安，你必须放手这个案子。"

"为什么？"伊安问。

"有些东西，你还是不知道为妙。"副驾驶座上的人说。

"是吗？"伊安反问，"难道是因为一个叫帕特里夏的女人能够死上两次？"

副驾驶座上的人和警长相互递了个眼神，警长叹了口气，说："我可以把实情都告诉你。不过，在告诉你之前，你必须在这个文件上签字。"

伊安接过警长递过来的文件一看，原来是一份要求他知情后绝对保密的文件。文件中明确规定，如果他对今天的谈话有半点泄露，他将为此负法律责任。

伊安失去了帕特里夏，他想知道原因，想知道帕特里夏到底是一个什么样的人。他毫不犹豫地在文件上签了字。

"在沙漠中死去的人叫克什，是 Y 国人。他是来和奎宁接头的。环宇公司是一个挂着研究名义的武器研究机构。几年前，我们就开始发现环宇公司内部有人向俄国贩卖资料。经过几年的调查和追踪，我们查出，奎宁的身份是假的，他的真实身份是涅郝科夫。他冒充美国工程师，是个俄国间谍。"

"伊利莎白呢？"

"她的原名是喀秋莎，他们一起用假身份进入了美国。但是，我们后来发现，奎宁不仅把研究成果泄露到了俄国，奎宁还在找另一个下家。"

“Y 国？”

“对，奎宁是两头通吃。具体说，是 Y 国先找到了奎宁。奎宁和伊利莎白只是假扮夫妻，并没有感情。奎宁在皮特的介绍下认识了黛西，他想结束现在的生活，和黛西一起远走高飞，于是就打算把这份资料两边卖。伊利莎白发现了他的计划，就向俄国偷偷汇报。俄国方面先杀死了克什，然后杀死了奎宁。但是，那份情报已经被奎宁带出了公司，俄国在克什身上没有找到情报，就把目标转向黛西。是伊利莎白杀死了黛西。”

“薇薇安是谁？帕特里夏·茵为什么被杀？”

“薇薇安是一个俄国组织在美国的代号。这个组织在美国有强大的工作网。几年前，我们为了把帕特里夏调到中情局来工作，就让军方设计了车祸，让帕特里夏·茵从地球上消失，给了她一个新身份，加入中情局，打入了薇薇安。昨天晚上，当你来黛西家的时候，伊利莎白准备对你开枪。因为，是你查出了奎宁和黛西的关系，他们怀疑奎宁很有可能把文件交给了黛西保管，就让伊利莎白前往黛西的住处查找，顺便杀掉黛西。可你中途闯入，帕特里夏为了救你，暴露了身份。昨天晚上，你主动联系了薇薇安，他们也就将计就计，杀死了帕特里夏，让你在天台上看到了帕特里夏。”

“原来，都是因为我，帕特里夏被他们杀死了。”伊安说。他明白了薇薇安为什么要把克什、奎宁和帕特里夏的尸体摆成维特鲁威人的姿势，那是为了迷惑警方，让警方徒劳地去找连环杀手。

“我还有个问题，”伊安说，“在你们设计帕特里夏车祸的时候，她的丈夫，一个叫贝尔·吉尔斯的人，领走了她的尸体。贝尔·吉尔斯在哪儿？”

副驾驶座上的人摇了摇头：“贝尔·吉尔斯是个化名。她没有丈夫。”

警长这时插话说：“情况就是这样了，你已经知道了真相，撒手吧。中情局一直在查找薇薇安所有的组织成员，你不应该再插手了。好了，你把光碟给我们吧。”

伊安交出了碟片。车子停了下来，警长打开门，又嘱咐了一句：“记住，对于今天的谈话，你不能走漏半点风声。否则，你是要负法律责任的。”

伊安点点头下了车，一直看着车子走远。

回到家，伊安钻进浴室，好好地冲了个冷水澡。帕特里夏并没有欺骗他。帕特里夏在第一次“死亡”之后，专门来拉斯维加斯找他，给了他六天美好的爱情。可是，当军方设计帕特里夏车祸死亡的时候，为什么要让一个叫贝尔·吉尔斯的人冒名领取她的尸体呢？

伊安急忙走出浴室，匆匆围上一块大毛巾，给军队的朋友特雷弗打了一个电话。

“嗨，特雷弗，很抱歉，又来打扰你。”伊安说。

“没问题。有什么事？”

“你在查询帕特里夏的时候，她是不是在参军的时候已经结婚了？”

“嗯，”特雷弗在电话那边想了想，说，“是的。我记得，在她的记录中，就有婚姻记录。丈夫就是那个叫贝尔·吉尔斯的人。怎么啦？”

“没什么？我随便问问。”伊安本来很想把帕特里夏再次真正死亡的消息告诉特雷弗，但是想到和中情局签署的那份保密文件，他不得不保持沉默。特雷弗的回答，让伊安对帕特里夏的真实身份更加怀疑。这个叫贝尔·吉尔斯的人是帕特里夏参军之前就有的了。

伊安记得，当他在Y国和帕特里夏合作的时候，帕特里夏只出现了三次。每次，她都像一个天使，从军营的某个地方冒出来，跳上他的汽车。可是，除了一起执行任务的那三次外，他没有在其他场合见过她。

难道，帕特里夏是中情局派到军方到Y国执行特殊任务的人？

帕特里夏的死亡不是军方设计的，而是中情局设计给军方看的，所以才需要一个叫贝尔·吉尔斯的人来领走她的“尸体”。帕特里夏的本名很有可能不是帕特里夏？中情局的人对他撒了谎。

帕特里夏到底是谁？

这时候，伊安的手机响了，是警长打来的。他问伊安，是不是在奎宁包的房间里，就发现了这盘碟，再没发现其他东西?

伊安说是的，就只有这盘碟。

放下手机，伊安看着窗外，忽然想起，前天晚上，他的窗户被打开了，他还闻到了帕特里夏身上的香水味。他敢肯定，帕特里夏那天晚上来过他家。可是，她既然来了，为什么不叫醒他?伊安分析了警长刚才打来的电话，难道那盘碟上的内容并不是奎宁要出售的资料?

难道，帕特里夏把什么东西留在了这里?在奎宁出事的头一天晚上，帕特里夏进过他的汽车。

伊安走到书架前，手指和目光掠过一盘盘光碟。

果然，在他成百盒的光碟收藏中，多出了一盘《穆兰的时光》。伊安记得，他没有这盘碟。

伊安取出碟，放进电脑。

电脑里出现了一小段穆兰的歌声，然后忽然中断了三秒，紧接着，出现了一个女人的说话声，那是帕特里夏的话:“伊安，当你发现这盘光碟的时候，我可能已经不在人世了。也许，这个时候，你也已经查出我的真名并不是帕特里夏。”

听到这里，伊安的心仿佛被一双无形的手扭紧了。光碟中的帕特里夏在继续说:“我的真名叫玛格丽特·本德恩，一个很普通的名字。我的家乡在缅因州一个叫垂斯特的小镇。在我家的背后，有一座矮山，山上除了草，只有一棵树。那是一棵有着百年老龄的老树。我的父母都还健在，他们一直以为他们唯一的女儿在纽约的一家公司当秘书。我很少回家，一年最多在圣诞节期间回去一次。好了，这就是我，一个真实的我。”

帕特里夏说到这里，顿了一下，似乎是在理清思路，“在这张碟片里，压缩了一些相片。相片中的内容是我们偷拍的文件。我想，当你看到这张碟的时候，所有的文件都已经被毁掉了。只有这些相片，是留存在整个世界上的唯一证据。这些证据，可以揭示一个秘密，一个被我们政府隐藏的大秘密。

“你我都知道，我们服务的政府，既是一个开放透明的政府，也是一个隐藏了无数秘密的政府。我们国家的不少新闻媒体早就指出了这一点，很多看似正常的突发事件，实际上都是事先有预谋的。你还记得，当前总统下令第二次入军Y国的时候，采取的借口是因为Y国在研发大规模杀伤性武器吗？当时，美国声称已经找到了证据。那时候，国内和国际上都流传着这样一个政治谣言：那些所谓的‘证据’，是由美国自己悄悄为Y国安置的。

“如果我告诉你那些不是谣言呢，你会相信吗？如果我告诉你，美国声称发现的‘证据’是栽赃，你会相信吗？如果我再告诉你，我参与了这个‘查询证据’的行动，你会相信吗？

“这个行动的代号就叫‘薇薇安’。战争爆发后，中情局又继续派我前往Y国。我在那里认识了你。

“几天前，我在新闻中看到一起车祸，死者是我以前在执行薇薇安计划中的一个同事。在看完新闻后，我很难过，便打电话给另一个参与过这项计划的人。没想到，那个人也出了车祸。这两个出了车祸的人分别住在不同的州。于是，我查询了其他参与过这项计划的人的踪迹，他们居住在不同的州，却相继因为车祸或者心脏病之类的原因去世了。他们的资料我都存在了这张盘里。

“后来，我终于联系上了两个人，一个叫杰克·艾利，一个叫奎宁·威尔伯。杰克在洛杉矶工作，奎宁就在拉斯维加斯。他们的名字也都是化名。在薇薇安行动之后，我们都改变了身份。

“在当初政府决定封闭薇薇安行动的时候，我们参与行动核心内容的每一个人在离开时，都偷偷设法带走了一部分行动文件的相片，以防不测。行动结束后，我们被重新给予身份，分别住在不同的城市。看到其他人出事的消息后，我和杰克、奎宁决定在拉斯维加斯碰面，把我们手里的文件相片会合起来，把薇薇安计划的真相公布于众。那个在沙漠中死去的人正是杰克·艾利。奎宁也死了。奎宁在死前告诉我，他在和伊利莎白结婚的这几年，早已发现，伊利莎白并不是普通人。她是中情局派来监视他的人。因为，奎宁是薇薇安计划的主要策划者。奎宁认识了黛西。他说，一旦真相公开，他就和黛西远走高飞，过正常人的生活。我相信，如果你查出奎宁是个假身份的话，中情局的人一定会编一个像样的谎话来欺骗你。

“我在拉斯维加斯，却一直没有和你联系，那是因为，我不想让中情局的人发现我和你的关系。伊安，当你发现这张碟的时候，请一定公开里面的文件，让所有的人都知道真相。”

光盘里又安静了一会儿，然后是帕特里夏最后的一句话：“我爱你，伊安，永远。”

伊安打开碟里的文件，看到了一百二十张照片。他花了将近两个小时的时间，仔细阅读了照片上的文件，感到阵阵惊惧！政府有着强大的能力，编造一个谎言，设置一个阴谋。这就是证据！

就在这时，他听见“嘭咚”一声，一个东西被扔进了窗户，冒出一股白烟。伊安刚反应过来，肺部早已吸入了白烟，他只觉得两眼一花，四肢发软，晕了过去……

当他醒来的时候，他发现自己躺在医院里的病床上，刺眼的阳光布满房间，一个黑影浮在他身体上方。伊安的眼睛渐渐适应了刺眼的阳光，看到那是乔。

“你总算醒了。”乔说。

“发生什么事了？我的光盘呢？”伊安问，他想坐起来，却觉得头昏脑涨。

乔遗憾地叹了口气：“你的家着火了，你所有的家当都被烧了个精光。

你还算幸运，被救了出来。”

“光盘？我的光盘呢？”伊安问。

“什么光盘？你除了这条命，什么都没有了。这算幸运的啦。”乔说。

06

一周后，伊安出了院，他请假来到了缅因州的垂斯特。垂斯特人口很少，伊安很容易就找到了本得恩家的门牌。他站在窗外，透过玻璃窗，看见屋内有一对老人，坐在沙发上，手牵着手出神。在他们侧面的壁炉架上，放着一张帕特里夏·茵，应该说是玛格丽特·本德恩的照片。照片前有一朵黑纱扎成的小花。伊安掏出那枚长有翅膀的猎豹胸针，悄悄地放到了屋前的台阶上。

伊安绕道房屋后面，走了十多米后，看到了一个矮山包。山包上除了草，光秃秃的。在山顶，有一棵孤零零的大树。伊安记得，在帕特里夏和他度过的那天六天时间里，她说过，大树树干上有个洞，平时都用茅草塞住，没人知道。帕特里夏不会在光碟里无缘无故地提到这棵树。

伊安走到树前，果然看到了一个由茅草塞住的洞。他掏出茅草，从里面掏出一个金属盒。金属盒里还有一个盒子，是那种用来装光盘的盒子。伊安平息住内心的激动，打开了盒子。里面空空如也。

“伊安，住手吧。”一个声音在他身后响起。伊安转过身，看见说话的人正是和那天在车上坐在副驾驶座上的那个中情局的人。

“你跟踪我？是你们拿走了盒子里的光盘？”伊安说。

男子点头。

“那天晚上，在我家发生的大火，也是你们中情局的人干的？”

“是的。”男子说。

“那么，那天晚上，你们又是如何知道帕特里夏在我家里留了光盘呢？”伊安问。

“那是因为你在车里问过我，帕特里夏有没有结过婚？这个问题，引起了我的警惕。你知道的比我们猜测的要多。后来，我查到，帕特里夏在Y国时就遇到过你。你们认识。于是，我监视了你。”

“是你们拿走了杰克·艾利的资料，拿走了奎宁存在电脑里存有薇薇安行动的内容？是你们杀了他们？杀死了所有知道薇薇安真相的人？”伊安追问。

男子先是沉默着，脸上毫无表情地看着伊安，然后说：“这个世界需要秩序。没有秩序，就一片混乱。”

“秩序？！这是你们的借口！”伊安的声音不大，却充满了愤怒。

男子把眼光挪开，“伊安，放手吧。你什么也查不出来的。比起我们整个庞大的体系，你太弱小，太微不足道了。如果你继续查，只会把自己的命搭上。”男子说完，转身向山下走了。

伊安一个人站在山坡上，看着男子走远后，他从兜里掏出了一个微型录音机。刚才，他已经把男子的话全录了进去。伊安默默决定，就算是把命搭上，他也要把帕特里夏没有做完的事情做完。

孤零零地，伊安站在树下，风从远处吹来，吹起他的衣襟，然后，风像他不可知的未来一样，围绕着他，盘旋上升，越爬越高。在风不断升高的眼里，伊安逐渐变成了山包上一个很小、微不足道的黑点。微不足道的伊安坚信，总有一天，真相会大白于天下。

故事附件：

在伊安离开缅因州一个月后，拉斯维加斯一份当地报纸刊登了一则很短的新闻：

昨天晚上，凶杀科一名叫伊安·切尔的警官，在驾车回家时，发生车祸不幸身亡。警方很快查出了原因，主要是因为这名警官驾驶的切诺基过于老旧，刹车失灵，才导致了车祸。但是，伊安·切尔警官的搭档乔却有不同看法。他说伊安·切尔警官的切诺基虽然很旧了，但在一个月前才彻底整修过，刹车应该没问题。事件还在进一步调查之中，但因为缺少证据，进展不大……

飞行日记 × Rex

01 岛

杰森·贝辛格用一把大口径的猎枪自杀了。那猎枪是军官们在岛上用来打野猪和獾的。我看了他的验尸报告，他的上半个脑袋不翼而飞，只剩下舌头和下颌的一排牙齿保存完好。

我不认识杰森·贝辛格，资料上说他是个中士，年近二十四岁，服役的时间倒不算短，但没被授予过什么勋章。说白了，他就是个名不见经传的小人物。

刑事调查部想知道他为什么自杀，于是派我前往调查。在目前战事节节胜利的情况下，任何人都没有理由在这时候轻生。

也许他们只是希望我写一份报告，告诉他们这只是个意外事件，杰森·贝辛格在摆弄猎枪的时候不小心走了火，轰掉了他自己的脑袋。

如果是那样，我也就不必坐一整天的飞机，来到这座孤悬于太平洋上的小岛了。

我极其不喜欢坐飞机。钻进座舱我就后悔了，我想我应该搭船来，可惜没有船往返于基地军港与格斯韦斯岛之间。这小岛太遥远了，仿佛远在天边，它是第四轰炸机大队名下一支中队的大本营，而杰森·贝辛格正是在这支飞行中队里服役的。

同行的机师一路上都在嘲笑我神经紧张，我是有点紧张，一想到我们脚下就是浩瀚的太平洋，我的胃里就有点翻腾。

机师突然对我说："快看！往下看，那就是格斯韦斯岛！"

机身正好朝我这一侧倾斜，我从舷窗往下看去，看见了那岛，那情景可跟我想象中的大不一样。

格斯韦斯岛是一座十分狭长的岛屿，呈一弯不规则的新月形，两端零星散布着一些岛礁，主岛的东西两侧分别有两条浅色的沙滩带，嵌在碧蓝的海水里，就像给岛镶上了两段金边。

我本以为这会是座非常荒凉的岛屿，饱经战火，一片焦土。但恰恰相反，可能是靠近赤道的关系，它植被茂盛，山脊线高耸，绿意盎然。

他们真是挑个了好地方，我当时想。

飞机在一片雨林中开辟出的机场上降落了，迎接我的是上校哈罗德·麦金托什。

上校是个有些上了年纪的人，头发已近灰白，嘴唇周围也有了皱纹，他肯定酷爱运动，所以身体强健，皮肤也因长期日晒显得粗糙泛红。他上前来和我握手，说了一番客套话。

"啊，今天可真热，对不对？"他这么说着，他的手则冰冷湿润，摸上去像一只蜥蜴。

这儿热得有点超乎我的想象，空气潮湿，却不流动，能闻到一股油料和植物腐败发酵的气息，不过闻久了就习惯了。

当然，这儿蚊虫也很多。

我来时，得知杰森·贝辛格的遗体早已在四天前的一个黄昏下葬了。几乎没有人参加他的葬礼。

这一点让我挺意外，杰森·贝辛格在这里服役半年多了，不可能没有朋友，同机组的人也理应参加他的葬礼。但上校说："不，连随军牧师都拒绝出席他的葬礼，他是被草草掩埋的。"

我继续追问，是不是杰森·贝辛格感染上了什么疾病，让大家不敢接近他的尸体。

但上校没有回答。

他直接带我去看了我落脚的地方。那是林间的一块空地，周围只有树木和藤蔓，他们已经在空地上帮我搭好了两人合住的方形帐篷，虽然我只有一个人。

"里面一应俱全，生活毫无问题。"上校对我说，"全岛一共有两个食堂，一个给军官的，一个给士兵的，请你务必来军官食堂和我们一起用餐。"

"杰森·贝辛格以前在哪个食堂用餐？"我问。

上校看了我一眼，道："他并不经常和大家一起用餐……不过他会去士兵食堂。"

我道："我想我应该先见一见他的战友，您能帮我安排一下吗？"

麦金托什上校背着双手，他的脖子好像很僵硬，脸上也毫无表情，就像一块花岗岩石，我不知道他在想什么。

然后他说："恐怕不行，他们现在正在太平洋上执行任务，恐怕你得等到他们回来。"

我问他们何时回来。

"这很难说。"麦金托什上校回答。

他在搪塞我。麦金托什上校走后，我绕着帐篷看了一圈，然后走进帐篷，发现行军床和桌椅都放在同一侧，帐篷里有一半是空着的，仿佛在等着除我以外的另一个人入住。

我脱掉外套，坐下，从行李里取出我的打字机、手稿纸、资料和其他一些乱七八糟的东西。杰森·贝辛格的档案就摆在我桌子的正中央，薄薄的一层，拿在手上轻飘飘的，甚至都没有他生前的照片。

麦金托什上校让我住这个地方，显然是刻意安排。后来我得知，他们的营区距离这里有五英里，我住的地方完全被树林包围，就像是大海里的一片孤岛。

上校不可能针对我个人，他可能只是讨厌这整件事。他的一个属下居然自杀了，对他而言必然是奇耻大辱，这我理解。可是我觉得他做得有点过了。

我拿起笔，在纸上写下了一个词，又在下面画了两道横线以示强调——“奇怪”。

我有一种奇怪的感觉，说不清道不明，也许从我一踏上这座岛时就开始有了。

“谁是最后一个看到贝辛格还活着的人？”我跟着在后面写。

02 牧师

我去拜访了随军牧师，这可真是项挑战，我小时候就很害怕我们那个教区的牧师。

我到了那栋兼作指挥部的军官楼时，随军牧师还没有回来，他的助手说他去了野战医院，于是我在门口等了一会儿，他才姗姗来迟。

他看起来一点也不像个牧师，如果你不注意他领口边的小十字架的话，会以为他不过是一个身材瘦长的普通的士兵。

他请我进屋，我本打算简单介绍一下我自己，牧师却说：“不必了，麦金托什上校已经跟我提过你了。”

我坐下，他的助手走了出去，带上门。

“我走过来可花了不少时间，”我说，“不过沿途景色非常优美。您一直同军官们住在一起吗？”

“我想尽可能离官兵们近一些，让他们能感到上帝时时在身旁。”

我连连点头道：“当然，当然，上帝是站在我们这一边的。”接着我问，“您为什么没有参加中士杰森·贝辛格的葬礼？据我所知，这位中士并非异教徒。”

牧师好像早有准备，他轻轻一挥手，轻描淡写地说：“那全怪他的死因。”

“您的意思是，就因为他是个‘自我谋杀者’，所以您拒绝出席他的葬礼？”

“当然，”牧师冷冷地道，“教义对自杀者的态度，您想必也清楚得很。”

可我摇摇头，说：“这却不符合规定。您可以拒绝主持他的葬礼，但作为随军牧师，葬礼时您必须得在场。”

牧师紧抿着嘴，两手交插起来，他的嘴唇很薄，抿得几乎都看不见了。他本来就不像麦金托什上校那样久经沙场，能做到面不改色，况且他是个牧师，他可以不回答问题，但他绝不可以说谎。

“我再问一遍，您为什么拒绝参加杰森·贝辛格的葬礼？”

“因为杰森·贝辛格是一个不体面的人。”牧师答道。

不体面的人？又一个意外。

他喃喃自语起来：“……我还从没见过像他那样的人，简直可以说是道德败坏，对，道德败坏！”他突然抬起头，直视着我道，“您瞧，我们都是受过文明熏陶、有教养的人，但那个贝辛格，那个贝辛格，他几乎影响到了我们所有人！要我说，他这个人本身就是个恶魔，他是故意自杀想亵渎神灵的！其实杰森·贝辛格自己心里清楚，像他这样的人，即使不是自杀，到头来也上不了天堂的！”

我被他突如其来的怒火吓了一跳。这时，敲门声响了起来。

牧师冷静了下来，身子靠向椅背，清了清嗓子，道：“请进！”

他的助手走了进来：“上校想要见您。”

“我吗？”我问。

助手把头转向牧师的方向：“不，上校是请牧师马上过去。”

牧师立刻从椅子上站了起来：“抱歉，上校要见我，恕我失陪了。”

他匆匆同我握手，送我到门口，他的助手跟在后面帮我们关上门。

临走前，我忽然再次叫住了他，有一个问题已经在我脑袋里徘徊了很久，我不得不求证一下。

“最后请教您一个问题，”我问，“据你所知，杰森·贝辛格中士曾经跟什么人结过仇吗？”

牧师停顿了一秒，接着平静地回答：“起码在这里，没有。”

说完他便在助手的陪同下，转身离去了。

03 雷雨

我对杰森·贝辛格产生了好奇，他究竟做了什么事，使得一个牧师对他恨之入骨？

如果牧师说的是真的，杰森·贝辛格生前大概是一个非常离经叛道、不招人喜欢的人物，以至于没有人愿意在他的葬礼上送他最后一程。

那么，会不会有人因为十分厌恶他，就朝他的脑袋开了一枪，或者是在某次激烈冲突中，有人不小心误伤了他的脑袋，然后伪装成贝辛格自杀的假象呢？

但牧师否认了贝辛格与人结仇这件事。这令我很难办，感觉找不到方向。此后我就没再见到过牧师，我去找他时，他屋子的大门早已上了锁，他的助手一遍遍告诉我牧师去了野战医院，但我始终不知道这个野战医院在什么地方。

牧师失踪了。

麦金托什上校也根本不去食堂用餐，他的饭菜都是叫司务长单独准备，然后直接送去他的办公室或者房间里。

我去过几次军官食堂，那儿的气氛死气沉沉，我打听不到任何有用的东西。

于是我去了普通士兵的食堂。普通士兵食堂要嘈杂许多，伙食也不及军官们的好，刚开始他们对我的身份还有所顾忌，不过士兵们都是随和开朗的人，很快我便和他们熟络起来。他们很热情，从航空知识到小道消息再到传说中的土著女人，他们简直无所不谈，直到我问到有关杰森·贝辛格的话题。

一提到那个名字，场面瞬间冷了下来，坐在我周围的人都尴尬地低下头去，默不作声，佯装吃饭或者喝水。

“嘿，这究竟是怎么了？”我耸着肩摊开两只手，故意用开玩笑的语气说，表现得很真诚。有几个人相互交流了一下眼神，但谁也没有先开口。

于是我压低嗓门，“你们瞧，我就是被派来这儿干这个的，”我小声说，“假如你们对贝辛格中士有什么怨言，现在正是讲出来的好时机，我以我个人的名誉担保，完全匿名。假如你们对你们的长官有什么怨言，也可以一起说出来，我保证他们同样永远也不会知道是谁说的。”

我瞄了眼周围，但所有人都没有反应。

这番话足以鼓动这群听众了，当然，并不会立刻见效，然而这话很快会传开，到时候总会有人愿意与我合作。

我不该气馁，不过也不该继续留在这儿了。

于是我起身告辞，说：“我得走了，如果有谁想告诉我些什么，他知道能在哪儿找到我，我那地方还挺僻静。”

那天晚上，突然下起了雷暴雨。

暴雨毫无预兆地倾盆而下，电闪雷鸣，整片树林都在沙沙作响，雨水打在帐篷上，发出的巨大噪声，好像千军万马在我头顶上奔腾。

我在帐篷里，躺在行军床上，点着一盏小灯，除此之外漆黑一片。

我睁着眼，望着帐篷黑暗的另一边，那里空荡荡的，有一股水汽从泥土之下弥散出来。

一道闪电划过，我的旁边突然出现了一个人影，人影站立着，纹丝不动，轮廓就映在我的帐篷上。

“是谁！”我一下坐起来。

闪电消失了，人影也消失了。

我知道他就在帐篷外面，于是立刻翻身下床，奔了出去，暴雨顿时把我浇了个透，我跑到帐篷后面，发现那里一个人也没有。

他可能跑进林子里去了，我想。

树林此刻看上去又黑又深，我不知他往哪里跑了。也许他没有跑，此刻他正躲在某个地方看着我。我的后背突然有些发凉。

我回到帐篷边上，在那个人影出现的地方，我没能找到任何足迹，这附近的地面遍布青草和苔藓，也不太容易留下足迹。

从那一刻开始，我才感觉这件案子有些异乎寻常之处。

04 司务长

我没将人影的事告诉任何人。

第二天，我又去了士兵食堂。因为昨夜的暴雨，跑道还没完全干透，今天不执行飞行任务。

当我踏进食堂的那一刻，所有人都停下了动作，他们抬起头来望着我。

昨晚出现在我帐篷外的是谁，是他们中的哪一个？看着他们的脸，我忽然觉得每一张脸仿佛都长得一模一样。

那顿饭是在沉默和怪异的氛围下匆匆结束的。当我离开，走到门口的时候，突然听到一个人对另一个人的窃窃私语——他说：“瞧，他就是那个住在贝辛格帐篷里的人！”

这话就像一颗子弹击中了我的心脏。

我立即回头，却根本找不到是谁在说话，很明显，他肯定就是指的我。

这么说，我住在贝辛格曾经住过的帐篷里？！

我本想找麦金托什上校询问此事，可哪儿也找不到他。于是我以最快的速度赶回我的帐篷。

当我赶到那儿，发现在那顶帐篷外，有一个人早已在那儿等着我了。

看到我来，那人友善地朝我打了个招呼，我立刻认出，他就是上校的司务长。

“您怎么跑得满头大汗，调查员先生，出什么事儿了？”他说。

我没有回答他，而是问：“你怎么在这儿？”

“噢，是这样的，您知道的，作为司务长我理应要关心所有的事——我听说，这里的饭菜不怎么合您的口味？”

“不合我的口味？”

“是的，有人告诉我，您都没怎么吃。”

“你的消息还真灵通。”我说。

他仿佛受到赞许般微笑起来。

“职责所在，”他说，“我的职责就是让这座岛上的每一个人吃饱喝足。啊，我给您带了些吃的，希望您别介意，奶油点心，还有上好的乳酪。”

既然他消息灵通，又爱说话，我便问他：“你知道杰森·贝辛格的事吗？”

我想他早已料到我会这么问他，又或者，他本来就是为了杰森·贝辛格的事而来。

昨晚出现在帐篷外的是他吗？

司务长脸上的笑容消失了，他朝四周看了看，好像确定没有人在偷听，然后他道：“听说您已经见过牧师了？那么那些……关于下地狱的事情，也是他亲口讲的喽？”

我点点头。

司务长发出一声感慨。

我说："不过我不知道牧师现在人在哪，我到处也找不着他。"

司务长道："我也是。"

我说："奇怪的是，牧师却告诉我，像贝辛格这样一个该下地狱的人，居然从来没和什么人有过过节。"

"他是这么说的？"

"是啊。"

司务长眼睛斜了斜，以一种蔑视的口吻说："哈！他还真会撒谎。"

我觉得我抓住线索了，这个人一定知道些什么。

"你说他撒谎？照你的意思，贝辛格确实和人有过过节，是谁？"

司务长忽然做了个手势，示意我噤声。

"这话不能在这儿讲，"他说，"至少不能在这座岛上。等明天跑道干了，我就会搭运输机到岛外去采购一些东西，到时候你与我同行，不会有人拦着，我们会在法国靠近科西嘉的地方着陆，等到了那儿，咱们就自由了。"

"好吧。"

于是他说："一言为定，明天早上我会来接您的。"说着转头要走。

"等一等！"我叫住他。

"你认识这顶帐篷吗？"我指着身后的帐篷，问道，"我听到一些流言，说我住的这顶帐篷，曾经是贝辛格住过的？"

"唉，您别听他们瞎说！"司务长立刻笑道，"他们就爱乱说话，一定是误会了，贝辛格的帐篷早就被烧掉了，您完全不必担心。我保证您这顶帐篷绝对是全新的！好了，不和您聊了，明早见！"

那天晚上我独自躺在帐篷里，彻夜点着那盏小灯。

耳边是如此的安静，黑暗像一潭温柔的死水，将我的双腿浸没在其中，而昏黄的灯光则包裹着我身上的其余部分。一整夜我都在似睡非睡间徘徊，好像始终警醒着，凝视着帐篷的另一端，那个漆黑、空旷、静谧的空间，那个我的双眼其实根本看不见的地方。

那儿本应该是什么也没有的。

然而，在深不见底的黑暗里，我感觉有什么东西正在暗处悄悄地滋生着，在蠕动着，然后站了起来，膨胀着，仿佛想要吞噬一切明亮的东西。

这大概是个梦，我不由得缩起身子，让脸更靠近灯光。

05 女人们

我坐在司务长的飞机上。

这架飞机实际上是由一架轰炸机改装的，为了运输货物，拆掉了内部的不少设备，除了我和一名驾驶员外，司务长没有带其他人。

驾驶员在最前面操纵飞机，他戴着帽子和耳机，嚼着口香糖，此时已升至七千英尺的高空，司务长从副驾驶的座位上站起来，一路来到机舱的最后，我就坐在那儿。

“看来您还不太习惯飞行，”他在我旁边坐下，“别担心，这是常事，咱们很快就会飞过去的。”

我感觉舱壁就像片薄薄的大铁皮，在气流中抖个不停，轰隆隆直响，连铆钉都快被震下来了。我不敢说话，怕一张嘴自己就会吐出来。

司务长看了看我，又转头看了看前面的飞行员：“知道吗，杰森·贝辛格也为我开过一阵子的运输机。”

我有些吃惊地望着他：“什么？杰森·贝辛格也是……飞行员？我以为……他只是个机枪手……”

“他的履历上是这么写的？只是个机枪手？哈！”司务长又露出了那种轻蔑的神情，“这可是在打仗！您明白吗？我们这儿几乎人人都会开飞机，要是在空战中飞行员不幸被打死了，旁边立刻就得有人接替他的位置，否则飞机就会坠毁！”

我当然理解。

“在我接触过的人中，杰森·贝辛格实在是一位非常出色的飞行员。”司务长道。

紧接着，他迅速地塞给我一张纸条。

“这是个地址！”他小声说，“等降落后，您就按照这个地址去找，千万别对任何人说是我说的！”

凌晨时分，飞机在法国南部的一个港口城市降落了。

一下飞机，司务长就同我告别，说他得赶去当地的集市，我也很快叫了辆车，借口想游览一番，便直奔那个地址而去。

这座城市十分漂亮，十分有风情，日出时很美，在海边远远能听见捕渔船的铃声。大街上依旧熙来攘往，还有许多士兵混杂其中，模样很是逍遥。

我的车在一幢联排的公寓楼前停下，公寓是古朴的白色石头建筑，就坐落在一处街角，建筑共有四层，看起来里头的住户还不少。

我从口袋里取出纸条，上面有一个房门号码。

我刚要走进公寓，一个人拦住了我。

“请问您找谁？”看见我身着制服，他用生硬的英语说。看来他是这栋公寓的门房。

我将房间的门牌号告诉了他。

他直摇头，说：“不，不，那个房间已经不是你们的了，它已经租给别人了（后来我证实了一下，他说的一点不假），你们不能就这样赶人家出去！”

“我不是来赶任何人出去的。”我说。

接着，我听到了一阵笑声，两个妙龄女郎下来了，高跟鞋把木质的楼梯踩得咚咚直响。

她们一个叫缪西娅，一个自称帕帕。

缪西娅身材娇小，皮肤雪白，长得美极了，一头浓郁的黑发，连衣裙将她的腰身衬得细细的，而帕帕是个高个子，大长腿，穿着长裤，衬衣的领口开得低低的，露出肉桂色的肌肤。

我大约猜出了她们两人的身份，她们也看出了我的。我说："早晨好女士们。"

她俩相视而笑，接着，缪西娅娇滴滴地开口道："门房是个老实人，他守口如瓶，什么也不会跟你说的。"

帕帕道："不过我们俩倒是很乐意和一位军官聊聊天。"她的嗓音带着低沉的烟腔，颇为迷人。

她们一唱一和，想必已经把不少男人耍得团团转。

于是我把那张纸条给她们看。她们看了一眼那个房门号，立即又相视了一眼，两个人的脸上都呈现出一种心照不宣的表情。

我跟着她们来到了公寓对面的人行道，那儿有一个车站。

"我第一次见到他，就是在这里。"缪西娅说，"当时是晚上，天很冷，我站在站台边上，等帕帕回家。"缪西娅看了眼帕帕，后者点了点头，我让她继续说下去。

"当时起了些雾，有些路灯坏了，发出嘶嘶声，我不知道他是什么时候过来的，但是当我发现的时候，他就已经站在我的旁边了。一开始，我以为他是个醉鬼，后来我发现不是，他穿着军装，一动不动的，好像也在等车，我只看到他的侧影。他站得很挺拔，但不是那种纯粹的军人式的挺拔……总之，就是让人觉得这个人很优雅，又好像有哪里不对劲儿。

"过了一会儿，他忽然问我，介不介意他在这里抽一根烟？我说当然不介意，他便叼起一根烟，但摸了摸，发觉自己没有带火柴，于是他又问我借火。我看他这个人还不错，就取出火柴划燃了一根，伸过去。这时，他忽然压了压帽檐，说：'小姐，请您别被我吓到，我的脸上有一些伤。'

说着他转过脸来。

“啊！虽然他这么说了，可我还是吓了一跳，他的另外半张脸上满是烧伤的痕迹，已经完全被毁容了。”

我当即打断她：“什么，你说他脸上满是伤痕？”

“不。”缪西娅伸手比画着，“只有这半边脸上满是伤痕，如果你从另一边看他，就会觉得他这个人很正常。而且当时我想，天呐，要不是被毁了容，这小伙子一定还挺帅。我真为他感到惋惜。”

没人告诉我杰森・贝辛格的脸上有伤，而且听起来他伤得相当严重，难怪档案里没附带他的照片。

“你确定是烧伤？”我问。

“那就是烧伤！我见过烧伤，不过他的伤有些旧了，可能有一两年了。”缪西娅说，“后来我们又聊了一小会儿，车来了他便走了，那天帕帕回家可真晚！”她故作气恼地瞟了她的同伴一眼。

“可在那之后不久，我也碰到了他。”帕帕说道，

“有天，我在楼梯上碰到了他，我们还相互致意。回到家后，我对缪西娅说，你知道吗，我刚才在楼梯上遇见一个烧伤了半边脸的家伙，我猜他就住在我们楼上。而缪西娅说：‘天呐！我认识这个人！’”

“等等，”我拿着纸条，“就是这个门牌号码？他就住在你们楼上？”

她们表示肯定。

“为什么他会住在这里？”我问。

“他也不是成天住在这里，”她们说，“他只有休假的时候来住一阵子，有时是几天，有时是一周，假如他不在，就轮到别人来住。官兵们都是这个样子，他们成群结队地来这座城市度假，租几套房子，请一些女佣和厨子，本地还有一个挺大的军官俱乐部呢。”

“他有女佣和厨子？”

“不，他没有，和别人比起来，他这个人更喜欢独来独往，不爱出门，那间公寓也不是他本人租的，他们部队有一个统一的租约负责人，好像是

叫司……司……”

“司务长？”

“对啦，就是这个名字，‘司务长’！”

“但我听门房说，租约已经解除了。”

“是的，我们也不知道为什么，突然他们就不再出现了。”

我点点头，然后想了想，问：“看起来，你们和这位邻居的关系似乎……很好？”

“当然啦，”缪西娅眨眨眼睛，“他在时，我们还时常去他的公寓做客呢，虽然他这个人平时沉默寡言，却并不无聊，他在时，我们就去他家听唱片，跳舞，喝香槟，有时一整个下午就懒洋洋地躺在沙发上，他一句话也不说。”

“你们两个都是？”我看了她们一眼，“你们都去他家？恕我冒昧地问一句，你们和他很亲密吗？”

她们相互瞧了瞧，然后同时笑起来，仿佛听到了什么不可思议的笑话。

“你以为我们跟他上过床？”她们笑着摇头，“不，不，那当然不可能！”

我想，好吧，或许他是个绅士，缪西娅与帕帕这两位尤物，离他近在咫尺，他近水楼台，竟没能和她们发生点什么。

之后，我再没得到什么有价值的消息。于是，我问了最后一个问题：“你们最后一次见到他是在什么时候？”

“大约是一个月之前。”帕帕说，“他还带了些礼物送给我们，他以前从没送过我们礼物。”

“他现在怎么样了？”缪西亚睁大眼睛，“他应该已经退役了吧，他回国了么？”

“他死了。”我说。

一群鸽子忽然飞过楼顶，我看见有只猫在温暖的晨光中晒太阳，它就趴在三楼的露台上，我猜它也曾见过杰森·贝辛格吧。

帕帕抱住了缪西娅，因为缪西娅开始哭泣。

06 医生

我越来越搞不懂杰森·贝辛格是一个什么样的人。他似乎相当孤僻，他被烧烂了半边脸，牧师说他是个恶魔。

杰森·贝辛格究竟是个什么样的人？我感到困惑。

不过缪西娅和帕帕帮了我很大一个忙，她们提供了一条重要情报。

和两个女人道别后，我折回去向门房借了电话，打给港口的指挥站，却没有联系上司务长。他们说他去临镇收购水果和蔬菜，也许明天才会回来。

这正合我意，因为我恰巧也需要时间。我给司务长留下一条口信，说我可能也要耽搁一阵子，倘若迟到，请他务必等我。

接着我打电话给我所知的每家战地医疗机构，包括红十字会，询问他们是否曾收治过一位名叫杰森·贝辛格的烧伤病人。

逐一问询花了我很长时间，但感谢上帝，终于有一家医院在翻阅完全部医疗档案后，回电话给我说："是的，我们的确曾收治过一个叫杰森·贝辛格的烧伤患者，那已经是在两年前了，他当时的主治医生，目前已经调离了本院。不过，我们有那位医生现在供职的医院的电话，真巧，那家医院也在战区，离你们那儿不算特别远。"

我立即要了电话，并打了过去。

费了一番周折，那位医生终于来到了听筒前。背景里充斥着玻璃器皿碰撞的叮当声，有个人在哀号，有护士正在扯着嗓子尖叫，她说："快拿剪刀！剪刀！"这种感觉瞬间把空间与空间的距离拉近了，我仿佛能闻到消毒水和乙醚的味道。

"您还记得一个叫杰森·贝辛格的人吗？"我问。

医生用沙哑而疲倦的嗓音答道："是的，我记得他。"答得如此迅速，几乎不假思索。

我自报了身份，然后说我想问一些关于这个人的事，尤其是他是如何受伤的。

医生将话筒换了一边，问："杰森那孩子出了什么事吗？"

"他死了，是自杀。"我说。

电话那头停顿了片刻，医生说："是吗，那也不奇怪。"

"为什么？"

"你看到他的烧伤了？"

我说不，我没看到，我甚至没看到他这人长什么样。

医生说："我也差不多。我记得他被送来时伤势很严重，我们做了一整晚的手术才把他从死亡线上拉回来。"

"那他是怎么受伤的？"

"听说是一起飞行事故，"医生说，"起飞的时候发动机的一个气缸爆炸了，飞机冲出跑道，冲进了一片沙地里，据说当时机舱里还装着四枚五百磅的炸弹，汽油起火了，跟着——嘣！"

"他活下来了？"

"他是个幸存者，像个奇迹。很长一段时间他都无法自助进食和呼吸，我们只能听天由命，老实说我没想到他能活下来，毕竟和他一起送来的那几个机组成员，在送抵前就已经死了。"

"其他机组成员？"

"是的，有八个人，都死了，其中还包括他哥哥。"

我愣了一下，差点没反应过来。

"他哥哥？杰森·贝辛格还有个哥哥？"

医生说："没错，就在那架飞机上，他们兄弟俩是一起参军的，难道你不知道吗？"

我说他们在档案上什么也没有写。

“好吧。”医生继续道，“若没记错，我还记得他哥哥叫巴里，巴里・贝辛格，这真是场悲剧，他来的时候已经根本来不及抢救了。我想杰森受了很大的打击，关于他哥哥的死，还有……别的一些。”

我们都沉默了几秒，接着我问：“作为一名主治医生，您不觉得他完全符合退役的条件，没有必要留在战场上吗？”

医生轻笑了一声，或者是轻轻叹息了一声，说：“你可能不太了解，你是应征入伍的吗？我没有贬低你的意思，我自己也是被征来的，只不过从没上过前线。你知道那些飞行员其实是志愿兵吗？他们自愿钻进那个铁罐子，然后被人从天上打下来，生还的机会几乎为零。”

我说我不太清楚。

“我在这儿待这么久，接触过的伤员无以计数。”他说，“对这些人而言，这场战争就像一条巨大的断裂带，把他们的生活彻底劈为两半，在这条断裂的前后，他们一半是原本的自己，一半是现在的自己。

“当这些人遭受灾难，受伤，看着战友死去，亦或是第一次杀人，他们原本那个自己就会在眼前被砸个粉碎。他们有些人会离开，这不是懦夫的行为，因为现实是残酷的。而另一些人，像杰森这些人，他们会选择从自己的残骸中挑选功能正常的部分，他们面对现实，或者可以说，他们不愿面对现实，你懂我的意思吗？”

“你的意思是，你理解他继续留在军队里。”我说。

“可以这么说吧。”他道。

“那么医生，以你的理解，你能揣测一下杰森为什么自杀吗？”

“……假如你非要这么问我。”医生回应道，“客观来讲，我想，促成他自杀的一个重要因素是他的父母。”

“此话怎讲？”

“当时杰森在加护病房，生命垂危，所有人都认定他撑不了多久了。于是上头出钱把他们的父母从国内接来，接到战地医院，让他们来看剩下的儿子最后一眼。

“我不知道他们和杰森讲了什么，当时杰森还躺在病床上，我们让他们单独待在一起，尽量不去打扰。后来不过一会儿，他们就出来了，神色凝重，于是我带领他们去看巴里的遗体。当他母亲看到巴里遗体的那一刻，突然放声大哭起来，她倒在她丈夫怀里，她一直在说：‘为什么是巴里！为什么一定要是巴里！’他们那样痛哭着，我感觉他们好像希望死去的是杰森。”

“杰森有听到这些吗？”我问。

医生仿佛耸了耸肩：“我不知道，真的。杰森没有跟我提过这些，他从来没有提过那次会面。他挺过了感染的风险，直到他康复，他都没有提起他的父母或哥哥。我听说他申请调离了原先的飞行队，进入了另一支飞行队继续参战。”

“是的，他去了格斯韦斯岛。照你这么说，杰森的自杀可以归结为他的家庭问题，以及某种负罪感？”我问。

医生缄默了片刻，道：“如果你想交差，那就照这么写吧，准没错……不过，调查员先生？”

“什么？”

“你想听听我的理论吗？”

“你的理论？”

“我私人的理论。”医生顿了顿，说道，“当你说杰森自杀时，我想到，杰森·贝辛格并不是我见过伤得最重的人。

“在这里，我见过很多灾难，比他更加深重的灾难，比他痛苦百倍的灾难，但其实痛苦是无法衡量的，不是吗？我们都太主观了。在我看来，很多人都没有被苦难打垮，更不会想要自杀，即使是终生残疾，他们也能好好活下去。所以我想，无论苦难多么深重，无论遭受多少唾弃，一个人之所以选择结束自己的生命，归根结底，是因为他不喜欢他自己。”

医生讲完这番话时，我依然听到那个护士在喊：“快拿剪刀来！剪刀！”我不知道这是不是我的幻觉。

“谢谢您医生，您对我的帮助很大。”

然后我们结束了通话。

07 围墙

那天晚上我是在军官俱乐部里度过的，就是帕帕和缪西娅讲过的那座本地最大的军官俱乐部。

俱乐部在半山腰上，灯火通明，人声鼎沸，你完全想象不出这时是在打仗。战争就快胜利了，大家都这么说。可是杰森·贝辛格却自杀了，我暗自嘟囔。

那晚我没有见到缪西娅或帕帕。我独自坐着，乐队一整个晚上不曾停歇，有个姑娘一直在舞台上唱着法国曲子，一首接一首。大兵们玩纸牌、打桌球、在舞池里跳舞，烟蒂在无数双脚下滚来滚去，最终消失不见。

我问送酒的侍者，有没有见过一个脸上有一半是烧伤的家伙。那侍者似乎听不懂我在说什么。狡猾的家伙。

第二天一早，我搭俱乐部的吉普从市区赶回机场。

那架运输机还停在那儿，正好有人往上面装货，成箱成箱的。但是，我哪儿都没有看到司务长。

我去问飞行员，飞行员嚼着口香糖说：“司务长？哪个司务长？哦，他不会来了。我？我怎么会知道他在哪儿。你上不上这趟飞机都不关我的事，我这架飞机可是不等人的。你要去找他？那你恐怕就得等下一趟从格斯韦斯飞来的航班了。不过我不确定那是什么时候。”

于是我只好搭上了这架运输机，不再管失踪的司务长，毕竟我的行李都还在岛上。

机舱里货物堆到了顶，塞得满满的，我只能蜷缩在角落，闻着海鲜、橙子、胡椒荚和各种蔬菜散发出的阵阵温热气息，加上昨晚喝了点酒，真是苦不堪言。

离开了三天，回到格斯韦斯岛，岛上什么也没变。

打字机和稿纸还静静地摆在桌子上，和我离开时一样，最底下的一张稿纸上写着“奇怪”，还写着一行被我划掉的字。我将这张纸揉成一团扔掉了。

我坐下来，开始写我的报告。打字键开始上下翻飞，敲击着，不时发出叮的一声提醒我换行，稿纸上开始出现了“飞机失事”，“爆炸”，“巴里·贝辛格”，“悲痛欲绝的父母”，“伤情危重”，“康复出院”，“重返战场”……我将这些事件串连在了一起，写进我的报告里，同时也渐渐填补起了杰森·贝辛格档案里那些空白的部分。

只有一点，杰森·贝辛格为什么自杀？

我该引用医生的话吗？

那听上去无疑是个很不错的结论。

打字间隙，我望着帐篷空荡荡的另一边，想象杰森·贝辛格正坐在那里。他脸上裹着绷带，或者没裹绷带，有时他的脸完好无损，但我不知道他究竟长什么样。总之他坐在那里，将一把猎枪撑在地面和脑门之间，他低着头，脚趾缓缓移向扳机扣，然后——嘣！

我沿着格斯韦斯岛的海滩散步，慢慢走到了他们的机场。

停机坪上停着几架 B–24 型轰炸机，探照灯没开，机头的整流罩反射着夜空星辰的光。四下无人，我沿着围绕停机坪一圈的矮墙走着。

“你就是那个调查员？”

忽然有一个声音这么说。

我立即抬起头张望，却发现周围空无一人。

“别停下！继续走，别向四周看，别让人察觉你在跟人说话。”那声音道。

我稍斜过眼，发现跟我说话的那人，在墙的另一边走着，与我平行，围墙并不很高，我隐约能看见他脑袋顶上的一小撮头发。

“你是谁？”我脚步不停，保持原速。

“你就是那个调查员？”他又重复问了一遍。

“没错，是我。”我说，“你是谁？”

“我、我恐怕不能告诉你。”

我们离得很近，都紧挨着墙根下走，只是看不到彼此，我努力抑制着一跃而起翻过墙头的冲动。

过了几秒，他确定安然无虑了，便说：“你还在调查那件案子吗？”

“哪件案子？”

“就是贝辛格中士的那件案子。”

我犹豫了一下。

“是的，我还在调查。”我说。

“啊，那太好了。”他仿佛自言自语般低吟了一声。

突然什么东西像一只鸽子一样从墙那边飞了过来，哗啦一声，掉落在我脚边，停止动弹。我一看，好像是本书，或者笔记本。

“嘿！”我叫了一声，跳起来攀上墙头。

但墙的另一边，那个人早就跑得无影无踪了。

“该死，那混蛋逃了。”我咒骂着，却完全搞不清这是什么情况。于是我只好再从墙上爬下来，走上前，捡起那个被扔过来的东西，掸去上面沾的泥水。

那确实是一本破旧的笔记本。

08 飞行日记

五英寸长，三英寸宽，一英寸厚，浅黄的皮革封面，刚刚好可以托在手掌心上，放进口袋里，这就是这本笔记本的全部外观。

随手一翻，你就能看到里面密密麻麻的钢笔字迹。它是一本日记，每一段的开头都有一个明确的日期，写着时间、天气，甚至有的还有风向和湿度。

我满心期待这是杰森·贝辛格的日记，然而这本日记属于一个叫阿特·托德的士兵。翻开第一页，你就能看到他的名字：

假如你捡到这本本子，请将它还给第四飞行大队的阿特·托德，如果阿特·托德不幸牺牲了，请你把它寄给如下这个地址：美国阿肯色州……苏珊·亚历桑德拉·托德夫人收。谢谢。——阿特·托德，1943 年 1 月。

第一篇日记写于当年的 1 月 31 日，最后一篇写于 1944 年 8 月 27 日，也就是不久以前，很明显，这是阿特·托德的参军和战地日记，但再往后翻，本子差不多还剩下三分之一的厚度尚未填满。

也就是说，直到最近，阿特·托德才停止了写日记。

它当然不会是无缘无故出现在我面前的，很快，我就发现了这本本子和杰森·贝辛格之间的关联。

日记的前半部分，阿特都在讲述他的入伍历程、测验、基础训练，他好像年纪很轻，刚刚达到参军的年龄，就迫不及待报名了。他写他有多么兴奋，要到异国他乡的天空与敌人作战，他还写他结识新朋友，并且非常想念家人。

他的文采很好，观察也细致生动。

我坐在一盏孤灯下，一页一页阅读他的记录，恍若亲身经历一般，他通过了一层一层的考核，最终被编入了机组，来到了这座格斯韦斯岛，他为此感到自豪，并在那一页记下了同机组的九个人员的名字，有机械师、通信员、投弹手、机枪手、领航员、机长……

在这些名字中，出现了“杰森·贝辛格”，他的名字出现在“机枪手”这一职位的后面。

2月13日（1944年），晴，傍晚有小雨：

我对贝辛格中士这个人印象很深，不仅仅是因为他的面貌。我从未见过一个伤得这么重还留在战场的人，每个人看到他都觉得他应该回家了，他的伤会激起旁人对战斗的恐惧，他让他们看到战斗可能会有的下场，但我想那并非是对死亡本身的恐惧，而是对像行尸走肉一样活着的恐惧。而贝辛格中士就这样时时在我们身旁。

2月16日，风，小雨：

他们居然安排我和贝辛格住同一个帐篷！这不公平！难道就不能让贝辛格独自去住一个帐篷吗？气象员就是这样的。我向他们提出了抗议，可他们居然说：假设贝辛格到其他地方去，那你的帐篷不就空出来了吗，你又有什么资格一个人住一顶帐篷？岂有此理！他们只不过仗着我是这里年纪最小的！”

2月17日，阴雨：

现在人人见到我都说：嘿！和贝辛格住一起晚上做噩梦了没有？他们是在开玩笑，但听到这种话，我反而开始为贝辛格中士感到愤愤不平。我不再像昨天那样生气了，因为就在昨天，我以为贝辛格中士一定是个难以相处的怪人的时候，他走过来主动和我握手，还免去了我的敬礼，他说：不必在乎这些，你盯着我脸上的伤看也不会冒犯我，如果你想提问随时都可以。之后他还说：很高兴认识你阿特，希望我们都能尽职尽责，确保每一个人都能平安返航。

3月2日，晴：

天啊，贝辛格中士今天可真是露了一手，让我们所有人都大吃一惊。我们在靶场练习打飞靶，贝辛格中士的命中率高得吓人，后来他们抛出了双向飞靶，他竟然也靶靶都不脱手，真是真人不露相。后来，中队里著名的神射手奎泽尔少校亲自上场，两个人暗暗较起劲来。这场比赛实在精彩，我们都险些忍不住在场外下注了。

3月20日，晴，微风：

在天上飞是什么感觉？是自由，以及对同伴的信任，我信任我们的飞行员，我们的副驾驶，我们的通信员，尤其是，我很庆幸杰森·贝辛格与我们在同一架飞机上。我甚至感觉不仅是我，所有人都这么想。今天是我第一天正式执行飞行任务，一旦真正进入战场，你就会发现原本在地面上的那些琐事，到了天空中再想，是多么微不足道。今天我亲眼看着一架飞机被打下去了，它像个巨大的火球一样翻滚着，一头扎进海里，几乎没有碎片浮上来。我们的机组尽了最大的努力，想摆脱一架零式飞机的纠缠，一梭子弹从舱底射了进来，离我站的地方只有一臂之遥，但它却击中了机翼，我听见机长在耳机里大喊：所有人快背降落伞包！好在有贝辛格，他在对讲机里告诉我们这点损伤对机翼算不了什么，让驾驶员稳住，机枪手千万不要离开自己的岗位。最后，那架零式终于知难而退了，他怎么会想到我们这架飞机上大部分其实是初出茅庐的菜鸟呢。感谢杰森·贝辛格，降落后我们都狠狠扑住了他。

4月8日，天气糟糕透了：

他们为什么不给贝辛格晋升？叫我说这简直不可理喻！他们好像把他忘掉了，就当他是个不存在的人一样，每当晋升就把他跳了过去，太不公平了！

5月30日，大晴天：

我们打下了一架零式！记一功！庆祝一下！喝酒去！

6月17日，晴：

这事儿怎么又发生了？司令部又增加了飞行次数，每人提高到了四十五次，原先还是三十五次。我看到有人已经完成了四十次飞行任务，收拾好行装准备回家了，结果命令一下来，他还得再飞五次，说不定这多出来的哪一次，就会让他一命呜呼了。其实我也一样？

7月7日，雷雨云逼近了，晚上可能要下大雨：

今天我正在挖壕沟时，忽然听说贝辛格和奎泽尔少校打了起来，我不相信，但他们说是真的，“贝辛格和奎泽尔在打架，他们缠在一起打得可凶了，就像两条野狗！”这话把我吓了一跳，我急忙扔掉铁锹跟着他们跑了过去。但是当我赶到时，已经结束了，那里一个人也没有。谁也说不清他俩为什么打架，此前从没有人看出他俩有什么交集。据说奎泽尔冲贝辛格大嚷：离我远点儿，你这个该死的丑八怪！然后贝辛格就出手揍了他。

7月8日，大雨：

贝辛格没有回来，我觉得在打架方面，他大概不占什么优势，昨晚他可能住在医疗室了。不知道为什么，上校下令禁止所有人去看他。

7月11日，雨：

奎泽尔少校被调走了，今早他们专门派船来接他。我担心他们会给贝辛格什么处罚。贝辛格是下级，又是最先动手，为什么调走的会是少校？

7月14日，阴天，时有小雨：

贝辛格回来了，流言传开了，那些都是无耻的毁谤！贝辛格不是什么受诅咒的人，他不会害死我们任何人！贝辛格看上去和以前没有什么不同。我们应该欢迎他归队。

8月26日，暴雨将至，但海上风和日丽：

迄今为止，我已经完成了二十三次飞行，真是不可思议，我还活着，不过这个数字尚不足以拿出来说事儿，因为今天接到上级命令，飞行次数再次提升了，有人已经飞满了四十五次，这回他得再多飞十五次了。大家都怨声载道。除了贝辛格，他从没抱怨过，就连私下里也没有，我猜他完成作战飞行任务的次数，可能已经超过空军里的任何一个人，可能吧。

8 月 27 日：

我们迷航了，不过好在有惊无险，我们顺利返航。

09 暴雨将至

日记到这里就中断了，定格在 8 月 27 日，最后一个字的最后一个点。

我直起背来，发现隔着帐篷，外面天已经蒙蒙亮了。

一整晚，我对着这本日记，看完了阿特·托德记录下的五百多个日日夜夜，尤其仔细阅读了有关于贝辛格的部分。

然后，我一把将那张打到一半的报告，从打字机里抽出来，揉烂，丢弃在地上。

抛开那些虚构的、怜悯的、不切实际的话语，我需要重新看待杰森·贝辛格这个人。

首先我得找到写日记的那个人，我得知道阿特·托德，问问他杰森·贝辛格究竟出了什么事，因为 8 月 27 号，就在这一天，验尸报告上记载，杰森·贝辛格自杀身亡。

可是阿特·托德的日记上却什么也没有写。

我忍不住来回翻看那一页。它就像一个逗号，一个永无止尽的逗号，吞噬了结局，只留下一片空白。

我对自己说，这不可能。我举起本子，仿佛这样一来结局就能从里面掉出来。杰森·贝辛格在那一天是怎么死的？我问它，可是它不会告诉我。

我坐在那儿，望着帐篷顶上，那儿有一块肮脏的斑迹。从我住进来开始，我就注意到了那块并不太显眼的暗色痕迹，它就在我床的正上方，在我的头顶上。每当我躺下，就能看到它。

司务长说这是一顶新帐篷，我从来没考虑过他说的是不是真的。这时，我突然开始关注起这块痕迹，如果当初杰森·贝辛格坐在我这个位置，朝自己的头顶开一枪，那么他的血迹，大概也会溅到我现在看到的那个地方。

“你就是那个住在贝辛格帐篷里的人。”仿佛有人在我耳边小声说。

我一个激灵站了起来。

我抓起日记，另一手抓起灯，跑出帐篷。外边空无一人，我被清晨的孤寂和幽深团团包围，一瞬间，觉得整座岛上除了我什么人也没有。

脖颈间忽然一凉，我伸出手，掌心朝上，几滴水落在了手心里。原来不知何时起，天空又毫无预兆地下起雨来。

麻纷细雨，飘飘洒洒，落在头顶，很快就将头发打湿了。

下雨，我突然想到了什么，仿佛清凉的空气一下钻透了脑门。

我立刻将日记揣进怀里，提灯走入幽暗的森林。

在营区的地图上，我曾大致看到过气象站的位置。岛上只有一座简易气象站，此刻我正在朝那儿跋涉，山路很陡，脚下很滑，头顶的树冠在雨中颤抖摇曳，沙沙声响成一片。

到了山顶，我才远远望见了气象站顶上那只红色的风向袋。风向袋低垂在雨幕中，看上去犹如一张滴血的皮。

我走进气象站，拉开营帐，摇醒了还在熟睡的气象员。气象员看到我，吓了一跳，差点从床上滚下来。

“把八月份的气象记录全部拿出来。”我命令他。

“什么？”

“上个月的气象记录，全部拿出来，我要看！”我朝他大喊。

气象员睡眼惺忪，不情不愿地开始翻找，在我的一再督促下，他总算是把记录册找了出来。

我一把擦掉脸上的水，打开记录册，快速翻到了8月26号那天。

“8月26日深夜，紧急情况，收到来自沿海基地司令部的预警，预计二十四小时内将受到强热带风暴影响，覆盖范围包括……格斯韦斯岛，”我用手指一边划一边读道，“届时海上风速可达八十海里，浪高四至五米。司令部严令，在未来的二十四小时内，所有舰只一律不得离港，所有飞行器一律停飞。重复一遍，所有……”

所有飞行器一律停飞，我从衣襟里取出日记本，翻到那最后两页，阿特·托德的日记却明确写道：

“8月26日，暴雨将至，但海上风和日丽（这是暴风雨的征兆）……”但随后，“8月27日：我们迷航……我们顺利返航。”

我马上翻看气象记录，27号当天记载，风暴潮袭击了这座岛屿，海上风力极其强劲，前所未有。

气象记录和阿特的日记在这里相互矛盾了。假如那天任何一架飞机都不得起飞，阿特和他的机组又是怎么到天上去的？

要么是阿特·托德撒谎，他伪造了27号的日记，要么就是气象记录撒了谎，当天风暴并没有波及此岛。

或者，我能想到第三种可能性，他们两个谁也没有撒谎。

我记得，在飞往法国的运输机上，司务长曾经说过一句话，当时，我就坐在他身边，他说：“……在我接触过的人中，杰森·贝辛格实在是一位非常出色的飞行员。”

一位出色的飞行员，一场罕见的暴风雨，一桩所有人都讳莫如深不可告人的死亡，然后牧师失踪了，司务长不见了，下一个又会是谁，我感到我的心脏狂跳起来。

我抬起头，发现气象员的手里，正拿着电话的听筒。

“你在做什么！”我大叫。

一道闪电划破天际，雷声在我们头顶炸开，就在这一夜将尽之时，这片岛屿仿佛一下又回归了黑暗。

我没有听到来电的铃声，一定是气象员自己打的，我死死地盯着他，只见气象员紧紧攥住电话，就像握住救命稻草，他脸色煞白，嘴唇颤抖：“麦……麦金托什上校请您去他的办公室，就现在。”

我一下跳起来，抓起记录册和日记本，转身就跑。

10 审判

杰森·贝辛格并没有死，此刻我坚信。

贝辛格带着他的全体机组逃亡了，就在那个最恶劣的日子，那场全面禁飞的热带风暴中。

当时一定没有人料到，谁会有胆量在那种条件下起飞。但并不是完全不可能办到，只要一架轰炸机能悄悄滑上跑道，桨叶开始旋转，机头迎着风雨，隆隆的引擎声将完全被天气掩盖。

杰森·贝辛格就坐在驾驶舱里，搭载着他的战友，其中还包括阿特·托德。贝辛格或许艰难地控制着操纵杆，驱使轰炸机笨重的身躯，沿着跑道向前滑行，越来越快，直到尽头，起飞，离地，向上拉升，机翼在狂风中摇摆，向波涛汹涌的海面飞去。

这些都是我的想象。在我的想象中，贝辛格戴着皮帽，带着护镜，也许还嚼着口香糖，我却依旧没能看清他的样子。

我正在奔跑，雨点扑打在脸上，我用手使劲抹去，我的肩头上扛着一把铁锹，是我临时找来的，我正在向岛上唯一的一片墓地跑去。

我相信贝辛格没有死，我相信阿特·托德造了假，那日记是他提前写好的，只要我能证明贝辛格的墓穴里没有他的尸体，一切就真相大白了！

此时此刻，时间变得无比紧迫，我感觉有人紧随其后，森林里到处有人在追赶包抄我。我一刻也不敢停，一口气冲出森林，奔向沙滩与山丘接壤的那片泥地。在那里，密密麻麻的十字架组成的坟场，就像末日般静静地伫立在海边。

我感到一阵战栗，几乎跌倒。

我踉跄着进入墓地，身后拖着铁锹，走在一排排木制的十字架之间，努力搜寻着贝辛格的名字。

终于，在一块无名墓碑前，我停下脚步。哪儿也找不到贝辛格，而我眼前，这里是唯一一座没有名字的坟墓，埋葬一个没有死去的人，再合适不过。

我踢倒了十字架，就在那个地点，开始一铲一铲向下挖，越挖越深。雨水不断灌进我挖开的坑中，最后我整个人站进水坑里，已经非常深了，可还是没有挖到棺木。

大雨滂沱，正在这时，从水里浮起来一样东西。

我弯下腰，伸出手，铁锹一失手落入了积水，踪影全无。我立即抓起那个漂浮的东西，发现那是一片白色的纱布，是医院用的那种，包裹伤口的棉质纱布，但我没办法把它拽起来，因为它在水底下的部分，好像被什么东西卡住了。

于是我用力拉扯，纱布极其柔韧，立刻就变了形，我感觉到，水底的东西，非常沉，但正在开始松动。

突然间，我被无数双手抓住了，他们抓住了我，把我从坑底提了上去。

我大喊大叫，拼命挣扎，我根本不知道自己在叫什么，也不清楚抓住我的人是谁。总之，我被按在潮湿的沙地上，完全被压制住，感觉四周人很多，七手八脚，脚步嘈杂，我听见远方海浪的声音，觉得连耳朵里都灌满了沙。

当我醒来的时候，我躺在低矮的行军床上，身上盖着一条毯子，身下的床单都湿透了。帐篷顶上吊着一盏汽灯，一只蛾子在打转，我看见那块肮脏的斑痕还在那儿，就在我的头顶，我才意识到这是我的帐篷。

“你醒啦。”有一个声音说。

我转过脸，看到我帐篷的另一边，站满了人，他们全都看着我，鸦雀无声。

而在所有人前面的，是麦金托什上校。许久不见，他坐在我的椅子上，手里拿着一份被揉烂的稿纸，稿纸已经被展开了，我感到内心一阵惶恐。

麦金托什上校就像一道无形的界限把帐篷的两侧划分开来，我这边就像一片禁区。

“你正在发着高烧，调查员先生，”麦金托什上校道，“好在，我们及时找到了你。”

我浑身疲惫不堪，头痛，目光难以聚焦，脑袋里也一片混沌。

“我怎么了？”我吃力地问。

“你昏迷时一直在大叫，谁也听不懂你在叫什么。”上校说。

“我……我不记得了，我说了什么吗？”

上校一双冷峻的眼睛凝视着我，仿佛在考量我的话是真是假。

最后，他开口道：“你一直在喊：‘我看见他了！我看见他了！’。请问，你看见谁了？”

我看见谁了？

我也不知道，我感到头痛欲裂，头痛前的记忆似乎不复存在。“阿特……阿特·托德，”我终于抓住了那个一闪而过的念头，“阿特·托德的日记，那日记的最后一篇是假的，他伪造了，他……逃跑了。”

“你烧糊涂了，在说胡话，调查员先生。”麦金托什上校说着，忽然伸出手，动了动手指，一个士兵立刻从他背后走上前，手里捧着搪瓷托盘。

“让卫生员给你打一针，你很快就会睡过去。等雨一停，我们会派飞机把你送去港口的大医院，在那里，你将得到更好的治疗。”

“不！”我叫起来，“别靠近我！把那玩意儿拿开，我不需要打针！”

“你必须接受治疗，不然很容易转成肺炎。”

“不！你们是想让我消失，你们想害死我！就像随军牧师，还有司务长，你们把他藏起来了，是你们！是你们让他消失了！”

几个人上来按住我，床吱咯呻吟，简直就要塌了，一个人抓住我的胳膊，将一管冰冷的液体推进我的体内。

我瞬间就一阵寒战，喉咙发紧，感觉就快死了。

“你就是那个住在贝辛格帐篷里的人。”

不知道是谁，在我耳旁低声说。

我的意识开始朦胧起来，记忆像碎片一样被打散，再胡乱拼凑，相互颠倒，分不清因果：“他们……不想……继续飞行，但你们却一直……在提高飞行的次数……所以他们……逃走了……”

“很遗憾地告诉你，”我听见上校的声音说，“不过，阿特·托德已经死了。就在几天以前，在你刚抵达格斯韦斯岛的那一天，他在太平洋上空执行任务，无线电报传来，他和他的整个机组成员集体阵亡。”

我使劲地摇头：“不……不可能……他们没有死……他们逃走……”

“安心睡吧，等你一觉醒来，很快就会没事了。”

那团肮脏的斑痕在我眼前，变得越来越模糊，越来越模糊，最后，终于陷入一片黑暗，只有无尽的雨声，仍然犹在耳畔。

诡电梯 ╳ 庄秦

00 楔子

维修工老白沿着昏暗的台阶上行，来到酒店天台铁门前，摸出钥匙，准备打开那把挂在门把上、早已生锈多时的铁锁时，却诧异地发现门把上根本就没有锁。他重重跺了一下脚，头顶上方的感应灯亮了，紧急楼道里不再昏暗，借着光亮，老白立刻看到铁门上有几道白色的新鲜划痕，而铁锁则静静躺在地上，锁柱扭曲着，已经断裂了。

谁那么无聊？竟把铁锁撬掉了？

老白皱着眉头推开铁门，门轴顿时发出一声凄厉的呻吟，然后他看到了矗立在酒店天台上那座巨大的水箱。

半小时前，老白在休息室里一边喝酒一边看电视，刚看到电视屏幕上那个选秀歌手唱得声嘶力竭青筋毕露，背对舞台的导师正犹豫要不要按下按钮转身时，他接到了酒店前台打来的电话。

住在四楼两间不同客房的客人都投诉说，用电水壶烧水龙头里流出来的水，泡的茶有异味。前台去核实过，果然有异味。既不同于漂白粉，也不同于铁锈的味道，主要是臭，难以形容的臭，怀疑有污水进入了用于二次供水的天台水箱里，因此前台让老白去天台查看一下。

老白是个敬业的维修工，他连导师究竟转没转身都没多看一眼，就拎着修理箱出了休息室。

现在他已经来到了三米高的水箱旁，搭好梯子，攀爬到了水箱顶上。水箱的盖子就在顶端，因为天台铁门加了铁锁，所以盖子上就没有另外加锁了。平时水箱都是老白在打理，他可不想开了一道锁，又来开第二道锁。

老白伸出手，抠住盖子的下沿，略微使力，就把盖子翻了起来。紧接着，他看到那两条白得像嫩藕一般的腿，缓慢呈逆时针旋转着，悠悠哉哉从水箱里浮了出来。

01

随着警笛，一辆警车刷的一声，停在流星雨快捷酒店大堂外的马路边。刑警大队副队长周渊易推开车门，站在马路边，抬头看着挂在外墙上锈迹斑斑的霓虹灯招牌，不禁长长叹了一口气。

周渊易已经不是第一次来到这家酒店了，上次来这里，应该追溯到三年以前了，那时他还是刑警队的普通一兵。当时，在酒店紧急楼道的拐角处，他扣动扳机，开枪击中了一个劫持人质的悍匪，一枪正中脑门，悍匪的脑浆迸射到了墙壁上，当场死亡。那也是周渊易刑警生涯里第一次击毙犯罪嫌疑人，这样的体验，对于一个刑警来说其实并不美妙，特别是后来周渊易得知那个被劫持的人质送到医院后，因为喉咙被悍匪手中的匕首割断多时，未能抢救回来，他足足难过了一个月，才在心理医师的帮助下走出了阴霾。

但这家流星雨快捷酒店却成为了周渊易一个不愿触碰的伤痕，每次办案需要经过这里的时候，他都情愿多花几分钟时间绕道而行。但这次，他却再也不能回避了，因为，就在半小时前，从这家酒店用于二次供水的天台水箱里，发现了一具头朝下脚朝上的女尸。

走进大堂，几个正窃窃私语的服务员看到身穿警服的周渊易，立刻止住交谈，神情各异地看着他。周渊易没有理会她们，径直走进电梯里。

这部电梯显然有些老化了，按键旁的数字已经被磨得有些看不清，数字键下面甚至还有一些按键，根本没有标注用途。轿厢上升启动时，失重感特别明显，紧接着钢缆发出了吱吱嘎嘎的呻吟声。轿厢的三面墙壁上都镶着玻璃，电梯门背上则贴着一张不干胶，上面用简陋的字体写着："内有监控录像，请注意您的举止保持文明。"

只有四层楼，电梯却上升了足足二十秒，这让周渊易感到很不舒服。电梯门一开，他就快步走出轿厢，然后看到助手孙桦站在客房走廊的尽头。孙桦见到周渊易，抬起手朝左边指了指。周渊易明白，孙桦指向的地方，就是通往天台的紧急楼道。

楼道内昏暗干燥，随着脚步声，天花板上的感应灯亮了。有刑警正在拍摄铁门上的那几道新鲜划痕，地上的铁锁则被另一名刑警放进了塑料证物袋。

周渊易来到天台上，立刻看到躺在地上一张巨大塑料布上的女尸。

女尸已经被泡胀了，散发着浓郁的恶臭，身上裹着的绿色连衣裙显得皱巴巴的，还有几处裂开的破洞，露在外面的双手双脚异常的白，就像刚削了皮的嫩藕一般。法医刘岚正跪在地上，仔细检查着这具尸体。

"怎么样了？"周渊易绕到刘岚身后，轻声问道。

"死者的额头处，有多处伤痕，创面较集中。目前仅为初检，但初步可以判断，正面颅骨有凹陷，额头撞击硬物，应为外力造成。"刘岚头也不回地答道。

"那么，这就是致命伤？"

刘岚摇了摇头，答道："真正的死因，是溺亡。"

周渊易忍不住倒吸一口凉气，从刘岚简短的解释中，他已经猜到是怎么回事了——凶手用硬物打击受害人的额头后，在受害人尚未死亡的情况下，将其头朝下脚朝上扔进了水箱之中。

“死亡时间呢？”周渊易又问。

刘岚沉吟片刻，答道：“目前还不能确定。”她用嘴朝尸体努了一下，补充道，“它，被水泡得太久了，腐烂程度极高，证物损毁严重。我只能说，死亡时间不会低于三天，但也不会多于五天。”

周渊易回过头，问孙桦：“尸源确定了吗？”

孙桦点点头，答道：“已经确认了，尸体打捞出来后，服务员认出，她叫杨可儿，五天前入住酒店。从身份证上看，她 29 岁。”

“五天前入住酒店，现在才发现尸体，而且死亡时间不低于三天。客人中间失踪这么多天，酒店竟然毫不知情？”周渊易不禁目露凶光，可恶，这家流星雨酒店的管理实在太差劲了！

02

流星雨快捷酒店的前台经理，依然是三年前的那位，无论春夏秋冬都只穿制服黑丝高跟的长发美女。对于周渊易的指责，这位美女经理并不认同。

“杨可儿小姐于五天前入住本酒店，她是在网上团购的住宿套餐，住五天，送两天，也就是说，付五天房费，可以在本酒店住七天。Check in 的时候，杨小姐特意提醒过，只要她不提要求，请服务员不要进入她的房间。所以，即使发现她有可能失踪了，我们也不能随意进入她入住的客房，毕竟我们酒店的服务宗旨就是‘客户至上’。”美女经理如是说。

“可是，一位客人，待在房间里，五天都不出门，你们不感觉奇怪吗？”周渊易皱着眉头问道。

“呵，这有什么好奇怪的？一些有访客的客人，有时可以在房间里待一礼拜都不出门呢。”

孙桦诧异地问：“有访客的客人？一礼拜不出门？他们在房间里干吗？”

美女经理笑而不语，周渊易重重咳了一声，示意孙桦不要问这种没营养的问题。但他很快就抓住了重点，问：“你们酒店不做访客登记吗？”

美女经理立刻警觉地答道：“我们酒店按规定是必须要做访客登记的，但有时候没法控制，有些客人说只是来谈点生意，马上就走，看起来又是有身份的人，我们也不好强制别人登记。毕竟嘛，我们这里的服务宗旨就是‘客户至上’……”

“杨可儿五天没出门，就算她不提要求，五天都不换毛巾浴巾，难道都没引起你们的怀疑吗？”周渊易继续问道。

美女经理撇撇嘴，无奈地答道：“酒店里，什么样的客人都有。我们就遇到过有洁癖的客人，毛巾浴巾都是自带的，他们不用酒店的，自然也不需要酒店为他们更换毛巾浴巾。”

周渊易抬起头，张望走廊的天花板，眉头再次紧蹙：“你们酒店的走廊上，没有安装摄像头？”

美女经理的语气变得不是那么自然：“这个……周队长，您知道的，我们必须要尊重客人的隐私权。有些住在同一间客房里的两个异性客人，并非真正的夫妻……这样的客人一旦看到走廊上安装了摄像头，下次就不会再入住我们酒店了……”

“哼！”周渊易没好气地问，“那么，你们酒店哪儿有摄像头？”

“电梯轿厢里！每个电梯轿厢里，都有监控摄像头。另外，在一楼的紧急楼道出口，也有摄像头 24 小时不间断进行监控。只要进入了酒店，每个人都会留下影像资料。而这些资料，我们都刻在光碟里，起码保留半年。”

周渊易的眉头稍微舒展开了一点点，他回忆起自己刚才坐电梯，在轿厢里看到的那张写有“内有监控录像，请注意您的举止保持文明”的不干胶。接下来，美女经理必须立刻调取五天以来所有摄像头的监控视频资料，一分钟都不能漏，交到刑警队副队长周渊易的手中。

但在这时候，周渊易根本没有预料到，过一会儿他即将在监视器里看到电梯轿厢中曾经发生过的，一段离奇恐怖的监控视频资料。

03

吩咐美女经理去调取监控资料之后，周渊易和孙桦乘电梯来到杨可儿曾入住的407号房间。

用房卡刷开门后，看到屋内的状况，周渊易不禁皱紧眉头，转身问孙桦："像你们这样年龄的女生，都喜欢把屋子搞得这么乱？"孙桦探头望了一眼，看到客房内被子没叠，丝袜和内衣扔在床铺上，地上扔了好几听无糖咖啡的空罐，枕巾则挂在门边的鞋柜边缘，显然是被杨可儿用来擦过了皮鞋。她只好耸耸肩膀说："其实，不是每个女孩都这样……喂，再说了，杨可儿29岁了，和我哪是一样年龄的女生？"

周渊易笑了笑，弯下腰准备戴上鞋套。可就在这时，他听到走廊尽头的电梯传来"叮"的声响，然后是急促的脚步声。他回过头，看到酒店前台的美女经理花容失色，神情慌张地向407快步走了过来，一看到周渊易，便声音颤栗地叫道："周……周队长，你快来看看！吓人，太吓人了！"

周渊易悚然一惊，以为监控视频里直接拍到了杨可儿遇害的画面，连忙和孙桦一起跟随美女经理来到了位于酒店二楼的监控室内。不过，事情并不像他想象的那样……

屏幕上显示的时间为，四天前的凌晨三点二十分。画面则是电梯轿厢内，画质稳定，不干胶上的"内有监控录像，请注意您的举止保持文明"这行字拍得清清楚楚。轿厢先是缓慢上行，在四楼停下，门打开后，一个身穿绿色连衣裙的女人慌慌张张地冲进轿厢内。不用说，这个女人就是后来死在天台水箱中的杨可儿。

杨可儿神情非常慌张，一进电梯轿厢，便使劲拍着厢壁上的按钮，还不时探头朝外面看。奇怪的是，按了按钮之后，电梯门却迟迟没有合上，她又朝外看了一眼，一缩头，躲进电梯里，埋着头，身体颤抖，似乎正在躲避着别人的追杀。

不过，并没有人追进来。但电梯门还是没有合上，杨可儿先是埋头站在轿厢里，但很快她就有些沉不住气了，探头出去，朝着外面大吼大叫。很可惜，监控录像只能拍下画面，没有录音的功能，无法得知她究竟骂了什么。

接着，杨可儿突然蹲在了地上，伸出双手插进头发里，用十根手指使劲将自己的头发揉乱。仅过了十多秒，她的一只手突然高举了起来，但举起的角度非常怪异，整个人也跟着站了起来，就好像有个看不见的人一把拎住她的胳膊，把她拽了起来。

然后，她一只脚抬起来，另一只脚则拖在地面上，如瘸子一般，一步步向轿厢外走了出去。她一边走，一边张开嘴咒骂着，面部表情异常痛苦狰狞，仿佛是被人拽着胳膊拖出轿厢一般。

之后，杨可儿再也没有出现在电梯里。

她在电梯中逗留的时间仅有一分二十秒，但周渊易却感觉似乎待了很久很久。

电梯门为什么会关不上？杨可儿探头朝走廊张望，走廊上藏着谁？她一方面在躲避；另一方面又在大声咒骂，她到底是在躲，还是想把走廊外的人引过来？她为什么会突然蹲在电梯里，把手指插进头发里弄乱头发？她为什么会以那么怪异的姿势离开轿厢？难道真有一个看不见的鬼魂，将她拽出了轿厢？

可是，这世界上哪有什么鬼魂？周渊易不禁苦笑一声，对孙桦说：“走，我们去看看这诡异的电梯。”可当周渊易和孙桦刚走出监控室，就透过紧急楼道，听到一楼传来了嘈杂声，接着电梯在二楼停下，门开后，一位老太太跌跌撞撞走出轿厢，看到身穿警服的周渊易和孙桦，扑通一声跪倒在两位警察面前，悲伤地抽泣道：“警察同志，求你们为我家可儿主持公道呀！一定要抓住那个挨千刀的杀人凶手！”

04

从已获得的资料上看，杨可儿在一家大型房地产公司担任销售总监一职，年收入在 40 万人民币左右，可称为不折不扣的女强人，但始终未婚，似乎连男朋友都没有。杨可儿在本市买了一套约 80 平方米的精装公寓，一人独居，没养宠物。

跪倒在周渊易和孙桦面前的这位老太太，便是杨可儿的母亲。杨母今年 62 岁，早年便已离婚，孤身一人拉扯大了女儿。杨可儿如今事业顺利，虽然并没将家住远郊的母亲接到城里与她同住，但也在远郊为母亲购置了一套房屋，每个月还汇给母亲 5000 元生活费。在旁人眼里，杨可儿也算孝顺了——毕竟在大部分人眼中，儿女是否孝顺，交给长辈的生活费的数字是最重要的指标。但从杨母的口中，周渊易还是得知，杨可儿与母亲其实很少见面，虽说每周都会通次电话，却根本谈不上有什么交流，杨母甚至不知道自己的女儿是否有男朋友。

而从杨可儿供职的房地产公司得到的消息来看，一周前，由杨可儿负责销售的某新开楼盘成功售罄，销售任务圆满结束。公司发了一笔六位数的奖金给她，同时还给她放了半个月的带薪假期——为了这个楼盘的销售，杨可儿已经连续工作了两个月，让她休息半个月，也是合情合理的。

安抚了杨母，周渊易不禁心生疑问，既然杨可儿在市区有自己的住房，为什么偏偏要到这家流星雨快捷酒店来入住七天呢？难道是家里不适合居住？那么，她家里现在是个什么状况呢？

周渊易没有再考虑酒店电梯的事，视频监控虽然很诡异，但这世界上根本没有所谓怪力乱神的那种不靠谱的事。杨可儿被拍下的那些怪异动作，也许只是在重度惊吓之下产生的非常态现象，这也很正常。现在只能假定当时走廊上有人与杨可儿对骂，必须搞清这层楼里究竟有哪些住客，并逐一甄别，凶手很可能就藏在这些住客之中。

拿到了住客资料，周渊易瞄了几眼，立刻就找到了最有嫌疑的一个住客。

这个住客叫王鑫，此人与杨可儿同时入住酒店，同样也是用的团购券，入住时登记的身份证显示，他也是本市人，27 岁。入住时，他曾宣称自己可能要住七天，但只住了一天，也就是杨可儿遇害后的第二天，他便退房离开了。

此人的嫌疑是那么明显，其他住客的资料就没必要再细看了。周渊易立刻布置了抓捕计划，然后和手下们一起离开流星雨酒店，驱车驶向王鑫身份证留下的那个地址。

在路上的时候，周渊易跟孙桦分析，如果王鑫真是凶手，现在应该早就逃离居住地点了。要知道，能做出击晕杨可儿，并在其活着的时候，将其头朝下脚朝上扔进水箱里这种事情，之前却在前台留下真实的身份证件，这绝对是缺乏预谋的行为，是激情犯罪。出了这种事，凶手绝对会惊慌失措，他也知道警察会查到自己的地址，如果不甘心束手就擒，肯定会逃离住地——假若不逃离住地，束手就擒还不如自首呢，说不定还可以减刑嘛。

所以，当周渊易敲门后，听到屋内传来不疾不徐的脚步声，周渊易的心情顿时便沉入了谷底。

05

王鑫被很礼貌地被请到警局进行协助调查。

王鑫是个自由撰稿人，出乎周渊易的意料，他坦承自己认识杨可儿，而且认识有半年时间了。而当他得知杨可儿已经遇害，当时便跪倒在地上，使劲用头撞击着预审室的水泥地面，泣不成声地哀号道："可儿，是我害死了你！你不该死呀！是我害死了你，对不起，但我也不是故意的呀！"

周渊易顿时来了兴趣，扶起了王鑫，让他好好说说，到底是怎么回事。

王鑫喝了口水，又抽了根烟，便打开了话匣子。

王鑫是在网上认识杨可儿的，半年前他和杨可儿都在某个同城论坛上厮混。王鑫作为自由撰稿人，写作这种事，不可能随时随地都有灵感，所以他能自己支配的时间就特别充裕，再加上作息时间不太固定，因此即使很晚，都能看到他挂在论坛上，有一句没一句地回复着没营养的评论。而杨可儿也是个夜猫子，尽管工作繁忙，但她精力旺盛，从来没在凌晨三点之前睡过觉。一来二去，王鑫和杨可儿渐渐熟悉了起来。

在那个同城论坛里，经常会有网友上传文章，分享自己刚体验过的胡同美食或是旮旯小店。于是王鑫和杨可儿约着利用周末，去寻觅过几次网友介绍的美食。杨可儿长得很漂亮，同时收入颇丰，说王鑫不动心，那是假的。不过，当王鑫某次忍不住半认真半开玩笑地问，能不能和杨可儿试着交往交往，杨可儿立刻就拒绝了。拒绝的理由很可笑，竟是"我对谈恋爱没兴趣"。

这让王鑫很受伤害，于是王鑫疏远了杨可儿，而杨可儿也不再主动找王鑫聊天。事实上，两人已经有三个月没有互相联系了。

不过，五天前，王鑫突然在论坛里收到了杨可儿发来的站内短信，短信内只有一个网页链接。打开链接，是一位网友去年发的一张帖子，介绍自己曾在市内一家叫流星雨的快捷酒店的天台上，欣赏狮子座流星雨的经历，还发表了几张美轮美奂的星空图。帖子里说，流星雨酒店四周没有太多高楼，光污染较少，是城区内为数不多的优质观星地点，而且附近还有好几处美食店呢。

刚浏览完帖子，杨可儿就发来站内短信，问王鑫是否能抽出一周时间，去流星雨酒店欣赏星空？她查过了，最近一次的狮子座流星雨，就在几天后。

王鑫有点纳闷，回复道，为什么会选择他一起去共赏星空？而且一欣赏，就是一周？

杨可儿的回答很无厘头：“一周的时间，除了欣赏星空之外，还要品尝附近的美食呢。我查了，附近有十四家值得尝试一下的美食，每天中午一顿，晚上一顿，正好一周时间。谁让你的职业是作家呢？除了作家，还有谁能不上班，抽得出一周时间陪我？”

其实在这三个月里，王鑫认识了一位女孩，温柔、体贴，两人交往得很顺利，已经进入了同居阶段。不过，在收到杨可儿站内短信的前一天，女孩去外地参加培训了，而且要离开本城半个月。于是王鑫答应了杨可儿的邀请——男人嘛，大部分都是吃着碗里的，看着锅里的。有送上来的猎物，干吗要拒绝呢？

接下来，王鑫收到了杨可儿发来的 7 张团购券号码。杨可儿已经帮王鑫订好了流星雨酒店的房间号，总共 7 天，一张团购券，可以住一天。

于是，在杨可儿遇害的前一天，王鑫下午就来到了流星雨酒店，但他无法预知自己和杨可儿能发展到什么程度，说不定杨可儿又会在什么时候以某种理由拒绝他，再待在酒店里就会变得尴尬了，所以他只先填了一张团购券号码。不过为了保留房间，他还是跟前台说了，也许自己会住 7 天。

杨可儿是傍晚来到酒店的。两人见面后，一起到外面吃了一顿饭。那是一家重庆烤鱼店，和大部分先油炸再火烤的烤鱼店不一样，这儿的烤鱼用生鱼剖好之后，就在炭火上用文火慢慢烤，烤好的鱼肉外焦里嫩，口味麻辣鲜香。而那家店自酿的青梅酒，味道也特别好，入喉柔顺，一点都没有刺激的感觉。当然，这家店也是杨可儿提前就列在了计划里的。为了这次的七天观星之旅，她早就做好了各种准备。

因为味道太好了，结账之后，王鑫又摸出钱包，要了两斤店里自酿的青梅酒，准备带回酒店里继续喝。做自由撰稿人这一行，写作的时候没点美酒来助兴，出门都不好意思和人打招呼呢。

回到酒店，天已经黑了，杨可儿有些微醺，一回来就嚷着要去天台观星。于是两人连房间都没回，就沿着紧急楼道来到天台的铁门前。看到铁门上挂着一把铁锁，杨可儿直呼扫兴。为搏美人一笑，王鑫从楼道找来一柄扫帚，用扫帚的柄使劲捶打铁锁，把这把生了锈的铁锁活生生砸断了，扔在地上，打开门来到了天台上。

当晚的天气非常好，万里无云，苍穹上铺满闪闪发亮的星星，就像在头顶上一伸手就可以摸到一般。两人一边观星，一边喝着王鑫打包带回来的青梅酒。晚上十点多的时候，酒喝完了，狮子座流星雨还没大规模爆发，但杨可儿的眼睛已经快睁不开了。王鑫扶着杨可儿下楼，当然，这次他把几乎不省人事的杨可儿带进自己的房间里，躺在了一张床上。

凌晨两点，浑身赤裸的杨可儿尖叫着醒来，歇斯底里抓扯着王鑫的头发。王鑫故作无辜地装作自己也是才醒来，根本不知道两人睡着后发生了什么事。杨可儿愤怒地说，她一直把王鑫当作信得过的哥们儿，没想到却上了床，她不喜欢这种感觉，她根本就不喜欢谈恋爱！

王鑫不住道歉，杨可儿用最快的速度穿上衣服，却没急着离开，而是翻开王鑫带来的行李，从里面翻出几罐啤酒，气急败坏地喝了个精光。喝完酒，她拉开房门就朝外走，王鑫想去送一送，杨可儿回过头狠狠瞪了他一眼，他才缩回头，躲进了被窝里。不过，杨可儿离开之后，王鑫还是露出了笑容，眼馋这么久的肥肉终于吞进了肚子里，他能不笑吗？

第二天王鑫起床后，去敲杨可儿的门，无人理会，拨打杨可儿的手机，也始终无法接通。王鑫自觉理亏，反正便宜已经占到了，他不好意思再待在流星雨酒店里，索性到前台退了房，一走了之。

说到这里，王鑫脸上终于露出了伤心的表情，他语气迟缓地说道："可儿一定是离开我的房间后遇害的，她是个女强人，性子又暴，以前还练过跆拳道，一般的男人根本没法制伏她。一定是因为在我这里喝了太多酒，才让她失去了抵抗力。是我害了她呀！"

听完王鑫的话，周渊易紧蹙眉头，不由得心想，或许杨可儿在电梯里手舞足蹈做出的诡异行为，并不是因为外面有人追杀，而是因为她喝了太多酒，所谓的诡异行为其实根本就是醉酒的表现。

不过，究竟是谁杀了杨可儿呢?

06

刑警队的案情分析会上，刑警们产生了截然不同的两种观点。一种观点认为，王鑫无法完全洗脱杀人嫌疑，毕竟他是已知的最后接触过杨可儿的人。而另一种观点则认为，有必要根据王鑫的证词，去寻找尚未被发现的真凶。

周渊易是个喜欢动脑筋的刑警，他喜欢将自己融入犯罪事件中，假定自己是凶手，或者假定自己是受害人，然后冥想自己在犯罪现场中充当了什么样的角色，遭遇了什么样的事。在杨可儿遇害的这桩案件里，凶手的身份还无法确定，周渊易只能假定自己是受害人。可是，这一次他没办法去模仿，因为他根本掌握不了杨可儿是个什么样的人。

从杨可儿供职的地产公司提供的资料来看，同事们对杨可儿的印象是，工作狂、有魄力。售楼期间，每天她都忙到深夜 11 点才离开销售部。只要一离开，她就会关掉手机，第二天早晨 7 点准时第一个来到公司，同时打开手机。杨可儿一直没交男朋友，也曾经有上司给她介绍合适的男人，但她总是立刻回绝，拿她的话来说，“对谈恋爱没兴趣”。每天在公司里，她都会吃上一大堆维生素药丸，据说这样可以让她保持百分百的体力与精力。总之，每个在现实生活中见过杨可儿的人，都说她充满活力，总能给别人带来正能量。

她家里则完全是另一个模样了。周渊易和孙桦去了一趟杨可儿在市中心的那套公寓，公寓里凌乱不堪，地上到处扔着空啤酒罐，床上的被子也没叠，丝袜、内衣被随意扔在沙发或是床上。

这样的女人，为什么会因为看到网上的一张帖子，就心血来潮跑到酒店去住一个礼拜？目的仅仅就是为了观看流星雨，顺便吃遍附近美食？周渊易完全无法揣摩这种女孩的心理。

不过，孙桦一看到杨可儿的房间，嘴里就冒出了三个字：“干物女。”

周渊易第一次听到这个名词，立刻询问是什么意思？

孙桦答道，干物女是个来自日本的舶来语，意思是，这是一群“不愿谈恋爱，只想悠闲自我健康地度过快乐生活”的女人。她们工作干练，但离开工作之后，回到家里第一件事就是关掉手机，脱掉职业装与丝袜，只愿意泡在自己喜欢的事里面，并不惜一切代价。比如，她们会在网上看到别人对一家餐厅的好评之后，立刻出门，转车三趟，吃完餐厅的招牌菜后，再回家。她们不恋爱，因为觉得恋爱根本没什么意思。她们推崇健康生活，吃维生素药丸，随身携带口香糖。她们热衷环保，住酒店，一定用自带的卫生用具。有空了，她们可能去孤儿院做一天义工，也可能心血来潮去国外小住两三天，回来却什么都不说。她们把自己包裹在一个套子里，旁人只看得到她光鲜靓丽的一面。她们朋友不多，即使有朋友，也是在网上认识的。而在朋友的面前，她们就会表露出自我真实的一面，喝酒、说脏话、随性所为。总的来说，“干物女”把工作和生活割裂得非常清晰，在工作之余，想取悦的人只有自己。

听了孙桦的话，周渊易目瞪口呆，正想评价几句的时候，手机突然铃声大作。

这个电话是技术科打来的，他们对所有五天前入住酒店的住客进行甄别，发现住在 3 楼的一位客人用了假身份证。而在事发第二天，这个住客便退房离开，据打扫房间卫生的服务员说，在那间客房里隐隐能够嗅到淡淡的香烛气味。

技术科的同事把监控摄像头拍摄到的这个住客的照片，发到了周渊易的手机里。周渊易一看到住客的模样，顿时愣了愣——他发现，自己居然认识这个模样憨厚的中年男人。

07

周渊易咬牙切齿地扶着方向盘，警车正沿着国道朝邻市驶去。孙桦坐在副驾座上，诧异地问：“周队，我们这是要去哪儿？”周渊易咬紧牙关，一句话也没回答。孙桦知道，副队长现在心情不太好，这会儿开车呢，她就不要再自讨没趣了。

孙桦摸出手机，自顾自刷起了微博。这时，她发现一条感兴趣的微博，又顺着这条微博给出的链接点进去，看到了一段视频，接着又看了看视频下方的评论。然后，孙桦大声叫了起来：“周队，快靠边，停车！你看这条微博！”

周渊易把车停在了路边，接过孙桦递来的手机。这条微博的主人，用了真实头像，只瞄了一眼，周渊易就认出是流星雨酒店前台的那个美女经理。

美女经理是个微博控，她把杨可儿遇害前在电梯里留下的影像资料进行了拷贝，上传到网络上，还加了一个令人毛骨悚然的标题：“诡电梯！”

这条微博几乎被转发疯了，短短三个小时内，转发量已经破万，下面的留言评论更是五花八门。有人说，杨可儿肯定是被鬼上身了，不然不会在电梯里做出那么多诡异动作。还有人八卦出，三年前在这座酒店里曾经发生过一桩恐怖血案，一个连环杀人狂魔在酒店楼道里劫持了一个外地来的无辜妇人，虽然杀人狂魔最终被警察击中头颅当场毙命，但那个外地妇人也不幸死于这场灾难。另外，有好事人留言，三年前在酒店里被杀的那个外地妇人，其实当时本来是准备坐电梯上行的，没想到电梯故障，她只好走楼道，才正好遇到了被警察追捕的那个杀人狂魔，被劫持为人质——毛骨悚然的还在后边呢，这个好事者煞有介事地说，这个外地妇人罹难之后，魂魄无法散去，只能把怨恨撒在出故障的电梯上，这个电梯成了鬼电梯，她要找到替死鬼后，才能进入轮回，而杨可儿正是成为了她的替死鬼，所以她在电梯里站起来时，好像是被一只看不见的手拎住了头发，其实，那是电梯鬼呀！

“无稽之谈！”周渊易踩了一脚油门，重新将车驶向了国道。

三年前的那桩血案，是周渊易心中无法磨灭的创伤。那是他第一次击毙罪犯，惩凶的同时，子弹像是有反作用力，也让周渊易自闭了接近半年的时间。他知道当时那位无辜的受害者就来自于邻市，所以平时遇到要去邻市执行任务时，他都千方百计把任务转交给其他同事。但是，这一次他不能再回避了，因为他已经从技术科传来的照片中认出，住在酒店里的那个可疑人物，就是那位无辜受害者的丈夫，付大伟——那次事发后，周渊易曾与付大伟一起接受过为期一个月的心理辅导。

三小时后，周渊易驱车来到了付大伟的家门外。付大伟位于郊区临时的家，独门独院，有着接近四米高的围墙，透过铁门门缝，可以看到院子里停了一辆白色的面包车。

叫了几声付大伟的名字之后，付大伟穿着一件老头汗衫来到铁门内，见到身穿警服的周渊易和孙桦，连忙开了门，询问有什么事。

周渊易开门见山，问道：“大伟，五天前，你去了流星雨快捷酒店？”

付大伟神情陡然黯淡，他点了点头，答道：“你怎么知道的？我用了假身份证，没想到还是这么快就被你们知道了。”

“为什么要用假身份证？”

付大伟叹了一口气，让周渊易和孙桦进了院子，然后说：“五天前，是秀清的忌日啊……我得去流星雨酒店给她烧点香烛纸钱。去年、前年的这个时候，我也去过流星雨酒店，可是在客房里烧香烛纸钱的时候，被酒店的服务员发现了，他们告诫我，让我不要再去住了，他们不欢迎我，但我又不能在秀清忌日的时候不去祭拜她呀，所以我只好使用了假身份证……”

周渊易愣了愣，他也没想到五天前，竟然是付大伟妻子的忌日。时间过得真快，已经三年了，但付大伟的悲伤却始终没有减少半分，他依然保持着对妻子的爱。

难怪服务员说，为付大伟打扫房间时，嗅到了一股淡淡的香烛气味。

走进付大伟的家，周渊易立刻看到在堂屋墙壁前，摆着一张桌子，桌上立着付大伟妻子的黑白照片，一位正在微笑的和蔼妇人。照片前，放着一盘水果，水果边则是一个小香炉，香炉里插着三根点燃的蜡烛，还有一束点燃了的香。

“三年了，我每天都给她上香烛，每天都在院子里烧纸钱给她，就是怕她在地底钱不够花……烧完了纸钱，我还会默哀……”说着说着，付大伟便哭了起来。一个中年男人，就这么在两个警察面前，哭得双肩颤抖、泣不成声。

08

周渊易再次来到了流星雨快捷酒店。

他走进付大伟曾经住过的那间客房，客房在3楼，和这家适合情侣入住的酒店的其他房间一样，有着极好的隔音效果，即使走廊上有人嚎哭，屋里也听不到一点声音。

此时，客房里自然也嗅不到一丁点儿香烛燃烧后的气味，五天了，时间可以冲刷走一切曾经在屋内逗留过的气味。

法医刘岚背着工具箱，在周渊易身后问道：“要在这里检查一下吗？”

周渊易摇了摇头，说：“付大伟没有任何理由要把杨可儿掳进屋里来。走，我们换个地方去看看。”

“去哪儿看？”刘岚有些好奇。

“去紧急楼道。”

“为什么去那儿？”

周渊易神情黯淡地答道：“三年前，付大伟的妻子，就是在楼道里被那个连环杀人魔杀害的……准确地说，是在四楼通往天台的楼道台阶上。”

刘岚明白了，付大伟在妻子忌日这天，到酒店来烧香烛纸钱，除了在客房内焚烧，也极有可能到妻子罹难的具体地点去焚烧。

周渊易又补充了几句：“付大伟是在邻市郊区长大的，那儿一直流传着一些古怪的乡野传闻。其中有个传说便是，非正常死亡的人，比如说死于车祸、谋杀、火灾的人，都被称为‘凶死’。‘凶死’的人没法进入正常轮回，只能成为孤魂野鬼，在遇难的地方附近飘荡。”

刘岚苦笑一声，问：“难道需要在罹难地点附近杀个人，寻找替死鬼，‘凶死’的人才能进入轮回？”

“呵呵，这种说法嘛，倒是站不住脚的。新被杀的人，岂不也是‘凶死’。那么成为孤魂野鬼后，它代表的，究竟是以前那个凶死者的身份，还是新受害者的凶死者身份？即使乡野传说，也得有逻辑支持才行呀。”

周渊易一边说，一边来到了付大伟之妻曾经被割喉的地点——四楼通往天台的紧急楼道阶梯转角处。

这里光线昏暗，即使使劲跺脚，让天花板上的感应灯亮起来，也无法看清墙上有什么痕迹。周渊易吩咐了一声，刘岚立刻从工具箱里取出一盏电池式强光灯。打开强光灯后，由周渊易固定光源，刘岚仔细检查现场。仅过了几分钟，刘岚便发出一声惊呼：“呀，周队，墙上膝盖高的位置，有曾经被撞击过的痕迹，还有血迹！”

周渊易忍不住弹了一下响指。

刘岚诧异地问：“周队，你怎么知道这个地方就是凶案第一现场？”

周渊易沉吟片刻，说道：“付大伟说过，他每次烧完香烛纸钱，都还会为爱妻默哀几分钟。当他在楼道里默哀的时候，如果杨可儿正好从王鑫的房间里出来，而且嘴里还大吵大闹，付大伟会作出什么样的反应？”

刘岚努了努嘴，耸着肩膀说：“我想，我会骂她一顿，但不会杀她的。”

周渊易微微一笑，说：“也许，当时还发生了一些其他事，逼付大伟不得不杀人……咳咳，刘法医，现在不是分析案情的时候，你快提取墙壁上的血液样本，和杨可儿的DNA进行比对！”

09

12小时后，付大伟被留守小院外的孙桦以及当地警力逮捕归案。

经DNA比对，紧急楼道处墙壁上的血迹，确实为杨可儿所留，并在墙壁上找到了付大伟留下的指纹。

面对证据，付大伟没有负隅顽抗，很快就如实交代了自己的犯罪过程。

五天前的那个夜晚，付大伟在房间里焚烧了小部分的香烛纸钱后，又来到四楼通往天台的紧急楼道阶梯转角处，也就是三年前他妻子罹难的地点，放了一个金属洗脸盆，在盆里点燃了香烛与纸钱。烧完之后，他正默哀时，听到四楼走廊传来一个女人大吼大叫的声音。

不用说，那个女人就是杨可儿。杨可儿醉醺醺的，一边骂着占了她便宜的王鑫，一边使劲抽动鼻翼，她嗅到了弥漫在空气中的焚烧香烛纸钱的气味。

付大伟本不想理会别人的，但没想到杨可儿循着气味自己钻进了楼道，看到有人焚烧香烛纸钱，立刻毫不客气地指责，这样做一点也不环保，会引起空气污染，危害整层楼的空气质量。

付大伟心情也不好，与杨可儿对骂了起来。杨可儿便说自己要投诉，自顾自出了紧急楼道，向电梯走去，在电梯里也不忘与付大伟继续对骂。付大伟其实那时候并没想到要杀杨可儿，两人之间的矛盾也不足以令他杀人。就算杨可儿乘电梯到一楼，向前台投诉，大不了就是赔点钱罢了，反正祭拜仪式已经结束了，香烛纸钱也都焚烧完毕了。

可是，不知什么原因，杨可儿又从电梯轿厢里走了出来，来到紧急楼道，想从紧急楼道下行到一楼去。那个用来焚烧香烛纸钱的金属洗脸盆，正好挡住了杨可儿的去路，她抬起脚，便朝着盆子踢了过去。“咣当”一声，洗脸盆倾翻，已经变成灰烬的香烛纸钱顿时撒在地上。

付大伟当时就怒了，他气急败坏揪住杨可儿的头发，厉声逼迫杨可儿对着妻子的黑白遗照道歉。杨可儿是个倔强的女孩，拼死也不愿朝着照片磕头，在她心里，根本就不觉得自己做错了什么。

付大伟更加愤怒，他揪着杨可儿的头发，使劲按着脑袋，让杨可儿的脑袋朝地上撞。谁知杨可儿离墙太近，脑袋正好撞在墙上，只撞了几下，便见了血，晕死过去。

见到血，盛怒的付大伟也清醒过来。他探了一下鼻息，却发现杨可儿没了呼吸。付大伟怕了，为了自保，他四下寻找，看怎么才能把尸体藏起来。恰在此时，台阶上方传来“吱呀”一声，天台的门被风吹开了——在这之前，为了取悦杨可儿上天台观星的愿望，王鑫砸烂了天台铁门上挂着的那把锁。

于是付大伟把杨可儿抱到天台，打开了水箱盖子。正准备把杨可儿扔进水箱的时候，杨可儿突然醒来了，见了抱着自己的付大伟，还有身体后方深不见底的水箱，她已经知道付大伟要对自己做什么了。

不过，杨可儿没来得及求饶，付大伟只犹豫了几秒，便松开手，把倒提着的杨可儿扔进了水箱中。

10

付大伟被带走的时候，悲哀地说道：“如果那天电梯门及时关上了，杨可儿就可以顺利乘坐电梯下楼去投诉。这样一来，就不会有后面的事了，我最多只是被酒店罚点款而已，绝对不会成为杀人凶手……”

听了这句话，周渊易和孙桦再次来到了流星雨酒店。

走进电梯，周渊易也学着杨可儿曾经在轿厢里做过的那样，按下了厢壁上的每个按键。令他吃惊的是，电梯门始终保持着打开的状态，迟迟未能关闭。周渊易和孙桦走出轿厢后，掐着表看时间，直到一分二十秒后，电梯门才缓缓关闭。

周渊易找来了维修工老白对电梯进行仔细检查，经过仔细检查，老白发现轿厢内有一个没有标注用途的按键，是“等候键”，只要按下这个键，电梯门就会始终保持打开的状态，而这个状态，正好持续一分二十秒。

周渊易苦笑一声，转身对孙桦说：“看吧，这世界上哪来的什么诡电梯？”

/回旋的迷宫走不出

没有钥匙的梦在沉沦/

Mo 推理馆·经典

安东尼·伯克莱

不可能的杀人系列

THE POISONED CHOHOLATE | 毒巧克力杀人事件

新品巧克力引发的误食杀人案，
凶手的目标，到底是谁？

THE LAYTONCORT MISETRY | 莱登庭神秘事件

亿万富翁的豪宅密室杀人案，
情杀？仇杀？还是为了遗产？

Mo 推理馆·经典

雷蒙德·钱德勒

/ 街道上尽是比夜晚还要黑暗的东西。/

“一身都是烟头烧的洞，永远宿醉难醒”的

私人侦探马洛系列

THE BIG SLEEP | **长眠不醒**

放得下万贯家财，放得下两个千金女儿，
却唯一放不下那个失踪的女婿……

FAREWELL,MY LOVELY | **再见，吾爱**

越是漂亮的女人，越危险……

THE LADY IN THE LAKE | **湖底女人**

深埋心底的暗暗杀机，
柔情满载也是骗局……

THE LONG GOODBYE | **漫长的告别**

道别，等于死去一点点……

图书在版编目（CIP）数据

打不开的门 / 最推理杂志编 . —北京：现代出版社，2016.3
ISBN 978-7-5143-4445-5

Ⅰ. ①打…　Ⅱ. ①最…　Ⅲ. ①推理小说－小说集－中国－当代
Ⅳ. ① I247.7

中国版本图书馆 CIP 数据核字（2015）第 318949 号

打不开的门

编　　者	最推理杂志
策划编辑	赵海燕
责任编辑	赵海燕
出版发行	现代出版社
通讯地址	北京市安定门外安华里 504 号
邮政编码	100011
电　　话	010-64267325　64245264（传真）
网　　址	www.1980xd.com
电子邮箱	xiandai@vip.sina.com
印　　刷	三河市宏盛印务有限公司
开　　本	710mm × 1000mm　1/16
印　　张	18
版　　次	2016 年 3 月第 1 版　2016 年 3 月第 1 次印刷
书　　号	ISBN 978-7-5143-4445-5
定　　价	39.80 元

寻找唯一的真相